MAX MOHR

FRAU OHNE REUE

ROMAN

MIT EINER BIOGRAPHISCHEN SKIZZE

VON ROLAND FLADE

UND EINEM NACHWORT

VON STEFAN WEIDLE

WEIDLE VERLAG

ERSTER TEIL

1 Ein Mann mit einer Posaune ging durch die menschenleere Straße. Zuweilen warf er einen prüfenden Blick auf die Häuserfronten rechts und links. Es schien aber nicht das Richtige zu sein, was er da sah. Er schüttelte den Kopf und bummelte weiter. An einer Straßenkreuzung kam er um ein Haar unter ein Auto, das ohne Hupen durch die stille Gegend sauste. Er schrie dem Chauffeur ein paar kräftige Worte nach, obwohl keine Hoffnung bestand, daß man's noch hörte. Als er wieder auf dem Gehsteig stand, lachte er mit breitem Grinsen vor sich hin. O Tod, wie nah, hi hi! Allmählich wurde die Straße belebter, man spürte die Nähe des Kurfürstendammes. Es kamen ein paar Läden, ein Friseur, ein Blumenladen, eine Auslage mit Damenhüten. Und man spürte auch schon, daß die Stunde des Geschäftsschlusses anbrach. Einzelne Passanten mit Feierabendgesichtern tauchten auf und schnüffelten froh in die Luft, es war ein milder März. Da riß der Mann mit der Posaune sich zusammen und machte halt vor einem Parterrefenster mit verhängten Gardinen. Es war nur eine plötzliche Eingebung, aber der Platz war gut getroffen, links eine Bäckerei, rechts ein offenes Haustor. Er nahm die Mütze ab und legte sie auf das Fenstersims. Er zog den Bogen aus dem Instrument und schüttete den Speichel aus. Dann straffte er sich vollends, setzte an und blies: »Im tiefen Keller sitz ich hier.«

Lina Gade war hinterhergekommen. Sie stellte sich vor die Auslage des Bäckers. Sie ließ die Bettelmusik über sich ergehen.

Der Mann war etwa vierzig Jahre alt, ein fester Mensch mit gesunder Hautfarbe. Das braune Haar war gut geschnitten, so daß man die schöne Form des Hinterkopfes sah, rund und musikalisch. Trotzdem blies er schlecht. Das Lied war offenbar nur gewählt, weil immer wieder Oktaven kamen, bei denen der Posaunenbügel mächtig hin und her schwang. Das gab eher eine Augenweide als einen Ohrenschmaus. Auch der Anzug, einstmals eine solide Bürgertracht, verriet eher den abgebauten Kaufmann als den Berufsmusiker. Aber so oder so, der Mann war selig. Er strömte eine unverschämte Seligkeit aus, wie er da stand und seine Mitwelt anblies. Die wasserblauen Augen glotzten über die geblähten Backen hinweg in die Ferne. Der Blick mußte den gegenüberliegenden Häuserblock treffen, geschlossene Fensterreihen, kleine Einheitsbalkone, schwarzweiße Firmenschilder, genau das gleiche Bild, wie es die arbeitslosen Männer der ganzen Welt zu sehn bekamen, wenn sie sich nahe bei einer Weltstraße zur Bettelmusik aufstellten, bei den Champs-Elysées, bei der Shanghai-Road, am Michigansee. Aber dieser Blick glitt in verwegener Seligkeit durch die festen Gebilde aus Menschenhand hindurch und drang in eine andere Landschaft ein. Das Lied wurde wiederholt, dann kam als zweite Nummer: »Du, du liegst mir im Herzen, du, du liegst mir im Sinn.«

Lina Gade öffnete ihre Handtasche. Es war der verschabte Wildledersack, der kaum noch zu ihrem neuen grünen Kleid paßte. Obgleich sie Taschen kaufen konnte, so viel sie wollte, schleppte sie immerzu dieses alte Ding mit sich herum.

Zuerst war die Mütze auf dem Sims lange Zeit leer geblieben. Die Leute schritten mit dem starren Blick des Nichts vorüber. Erst bei dem Liebeslied begannen manche Herren in den Hosentaschen zu wühlen, manche Damen nach den Handtaschen zu langen, und der Bläser verbeugte sich zu jeder Gabe, wobei er stets etwas aus dem Takt geriet. Jedoch er schaute seinen Wohltätern nicht ins Gesicht. Er schaute auch nicht nach den Münzen, die in die Mütze fielen. Er verbeugte sich, ohne den Blick in seine wasserblaue Ferne aufzugeben. Nur der Dame vorm Bäckerfenster schielte er in die geöffnete Handtasche. Er blies gerade: »Du, du, du, du, weißt nicht, wie gut ich dir bin«, und nahm während der kurzen Atempause vor dem Refrain den ganzen Zauber einer vollgestopften Frauentasche in sich auf. Er sah das Innenfach mit dem Geld, das Seitenfach mit dem Spiegel, dazwischen das aufregende Dickicht aus Taschentuch, Notizblock, Bleistift, Schlüsseln, Dosen und Zetteln. Er sah auch das kleine Spielzeug für das Kind. Es war der Schlager, der in diesen Tagen an allen Ecken angeboten wurde, ein kleiner bunter Hahn aus Blech, der verblüffend gut krähte, wenn man die Schnur am Schwanz zog. Schloß man die Augen, so hörte man wirklich einen fernen Hahn krähen, eine hohe Alpenwiese, eine heiße Weizenfarm, ein mongolischer Klosterhof. Und endlich kam die Wiederholung: »Du, du, du, du, weißt nicht, wie gut ich dir bin.«

Lina Gade warf das Almosen in die Mütze und winkte einem Taxi, das auf Kundenfang vorüberschlich. Sie hatte sich verspätet. Ihre Tochter Jane mußte zu Bett gebracht werden.

Als der Wagen anfuhr, dehnte und streckte sie sich und seufzte mit geschlossenen Augen vor sich hin. Und kurz vor ihrem Haus in Halensee dehnte sie sich noch einmal und sagte: »Die Zeit ist da.«

Was sie damit meinte, mochte der Mond wissen, der gerade über der Villa Gade durch den blanken Abendhimmel zog. Sie selber jedenfalls wußte es nicht.

2 Paul Fenn, bevor er unterm gleichen Mond in die gleiche Villa marschierte, trank einen abendlichen Schnaps mit Alexander Golo. Sie trafen sich im »Ritz«. Das war aber kein echtes »Ritz«, sondern eine unterirdische Kneipe, die nur bei den zwei Freunden »Ritz« hieß. Alexander Golo entdeckte immer wieder neue Kneipen, die billiger waren als die alten. Auf diese Weise wechselten zwar alle paar Wochen die Lokale, aber die guten Namen aus dem früheren Leben blieben.

Es gab ein »Savoy«, wo man für eine halbe Mark einen Suppentopf mit Rindfleisch bekam. Es gab eine kleine Weinstube »Zur betrunkenen Frau«, weil Golo behauptete, er hätte einmal den schönsten Abend seines Lebens in einer Weinstube gleichen Namens erlebt. In welchem Land das gewesen war, wußte er nicht mehr, auch nicht wann und wieso und warum. Paul Fenn zweifelte daher diese Geschichte immer wieder an, doch es blieb bei dem Namen. Und es gab dieses »Ritz«, ein Keller mit sauberen Holztischen und einem preiswerten Korn. Hier traf man sich aber nur zum Start in bessere Räume. Oder, weil das Lokal meistens leer war, zu ernsten Besprechungen, wie heute abend eine stattfand.

»Warum hast du deinen hellen Anzug an?« schrie Golo schon von der Treppe aus, als er endlich erschien, verspätet wie immer. »Du hättest doch den dunklen anziehen sollen!«

Fenn saß schon eine halbe Stunde vor seinem Glas und war froh, daß die Einsamkeit vorüber war. »Ich hab' den hellen angezogen, wenn du erlaubst«, brummte er.

»Und diese Krawatte, Mensch!« Golo griff über die Tischplatte hinüber und zog Fenns Schleife auf. Als Fenn zu spät abwehrte, lachte er sehr. »Wir nehmen sofort ein Taxi und fahren in meine Bude und suchen dir eine herrliche Krawatte aus.«

»Blödsinn!« sagte Fenn und versuchte, den Schlips wieder zu binden.

Es war wirklich ein blödsinniger Vorschlag. Daß Golo viele

herrliche Krawatten besaß, Bestände aus dem früheren Leben, das stimmte. Aber das Taxi in die entlegene Bude hätte doppelt soviel gekostet als eine neue Krawatte. Und ob sie beide zusammen noch das Geld für dieses Taxi in der Tasche hatten, war zweifelhaft genug.

Golo prüfte sein Schnapsglas, ob ehrlich eingeschenkt war, und goß es hinunter. Dann wartete er, bis Fenns Krawatte wieder saß, und zog sie mit einem blitzschnellen Griff wieder auf. Als Fenn ärgerlich wurde, sprach er in ernstem Ton auf ihn ein.

»Hör mal, mein Lieber, das ist kein Witz mit dieser Krawatte. Was kümmert's mich, ob du diese Stellung bekommst oder nicht? Mir ist's wahrhaftig lieber, wenn du nicht nach China geschickt wirst! Dann bleiben wir zusammen und tippeln endlich als Handwerksburschen los, nachdem wir schon seit Monaten davon quatschen und keinen Finger dazu rühren. Aber wenn du wirklich heute abend etwas erreichen willst, muß erst einmal alles gut sitzen.«

»Es sitzt alles«, sagte Fenn und versuchte, eine neue Schleife zu binden. »Ich bin ohne dich vierzig geworden, also hab keine Angst um mich und sorg für dich selber.«

Golo brach in Gelächter aus. »Vierzig!« Er knöpfte seinen Kragen ab, zog die Krawatte heraus und reichte sie dem Freund. »Meinetwegen! Ich laufe heute abend mit deiner vierzigjährigen Babykrawatte herum, und du ziehst diese fünfzigjährige Gentlemankrawatte an! Und wenn du dann bei Herrn Gade Glück hast, weißt du wenigstens, warum!«

Fenn ließ es geschehn, daß Golo ihm den Kragen abknöpfte und die neue Krawatte einzog. Der Freund hatte recht, es war ein wichtiger Abend für ihn.

Trotz der großen Erfolge am Anfang seiner wissenschaftlichen Laufbahn saß er seit der Rückkehr von seinen amerikanischen Gastvorlesungen auf der Straße. Er war in den letzten Jahren nichts anderes gewesen als ein Gelegenheitsarbeiter, treppauf und treppab, ein journalistischer Landstreicher. Jetzt bot man ihm endlich wieder eine feste Stellung an, das erste gute Angebot seit Harplands-College.

Golo gab sich selber einen Handkuß, bevor er ihm die neue Schleife band. »Jetzt ist nur noch die Gefahr, Herr Professor«, sagte er, während er sein Meisterwerk vollendete. Fenn besaß wirklich den Professortitel, jedoch Golo machte nur Gebrauch davon, wenn er ihn verulken wollte. »Herrn Gade wird der Schlag treffen, wenn er diese märchenhafte Krawatte sieht, dann kann er den Vertrag nicht mehr unterschreiben.«

Fenn hielt geduldig den Hals hin. Eine große Zeitung wollte ihn für mehrere Jahre als Berichterstatter nach dem fernen Osten schicken. Die Vorverhandlungen mit den verschiedenen Herren des Hauses hatten geklappt. Es fehlte nur noch die Zustimmung von Herrn Gade. Herr Gade war Bankier und hatte nichts mit dem fernen Osten zu tun. Aber es war in eingeweihten Kreisen bekannt, daß er der Geldmensch sowohl dieser Zeitung wie verschiedener anderer öffentlicher Institute war. Und bei wichtigen Verträgen in den von ihm finanzierten Unternehmungen sprach er selber das letzte Wort. Heute abend war's zwar nur eine »Einladung auf ein Butterbrot«, hatte die Sekretärin telephoniert. Aber Fenn wußte, was dieses »Butterbrot« bedeutete. Nachdem alles andere klar war, sollte der neue junge Mann des fernen Ostens auch noch von dem Geldmann des Hauses berochen werden. Und wenn die Beriechung gut ausfiel, war morgen der Vertrag fertig.

Golo musterte Fenn, nach dem er noch einige Male an der Schleife gezupft hatte, und brach in Bewunderungsgeschrei aus. Danach band er sich selber Fenns Krawatte, beguckte sich in seinem Handspiegel und zog ein Gesicht, als habe er Petroleum getrunken. Er machte: »Brrr!« und schüttelte sich vor Ekel. Dann steckte er den Spiegel weg und wandte sich wieder dem Freund zu. »Wunderbar! Wenn du jetzt den Vertrag nicht kriegst, kann nichts in der Welt mehr dir helfen.«

»Ich kriege ihn«, sagte Fenn.

»Ist eine Frau da?«

»Hoffentlich nicht.«

»Hoffentlich ja! Mit dieser Krawatte, Mensch! Du mußt die Frau bezaubern.«

»Ich bin kein Bezauberer.«

»Nein, du bist ein Mönch, das ist der Jammer. Ich hätte sofort diesen Geldmenschen auf meiner Seite, wenn eine Frau da wäre. In zehn Minuten hätte ich den Vertrag.«

»Sicher«, sagte Fenn.

Golo seufzte, der stellungslose Meister der Pferde und Frauen. »Trotzdem ich keinen guten Satz Deutsch aufs Papier bringen kann!«

»Sicher nicht«, sagte Fenn, der stellungslose Meister der geschliffenen Sätze.

Sie zahlten und brachen auf. Golo begleitete Fenn noch ein Stück Weg. Er verabreichte ihm noch ein paar gute Ratschläge. Er versuchte ihm die schwere Seele etwas zu erleichtern. Aber Fenn wurde immer schweigsamer, je näher das Haus Gade heranrückte.

Schließlich bewies Golo, wie leicht Fenns Aufgabe war. Die Hauptsache war auch bei diesen Berichten aus dem fernen Osten die feste Weltanschauung des Verfassers. Alles andere kam dann von selber. Und diese feste Weltanschauung wollte er dem Freund noch in der letzten Minute beibringen, damit er bei dem Geldmann gut abschnitte.

Er nahm Fenn beim Arm und deutete mit der freien Hand auf die Passanten, die an ihnen vorüberzogen. Er bewies, wie großartig er selber aus dem fernen Osten berichten würde, wenn man ihm diese Chance gäbe, sowohl aus dem fernen Osten wie aus dem fernen Westen, Süden, Norden.

Er deutete auf eine dicke Frau im Pelz und sagte: »Wunderbar!« Und er deutete auf einen Herrn mit einer Mappe und sagte: »Scheußlich!« Eine kleine Schülerin mit blonden Zöpfen: »Wunderbar!« Ein Herr mit einer Zigarre: »Scheußlich!« Zwei Köchinnen im mittleren Alter: »Wunderbar!« Eine lange Dame mit gelbem Gesicht: »Wunderbar!« Eine ganz alte Frau in Trauerkleidung: »Wunderbar!« Ein hochgeschossener Jüngling mit einem Tennisschläger: »Scheußlich!« Ein Bettler mit Streichhölzern: »Scheußlich!« Ein massiver Direktor: »Scheußlich!« und die massive Gattin an seinem Arm: »Wunderbar!« Eine kleine schwarze Schönheit: »Wunderbar!« Ein Mann mit Bart und tiefen Sorgenfalten: »Scheußlich!« Eine abgekämpfte Verkäuferin: »Wunderbar!« Und als der Freund stumm blieb, brüllte er ihn an: »Stimmt's, Herr Professor, ja oder nein?«

»Genau so werde ich meine Berichte schreiben«, sagte Fenn. »Das wird ein Riesenerfolg.« Er mußte den Autobus nehmen, es war höchste Zeit.

»Dieser Abend ist der Anfang zu einer Million«, sagte Golo an der Haltestelle. »Es handelt sich bei jeder Million nur um den Anfang. Denk daran, wenn du mit dem Kerl sprichst!«

Fenn nickte und bestieg den Autobus.

»Wir warten in der ›Betrunkenen Frau‹ auf dich«, rief

Golo vom Gehsteig aus. »Und wenn es zwei Uhr wird, wir warten!«

»Ich komme«, rief Fenn zurück. »Mit der Million.«

»Wenn Sie ohne die Unterschrift von Herrn Gade kommen, Herr Professor«, rief Golo, so daß alle Fahrgäste es hören mußten, »dann sind Sie für ewig verloren und verdammt!«

Fenn winkte zurück, bis die Gestalt des Freundes im Zwielicht der ersten Lichtreklame und des letzten Himmelscheines versunken war. Herrlich stand Golo da und winkte mit dem Seidentuch aus seiner Jackentasche, herrlich verloren und verdammt ...

Das Dienstmädchen führte ihn in die Garderobe und wartete unter der Tür, bis er sich nachgekämmt und den Schlips nachgezogen hatte. Er bereute nun doch, daß er nicht den dunklen Anzug genommen hatte. Ein paar geheimnisvolle Damenmäntel hingen in der Garderobe. Offenbar war's doch nicht nur ein »Butterbrot«?

Aber dieser alte Homespun saß besser als der alte Dunkelblaue und sah auch mehr nach dem fernen Osten aus. War das Dienstmädchen betroffen über den hellen Abendgast, oder begriff es die tiefere Bedeutung? Während er in die Bibliothek geleitet wurde, fragte er im Ton eines Mannes, der soeben aus dem Sibirian-Expreß steigt: »Ich komme zu spät, was?« Das Dienstmädchen lächelte wie eine Sphinx.

Die Bibliothek war leer. Er war allein mit tausend Büchern, einem Rauchtisch mit Ledersesseln, einem riesigen Schreibtisch, einem falschen Kamin. Er merkte allmählich, daß es nicht zu spät war, obwohl er zehn Minuten nach der vereinbarten Zeit einpassiert war. Er mußte warten und warten.

Er hatte genügend Zeit, die Bücherreihen abzuschreiten, die Weltgeschichte und Kunstgeschichte, die Natur und Wirtschaft, die Klassiker und Abenteurer und Zeitgenossen. Er hatte allein eine Viertelstunde Zeit, um das große Gemälde zu studieren, das über dem Schreibtisch hing. Es war ein Baby zwischen gelben Stauden, gemalt nach der letzten Manier. Im Stil der Frührenaissance glotzte es auf ihn herab und verkündete mit engelhafter Unschuld: »Mein Papa hat Geld, so viel er will, und läßt dich warten, so lang er will.«

Schließlich lagerte er sich ohne an die frischen Bügelfalten zu denken, tief in einen Sessel und schloß die Augen. Er war natürlich viel zu nervös, um einzuschlafen, aber er versenkte sich wenigstens in eine Art Halbschlaf.

Wenn Herr Gade ins Zimmer kam, würde er auffahren wie aus dem tiefsten Schlaf gerissen. Dann merkte Herr Gade wenigstens, wie unverschämt die Verspätung war. Und dann merkte Herr Gade ferner, wie gut die Nerven eines Journalisten waren, der im Hause eines rücksichtslosen Geldmenschen genauso unbekümmert schlief wie im Wartesaal von Wladiwostok.

3 Herr Gade war kein rücksichtsloser Geldmensch. Im Gegenteil, er war eine sehr rücksichtsvolle Natur. Das Leben in seinem Haus verlief sonst wie in Watte gepackt und auf die Minute. Nur, daß im Kinderzimmer im ersten Stock gerade eine Szene spielte, die seine Verspätung tatsächlich entschuldigte.

»Ich frage zum letztenmal«, sagte Herr Gade zu seiner Frau, während der Gast im Parterre bereits in dem Sessel gelandet war, »ist der Zwischenfall erledigt oder nicht?«

»Zum letztenmal?« erwiderte Frau Gade und lachte ein schlimmes Lachen. »Noch zwanzigmal wirst du fragen, mindestens.«

»Ist der Zwischenfall erledigt?« wiederholte Herr Gade, ohne den Ton zu ändern.

»Es ist kein Zwischenfall«, sagte Frau Gade. »Zwischenfälle gibt's in der Zeitung, mein Lieber, ich bin keine Zeitung.«

»Du weißt, was ich meine.« Er ließ sich nicht aus der Ruhe bringen. »Ist's erledigt?«

Frau Gade hob drei Finger hoch, lachte und sagte: »Dreimal.«

Herr Gade sprach jetzt in dem ganz sanften Ton, der im umgekehrten Verhältnis zu seinem athletischen Körperbau und seiner wirtschaftlichen Macht stand und daher bei seiner Umgebung besonders gefürchtet war. »Erledigt, meine kleine Lina, ja oder nein?«

»Viermal.«

Herr Gade schwieg. Er winkte, als seine Frau abermals in ihr schlimmes Lachen ausbrach, warnend mit dem Kopf nach dem Vorhang, welcher den Baderaum des Kinderzimmers abschloß.

Hinter diesem Vorhang wurde gerade die kleine Jane für die Nacht hergerichtet. Die Vierjährige konnte natürlich nicht verstehn, daß die Eltern stritten, solange der Ton so sanft war. Aber Fräulein Hansemann verstand jedes Wort. Und Fräulein Hansemann verstand auch, daß es zwischen den Ehegatten um ganz andere Dinge ging, als die Worte besagten.

Den Worten nach ging es um eine Kleinigkeit. Frau Gade wollte nicht erlauben, daß die kleine Jane dem Gast vorgeführt würde, der in der Bibliothek drunten wartete. Es war eine feste Regel im Haus Gade, daß die Gäste vor dem Abendessen ins Kinderzimmer geführt wurden, um Jane zu bewundern. Das war der schönste Augenblick im arbeitsreichen Tag des stolzen Vaters. Und nun streikte Frau Gade plötzlich.

Sie nannte den Gast des heutigen Abends, ohne ihn zu

kennen, einen »Quatschkopf wie alle anderen«. Sie weigerte sich, mit ihm und ihrem Mann zu Abend zu essen. Sie wollte überhaupt kein einziges Mal mehr zulassen, daß ihr Kind von den fremden Onkeln und Tanten – in dieser »unzüchtigen Weise« und wie ein »kleines goldenes Kalb« – umtanzt und umschmeichelt würde.

Man konnte es für eine Laune halten. Aber Fräulein Hansemann hatte gute Ohren. Sie hörte, wie gekränkt Herr Gade war. Sie hörte aus dem nebensächlichen mütterlichen Streik den Generalstreik der ganzen Ehe heraus.

Herr Gade hatte gedroht, den Gast nun erst recht heraufzuführen, eine Kraftprobe. Daraufhin hatte Frau Gade versichert, sie würde Herrn Gade bis in die Knochen blamieren, wenn er ihr mit Gewalt zu kommen wagte. Wie sie diese Blamage herbeiführen wollte, hatte sie nicht verkündet. Sie wußte es wohl selber noch nicht. Aber zuzutrauen war dieser eigensinnigen Gebirglerin jeder Krawall.

Ließ Herr Gade sich einschüchtern? Das war die Frage. Fräulein Hansemann hoffte, nein. Sie redete während der bösen Pause, die jetzt zwischen den Eheleuten entstand, mit besonderem Eifer auf Jane ein: »Und da kam ein großer Fluß, und da kam das kleine Mädchen nicht hinüber, und da fing es an zu weinen.«

»Hat's arg geweint?« fragte Jane, die zu dieser Erzählung die Ohren mit einem glyzeringetränkten Wattestäbchen geputzt bekam.

»Nicht so arg«, sagte Fräulein Hansemann. »Es kam nämlich gleich ein schöner braver Fisch dahergeschwommen. Und der sagte zu dem kleinen Mädchen: ›Setz dich auf meinen Rücken und halt dich an meinen Flossen fest, ich trag dich hinüber.‹«

»Ui!« machte Jane freudig.

»Sie können Feierabend machen, Sophie«, rief Frau Gade. »Ich mache Jane fertig, ich bleibe hier.«

Herr Gade zuckte die Achseln.

Fräulein Hansemann gab dem Kind einen knallenden Kuß, bevor sie's der Mutter übergab. Und Herrn Gade warf sie einen mitleidigen Blick zu, während sie gemächlich aus dem Zimmer schritt. Er stand noch immer an der Tür und überlegte, welches Geschlecht das stärkere war, der Mann oder die Frau.

»Erzähl weiter von dem Fisch«, sagte Jane zu der Mutter. »Was hat denn das kleine Mädchen mit ihm gemacht?«

»Es hat ihn gebraten und aufgefressen«, sagte Frau Gade und hob sie vom Waschtisch herunter.

»Den Fisch?« schrie Jane entsetzt.

»Natürlich«, sagte Frau Gade und stülpte ihr das Nachthemd über den Kopf. »Es war doch hungrig.« Herr Gade kam hinter den Vorhang. »Gute Nacht, mein Kind«, sagte er zu Jane. Er nahm sie auf den Arm und preßte sie an sich. »Vielleicht komm' ich noch einmal herauf, wenn du im Bett liegst, und bring' dir einen netten Onkel mit.«

»O ja!« rief Jane begeistert. Sie begann in ihrem langen Nachtkittel den abendlichen Trab in die Zimmerecken.

»O nein!« sagte Frau Gade. Straff und gefährlich stand sie da, die Hüften hoch und schmal, die Schultern breit und bäuerisch. »Du wirst diesen netten Onkel drunten lassen!« Und ein drohendes Flämmchen züngelte in den grauen Augen.

»Mein liebes Kind«, sagte Herr Gade und schaute auf seine Uhr, »ich erwarte ein längeres Telephonat aus London. Ich kann diesen armen Teufel nicht gleich wieder allein lassen, nachdem ich ihn bereits eine Stunde warten ließ. Ich bitte dich, komm herunter.«

Sie schüttelte den Kopf.

»Komm, Lina! Der Professor ist ein interessanter Typ, eine Art Gentlemantramp, großer Wissenschaftler, mit dreißig Jahren schon amerikanischer Austauschprofessor, dann wieder mal alles hingeschmissen und seine eigenen brotlosen Ideen verfolgt, sehr amüsant.«

Sie schüttelte den Kopf, ohne hinzuhören.

Er gab es auf, mit Diplomatie zu seinem Recht zu gelangen. »Dann führ ich ihn eben herauf«, stieß er wütend heraus und schob ab.

Kurz vor der Tür zur Bibliothek machte er halt, um das Jakkett über der Boxerbrust zuzuknöpfen und den strohblonden Schopf zu ordnen. Dabei knirschte er vor sich hin: »Diese rote Hexe!« Das bezog sich auf den rötlichen Schimmer in Frau Gades braunem Haar, worauf er sonst besonders stolz war. Und: »Dieses elende Bibabo!« So nannte er ihre sinnlosen Weiberlaunen. Dann besann er sich, wer denn eigentlich auf ihn wartete, riß sich zusammen und trat ein. Er überschüttete Fenn, der den Aufenthalt vor der Tür gehört hatte und bereits in strammer Haltung neben dem Sessel stand, mit tausend Entschuldigungen. Und er konnte sich nicht genug tun in Lobsprüchen über die vielen schönen Dinge, die man ihm schon über Fenns Laufbahn berichtet hätte.

Frau Gade ließ Jane austoben. Am Tag war das Kind oft abgespannt und verblasen und döste stundenlang vor sich hin, den Daumen im Mund. Am Abend wurde es erst richtig wach und kämpfte um jede Minute vor dem Schlafengehn. Heute war's besonders lustig. Die Mutter gab sich keine rechte Mühe, Schluß zu machen. Sie ließ sogar zu, daß das gesamte Zubehör, das von Fräulein Hansemann auf den richtigen Platz gestellt war, wieder ausgeräumt wurde. Jane spürte die Macht, die ihr heute zufiel, und streute binnen kurzer Zeit einen ganzen Spielwarenladen im Zimmer herum.

Schließlich wurde sie aber doch eingefangen und ins Bett getragen, da half kein Zappeln mehr. Die Mutter setzte sich noch eine Weile neben die Bettstatt. Jane wollte unter allen Umständen noch einmal die Geschichte von Fräulein Hansemann wiederkäuen, wie das kleine Mädchen von seinen Eltern weggelaufen war und sich verirrt hatte, alle Abenteuer bis zu dem Fluß mit dem Fisch. Die Mutter ließ die Erzählung über sich ergehn, ohne hinzuhören.

Gedankenvoll blickte sie auf ihr Kind. Am schönsten war die Geburt gewesen, und wie man ihr das kleine Wesen aus ihrem Leib zum erstenmal in den Arm gelegt hatte. Das war die vollendete Wallung der Liebe gewesen, für welche die Menschen lebten und starben. Wo war sie jetzt, die mächtige Wallung ihrer Seele?

Sie forschte in dem Gesicht des Kindes. Manchmal schwamm ihr eigenes Antlitz darüber hin, das kleine Mädchen vom Bomper Berg, der geheime Zorn in der Pupille, die geheime Sehnsucht in dem Schwung der Lippen. Und manchmal schwamm Herrn Gades Antlitz darüber hin, Stirn und Nase, Kinn und Ohren, regelmäßig, selbstbewußt, jenes eitle »Ich, ich, ich!«, welches sie nicht mehr ertrug.

Schade, daß er seine Drohung nicht wahr machte! Hätte er doch den Gast heraufgeschleppt! Sie wartete nur auf diesen letzten Stoß.

Ja, sie war feig, sie wartete auf den äußeren Anlaß. Sie war feig und faul, sie schlief. Sie lebte schlafend, sie schleppte sich immer weiter dahin in dieser toten Ehe, nur weil sie nicht wußte, was sonst. »Gott, wie feig«, stöhnte sie in das kindliche Geplapper hinein. »Gott, wie faul!«

Jane horchte auf und unterbrach die Geschichte von dem kleinen Mädchen. »Hast du Bauchweh?« fragte sie die Mutter.

»Ja, furchtbar«, sagte Frau Gade schnell und beugte sich zum Gutenachtkuß über sie. »Schlaf gesund!«

»Wart mal, wart!« krähte Jane und hielt sie fest. »Wo sitzt es denn? Hier?« Mit der einen Hand krallte sie sich am Kleid der Mutter fest, mit der freien Hand tastete sie ihr an den Rippenbogen. »Sitzt es da?«

Frau Gade nickte.

Jane strich zärtlich über den grünen Stoff des Kleides und deklamierte: »Heile, heile, Segen, drei Tage Regen, drei Tage Sonnenschein ...«

In diesem Augenblick klopfte es an die Zimmertür.

»Ja?« rief Frau Gade und stieß das Kind zurück. Ganz steif stand sie neben dem Bett, als Herr Gade mit dem fremden Gast hereinspaziert kam, um Jane gute Nacht zu sagen.

Herr Gade war bester Laune. Er stellte Fenn vor. Er nahm das Kind aus dem Bett, um es in seiner ganzen Größe zu zeigen. Er sagte: »Dieser Onkel fährt jetzt nach China, weißt du, zu den gelben Leuten mit den langen Zöpfen, weißt du?« Und Jane lief sofort zu ihrer Puppenkiste und holte den Chinesen, der dort zwischen den Bären, Schafen, Löwen, Sennerinnen, Bajazzos lag.

»Richtig!« sagte Herr Gade. Auch die Bauchwelle am Trapez durfte Jane vorführen, die Brücke und die Kerze auf der Kokosmatte. Dann wurde sie vom Vater selber wieder ins Bett gesteckt und zugedeckt und eingepackt.

Wirklich, Herr Gade war froh, daß er nicht klein beigegeben hatte. Als Fenn in der Bibliothek begonnen hatte, seine Ideen vom fernen Osten auszupacken, hatte er freundlich zugehört und gelächelt und genickt. Aber er hatte kein einziges Wort aufgenommen und immerzu überlegt, ob er sein eheliches Recht mit Gewalt wahren sollte oder nicht. Jetzt freute er sich, daß er den Entschluß gefaßt hatte, nicht unter den Pantoffel zu kriechen. Die trotzige Haltung, mit der seine Frau ihn gewähren ließ, bestärkte ihn nur in seiner männlichen Sicherheit.

Auch Fenn war bester Laune. Die Sache klappte. Im Grund seiner Seele hatte er nicht daran geglaubt, daß er die Stellung bekommen würde. Und der Grund seiner Seele täuschte ihn sonst nicht. Aber diesmal war's offenbar doch nur seine Nervosität gewesen, die lange Beschäftigungslosigkeit, was ihn an seinem Glück hatte zweifeln lassen, und nicht die Stimme des eigenen Schicksals. Keine Frage, Herr Gade war gewonnen, der wichtige Geldmann war begeistert von ihm.

Und Frau Gade würde diesem Erfolg keinen Abbruch tun. Im Gegenteil, sie würde ihn nur vergrößern. Er fühlte sofort, sie war ihm eine verwandte Natur, wie sie da stand, groß, stumm, gedankenverloren. Ihrer Figur nach konnte sie seine Schwester sein: das hohe Dreieck der gewickelten ägyptischen Statuen, die Spitze unten, oben die Gerade.

Als Jane endlich verpackt und auf die Schlafseite gelegt war, kam das Dienstmädchen und meldete den Anruf von London.

»Ach ja!« sagte Herr Gade. »Wie gut, daß es schon da ist! Sonst kommt's meistens beim Essen.« Er klopfte seiner Frau auf die Schulter. »Na, mein liebes Kind?« Sie erschrak und wehrte die Berührung ab.

Er lachte. »Immer noch Bibabo? Hat ja gar keinen Zweck!

Ihr fangt schon mit der Suppe an, nicht wahr? Der Professor hat lange genug gewartet, er hat sicher schon einen Riesenhunger.«

»O nein«, sagte Fenn höflich und machte eine kleine Verbeugung, während Herr Gade aus dem Zimmer eilte, um London nicht länger warten zu lassen.

Frau Gade blieb am Fußende des Bettes stehn, abwesend wie zuvor.

Fenn wandte sich ihr zu. »Seltsam, wie man sofort die ganze Riesenstadt London vor sich sieht, nicht wahr, bei dem kleinen Wort London?«

»So?« sagte sie, ohne aufzublicken.

»Geht es Ihnen nicht auch so?« Ihre Haltung machte ihn befangen.

»Bitte?«

»Vielleicht gilt es nur für Menschen, die vom Land in die großen Städte gekommen sind? Bei mir wenigstens tauchen alle Bilder immer genau so auf wie in der Kindheit, auch wenn ich schon tausendmal gesehn habe, daß es anders ist.«

»So?« Endlich schaute sie auf ihn.

»Der Rauch und der Nebel, die Themse und die City, die Paläste und die Lagerhäuser, die stolzen Inselmenschen in den herrlichen Kleiderstoffen, alles bei diesen paar Buchstaben – wieviel sind's?« Er zählte an den Fingern ab: »Sechs.«

»Bitte?«

»Sechs Buchstaben hat London.«

»Ja?«

Er lachte. »Ja, und Berlin hat auch sechs.«

»Kennen Sie sich gut aus in Berlin?« fragte sie. Plötzlich war sie bei der Sache.

»Ziemlich.«

»Wieviel Geld braucht hier ein einzelner Mensch im Monat?«

»Von vierzig bis viertausend Mark, ungefähr.«

»Sind die Zimmer sehr teuer? Oder bekommt man jederzeit ein Zimmer, das billig und sauber ist?«

Er zählte sofort einige Pensionen auf, die billig und sauber waren. Er wußte gut Bescheid.

Sie unterbrach ihn. »Kommen Sie, das Kind soll schlafen.« Sie strich Jane, die endlich am Einschlafen war und das Gespräch nur noch wie fernes Meeresrauschen hörte, behutsam übers Haar. Sie ging aus dem Zimmer.

Fenn schlich auf den Zehenspitzen hinterher.

Auf dem Treppenabsatz sagte sie: »Eine Sekunde!« und verschwand in einem Zimmer, das dem Kinderzimmer gegenüber lag. Es war aber wirklich nur eine Sekunde, sie kam sofort wieder, eine abgetragene wildlederne Tasche in der Hand.

»Wollen Sie mir einen Gefallen tun?« Sie nahm Fenn, der an dem Geländer lehnte, beim Arm.

»Gern.«

Er spürte mit einem Male eine große Verwirrung. Von der Bibliothek herauf hörte man, wie Herr Gade die Stadt London beschwor: »Impossible, nonono – ninety five, ninety six, ninety seven – yes, halloo, halloo, was soll denn das, verflucht noch mal, ich spreche doch mit London, ja – ninety one – nonono ...« Und Frau Gade hielt noch immer seinen Ärmel fest, so daß er kaum zu atmen wagte.

»Bitte«, stieß er heraus. »Was Sie wollen!«

»Sind Sie abhängig von ihm?« fragte sie und ließ endlich den Homespun los, um ins Parterre zu deuten. Fenn schüttelte energisch den Kopf, ohne eine Silbe herauszubringen.

»Ich meine«, sagte sie und überlegte offenbar etwas Besonderes, Kühnes, das sah man an ihren Augen, »ob's schlimm für Sie ist, wenn Herr Gade böse auf Sie wird?«

Fenn starrte perplex auf sie. Er gab die dümmste Antwort, die einem Menschen in seiner Lage einfallen konnte: »Im Gegenteil!«

Sie sagte: »Ich will Sie nicht schädigen, ich finde auch allein in eine von diesen Pensionen, wenn Sie lieber hier bleiben, statt mich hinzuführen?«

Er blickte entsetzt ins Parterre hinunter.

Sie lachte und sagte: »Keine Angst, das dauert noch mindestens zehn Minuten, London ist erst bei ninety one und muß noch bis ninety four hinauf.«

Fenn dachte an Golo. »Scheußlich, wunderbar«, schoß es ihm durch den Kopf. »Scheußlich, wunderbar, wunderbar, wunderbar.«

»Es wäre ein guter Witz«, fuhr sie fort und sprach jetzt sehr schnell, »und ich bin eigentlich Herrn Gade diesen Witz schuldig ... Wenn Sie aber lieber hier bleiben, müssen Sie furchtbar auf mich schimpfen, wenn er merkt, daß ich weg bin, sonst verzeiht er Ihnen niemals, daß Sie der Zeuge dieses Abends sind, er ist sehr rachsüchtig ... Ach, Sie Armer, Sie sind auf jeden Fall hereingefallen, wenn Sie nicht zufällig unabhängig von ihm sind, frei ... Aber ich kann Ihnen nicht helfen, ich muß weg ...« Und dabei huschte sie schon die Treppen hinunter, ohne sich zu kümmern, ob er folgte oder nicht.

Er holte sie in der Garderobe ein und half ihr in den Mantel. »Ich bin unabhängig von Herrn Gade«, sagte er und war ungeschickt mit dem Mantel. »Ich begleite Sie, wenn Sie gestatten.«

Sie nickte ohne besonderes Interesse.

Es war heroisch von ihm, eine heroische Lüge. Er benahm

sich Golos würdig, verloren und verdammt. Er war von sich selber entzückt, so entzückt wenigstens, wie ein Mann seiner Epoche nun einmal sein konnte: im Herzen die Verzauberung durch die Frau, im Kopf der Rausch der Freiheit, dazu der schnelle heimliche Griff nach dem letzten Fünfmarkstück in der Hosentasche, ob es auch wirklich noch vorhanden war, und schwarz und schwer der Grund der Seele und der ferne Osten.

Als sie die Haustür öffneten, wurde in der Bibliothek die Stadt London noch immer angebrüllt. Gleichzeitig kam das Dienstmädchen vom Souterrain herauf, das Tablett mit der Suppe in der Hand.

»Bestellen Sie meinem Mann einen Gruß, Hedwig«, rief Frau Gade mit heller Stimme, »wir sind schon vorausgefahren ins Bibabo!«

Hedwig hielt das Tablett weit von sich. Sie sagte: »Jawohl, gnädige Frau!« und lächelte wie eine Sphinx.

Sie waren schon eine Ewigkeit durch die ausgestorbenen Villenstraßen gegangen, stadtwärts, schweigend, als sie endlich ihren Begleiter fragte: »Wie heißen Sie eigentlich?«, ziemlich fremd und kalt.

»Fenn«, sagte Fenn.

4 Alexander Golo liebte das Leben. Er liebte das Leben und liebte die Liebe. Da jedoch für ihn das Leben und die Liebe ein und dasselbe waren, hatte er's nicht leicht und geriet des öfteren mit seiner lieblosen Umgebung aneinander. So auch heute abend, während er mit Else Schlittenmeister in der »Betrunkenen Frau« saß und auf den Freund wartete.

»Donnerwetter!« rief er entsetzt, als der Kellner die Rotweingläser zum zweiten Male nachgefüllt hatte und auf den

Tisch stellte. Er betrachtete verzweifelt die beiden Gläser. Sie waren bis zum äußersten Rand gefüllt. Man konnte sie nicht an den Mund führen, ohne den Wein zu verschütten. Man hätte sie abschlürfen müssen, ehe man sie hob. »Was soll denn das, mein lieber Freund?«

Der Kellner grinste. Er hieß Jakob und war wirklich ein lieber Freund von Golo, der eine Schwäche für Kellner, Musiker, Friseure hatte.

»Nein, das ist ein schlechter Witz, mein lieber Freund«, sagte Golo. Er merkte die Anspielung. Er hatte sich vorhin beschwert, weil schlecht eingeschenkt gewesen war, einen ganzen Zentimeter unter dem kleinen Strich im Glas, der den Viertelliter angab. »Pfui!«

Dieser Strich spielte eine große Rolle in seinem Leben. Er haßte ihn und behauptete, die ganze Pöbelhaftigkeit seiner Zeitgenossen in diesem Strich zu sehen. Und nun wollte man ihn also verulken, indem man so weit über den Strich einschenkte, daß er entweder abschlürfen oder seine Hose begießen mußte? »Nein, so einfach ist das Leben nicht, Jakob, einmal zuwenig, einmal zuviel.«

Jakob wollte sich verziehn. Das Lokal war voll, er hatte viele Bestellungen im Kopf. Er legte im Augenblick keinen Wert auf eine längere Unterhaltung, so begeistert er sonst von Golo war.

Aber Golo hielt ihn fest. »Mein lieber Jakob, so etwas läßt tief blicken, glaub es mir. Weil die Menschen kein eigenes Maß mehr in sich haben, ist dieser teuflische Strich erfunden worden. Aber mit solchen Unflätigkeiten gleicht man die traurige Schwäche nicht aus. Bist du verheiratet?«

»Und wie!« sagte Jakob und lachte. Dabei blickte er verzweifelt ins Lokal und überlegte einen schnellen Abgang, der den alten Stammgast nicht beleidigen würde. »Läßt tief blikken!« sagte Golo.

Else Schlittenmeister kam Jakob zu Hilfe. »Er will ja gar nicht tief blicken, mein Liebling«, sagte sie und legte ihre Hand auf Golos Arm. Gleichzeitig winkte sie dem Kellner, er sollte abschieben.

»So?« sagte Golo und wandte sich seiner Gefährtin zu, nachdem Jakob weg war. »Du bist also dafür, daß ich mir jede Pöbelhaftigkeit gefallen lasse?«

»Aber nein!« sagte Else Schlittenmeister und lachte. Sie war ein langes blondes Ding von großem Liebreiz, eine gute Cellospielerin, seit Jahren mit Golo befreundet. »Du sollst nur nicht immer wieder die Kellner tief blicken lassen.«

»So?« fuhr er hoch.

»Erstens fängt man keinen Krach mit dem Kellner an, wenn eine Dame am Tisch ist ...«

»Zweitens mischt sich eine Dame nicht drein«, unterbrach er sie, »wenn man die Leute dazu erziehen will, ohne diesen Strich ihr Maß einzuhalten ...«

»Und drittens«, unterbrach sie mit ihrer hohen Kinderstimme, »haben wir auf diese Weise um so mehr Wein bekommen, daß ist der ganze Tiefblick.« Sie beugte sich, um das Glas abzutrinken. »Prost!«

»Halt!« rief Golo und hielt sie zurück, denn in diesem Augenblick stand Fenn am Tisch. »Eine Sekunde bitte!« Er wandte sich Fenn zu, ohne zu bemerken, daß der Freund nicht allein gekommen war. »Schau dir diese zwei Gläser an, Fenn! Vorhin war zuwenig drin, jetzt ist's zuviel: Läßt das tief blicken oder nicht?«

»Das läßt ungeheuer tief blicken«, sagte Fenn und half seiner Dame aus dem Mantel.

»Verzeihung!« rief Golo und sprang auf. Er war sehr erstaunt, daß Fenn mit einer Unbekannten kam. Er beteiligte sich an dem Mantel und übergab ihn Jakob.

»Gestatten Sie, daß ich bekannt mache«, sagte Fenn, ohne den Namen der Fremden zu nennen, »Fräulein Schlittenmeister, Herr Rittmeister Golo ...«

»Was?« rief Golo, »bist du verrückt?«

»Was denn?« fragte Fenn.

»Ich sag' dir's gleich«, erwiderte Golo. Er verteilte die Plätze am Tisch, bis man gut saß, ohne Zugwind, bequeme Lehne, bunte Reihe. Dann bestellte er bei Jakob: »Zwei Viertel, ohne den Strich!« Dann erst legte er los: »Also, das ist mir in meinem ganzen Leben noch nicht vorgekommen, daß du mich als Rittmeister vorstellst, Herr Professor: Darf ich bitten, mir zu erklären, wie du dazu kommst?«

»Du bist doch Rittmeister?«

»Natürlich, das weiß ich. Ich frage doch nicht, ob ich Rittmeister bin. So besoffen bin ich noch nicht, daß ich das nicht selber weiß. Ich frage dich, warum du mich so vorstellst, und zwar zum erstenmal, seitdem ich das Pech habe, mit dir zusammenzusein?«

Fenn lachte. »Weiß selber nicht, wie das kommt.« Und dabei wurde er rot wie ein Mädchen.

Golo war begeistert, weil der Freund rot wurde. Er wandte sich Else Schlittenmeister zu. »Was sagst du? Warum hat er nicht gesagt: Herr Harmonikaspieler Golo oder Herr Bettler Golo oder Herr Bronchialkatarrh Golo? Nein, er hat gesagt: Herr Rittmeister Golo!«

Alle lachten, auch die Fremde.

»Warum hat er nicht gesagt«, fuhr Golo fort, »Fräulein Cello Schlittenmeister oder Fräulein Sanitätsratstochter

Schlittenmeister? Warum hat er nicht gesagt«, er verbeugte sich vor der Fremden, »Fräulein Rosa Grünkleid oder Fräulein Rosa Kastanienhaar?«

»Frau«, sagte Frau Gade schnell, »Frau!«

»Was heißt Frau!« erwiderte Golo. »Heutzutage im Zeitalter des Strichs! Heutzutage sind neunundneunzig von hundert Frauen noch lange keine Frauen. Davon reden wir später. Warum hat er gesagt: Herr Rittmeister Golo, das ist jetzt erst mal die Frage?«

»Läßt tief blicken!« sagte Else Schlittenmeister und winkte Fenn drohend mit dem Finger.

»Läßt tief blicken!« wiederholte Golo und erhob sein Glas, nachdem er den Rand abgeschlürft hatte, um mit allen Anwesenden anzustoßen.

»Läßt tief blicken!« sagte nun auch Frau Gade und lachte ihr helles Lachen, das Golo sofort zu dem Ausruf »Wunderbar!« veranlaßte.

Schließlich sagte auch Fenn: »Läßt tief blicken!« und trank sein Glas auf einen Zug leer. Und das gab ein neues Hallo. Man wußte, daß er sonst nur in kleinen Zügen trank. »Wie ein Vögelchen nippt er sonst an seinem Kelch!« schrie Golo und hatte einen neuen Tiefblick gewonnen.

Fenn ließ den Spott über sich ergehen. Golo hatte recht, wie immer, wenn er die winzigen Besonderheiten des Lebens aufgriff und groß machte. Ja, er war befangen. Darum war ihm das mit dem Rittmeister passiert. Eine blödsinnige Befangenheit.

Er hatte Frau Gade zu einer Pension geführt, die als anständig und billig galt. Er hatte vor der Pension gesagt: »Ich warte auf der Straße. Sie sagen dem Portier, daß Ihr Gepäck später nachkommt. Und Sie sind so freundlich und kommen zurück und sagen mir, ob alles stimmt.« Sie war verwundert gewesen, weil er nicht mitkam, völlig naiv. Aber sie hatte alles gemacht, wie er's angegeben hatte.

Sie war sehr zufrieden zurückgekommen und hatte sich noch von ihm zum Abendessen einladen lassen. Im »Seehund« hatten sie miteinander sein letztes Fünfmarkstück verspeist, ohne viel zu reden. Und nun hatte er sie noch hierher geschleppt, weil er sich bei den Freunden geborgen fühlte.

Ja, er hatte Golo mit seinem alten Titel vorgestellt, weil er fürchtete, die ungewohnte Umgebung könnte Frau Gade abschrecken. Denn so viel hatte er schon herausbekommen: Sie hatte trotz ihrer dreißig Jahre bisher nichts erlebt, sie schlief. Eine einsame Jugend in einem entlegenen Tiroler Sägewerk, eine falsche Ehe mit einem falschen Herkules. Sonst, außer der Kindsgeburt, nichts anderes, als was ein Geldmensch wie Herr Gade für das Leben hielt.

Doch seine Sorge war nichtig. Sie stellte sich mit Leichtigkeit auf den neuen Ton um. Sie ließ sich ohne weiteres von Golo ins Verhör nehmen, wer sie eigentlich wäre, wie sie hieße, wieso sie an diesen »traurigen Mönch« geraten wäre, an Fenn. Und sie parierte die Späße aufs beste, ohne sich ein wahres Wort herauslocken zu lassen.

Sie benahm sich, als hätte sie ihr ganzes Leben nur zwischen »arbeitslosen Genies« zugebracht – so bezeichnete Golo sich selber, sich und Fenn, die Cellistin Else und den unbekannten Posaunenbläser, von dem die Fremde voll Begeisterung erzählte, sowie überhaupt alle Zeitgenossen, die nicht in irgendeinen Betrieb gerieten und sich auffressen ließen.

War's der ungewohnte Alkohol, was sie so ungebunden

machte? Hatte sie Herrn Gade bereits vergessen? Beim Abendessen im »Seehund« war sie einsilbig genug gewesen. Sie hatte nur einmal das Kind erwähnt und daß sie einen Kampf auf Leben und Tod um dieses Kindes willen kommen sah, eine schwere Wolke am Himmel ihrer plötzlichen Freiheit. Hatte sie nun auch ihr Kind schon vergessen?

Tatsächlich, sie war mit einem Male lustig wie am ersten Schöpfungstag. Sie focht mit Golo ein brillantes Gefecht aus. Nicht einmal ihren Vornamen ließ sie ihn erraten. Auf verschiedene andere Mädchennamen ließ sie ihn hereinfallen und falsche Toaste ausbringen, bis sie ihn endlich auf »Lina« kommen ließ.

»Donnerwetter!« rief Golo. »Das ist die erste Lina in meinem Leben! Ist das möglich?«

»Besinn dich mal!« sagte Else. »Das gibt's doch nicht, daß du dich dermaßen blamierst und keine einzige Lina auf deiner Liste hast?«

»Wenn ich dir's sage!« Er schüttelte über sich selber den Kopf. »Keine einzige Lina!«

»Mach mir keine Schande, Liebling!« rief Else, die schon ein wenig betrunken war. »Du hast doch sogar eine echte Thusnelda gekannt! Besinn dich doch!«

»Nein, das ist meine erste Lina! Ich kenne eine Minna, ich kenne eine Gina und eine Nina und eine Ina, aber keine Lina. Das ist ja zum Wahnsinnigwerden!« Er rief Jakob, um die Gläser nachfüllen zu lassen, damit der wahre Toast auf Lina getrunken werden konnte. Und nach dem Umtrunk verriet sie ihm auch ihren Nachnamen.

»Wie bitte?« machte er betroffen und sah Fenn an. »Gade?«

Fenn nickte mit einem schwachen Lächeln.

»Entschuldigen Sie, meine Damen!« sagte Golo. »Entschuldige, Else, entschuldigen Sie, Lina! Ich habe in meinem ganzen Leben noch nicht die Ungezogenheit fertiggebracht, in Gegenwart von Frauen von Geschäften zu sprechen. Aber nun leide ich schon eine Stunde lang die reinsten Höllenqualen unter meiner guten Erziehung, weil dieser Lümmel so tut, als ob er nichts merkt, wenn ich ihm zuzwinkere, ob's mit seinen Geschäften gut oder schlecht gegangen ist. Also müssen Sie mich jetzt schon eine Minute entschuldigen!« Und er schrie Fenn an: »Sag endlich ja oder nein, du ordinärer Lümmel. Hat dein Geschäft geklappt oder nicht? Hat meine Krawatte funktioniert?«

»Natürlich«, sagte Fenn, ohne von der Tischplatte aufzublicken. »Herr Gade hatte hinterher noch eine andere Besprechung. Und da hat er mir, nachdem wir einig waren, seine Frau für diesen Abend anvertraut, damit sie sich noch ein wenig amüsiert. Frau Gade hat nur selten Gelegenheit, ein bißchen zu bummeln.«

»Das ist ja ein reizender Mann!« unterbrach ihn Golo und wollte sofort einen Toast auf Herrn Gade ausbringen.

»Daraus siehst du selber«, schloß Fenn, »wie gut alles geklappt hat.«

»So?« sagte Golo. »Entschuldigen Sie, meine Damen, entschuldige, Else, entschuldige, Lina! Ich habe in meinem ganzen Leben noch nicht die Ungezogenheit fertiggebracht, in Gegenwart von Frauen Krach zu machen, aber jetzt müßt ihr mich schon eine Minute entschuldigen!« Und damit fiel er aus seinem höflichen Ton und brüllte Fenn an, daß die Gäste von sämtlichen Tischen herschauten: »Das sagst du mir erst jetzt, du Lümmel!« Dann packte er ihn bei den Ohren, zog ihn zu sich und sagte leise und gerührt: »Ich gratuliere, ich hätte es nicht gedacht, ich gratuliere, mein Lieber.« Er freute sich gewaltig für den Freund, obwohl durch die Reise nach dem fernen Osten eine lange Trennung drohte.

Frau Gade nahm gespannt jedes Wort dieser Szene auf. Sie sah immerzu auf Fenn. Sie hatte keine Ahnung gehabt, was er mit ihrem Mann zu tun gehabt hatte. Erst an Golos Freude merkte sie, daß er ein schlimmes Theater zu Ende spielte, um sie nicht bloßzustellen.

Else Schlittenmeister wiederum beobachtete inzwischen Frau Gade. Sie kannte Fenn wie ihren Bruder und wußte, was hier bevorstand. Oh, es gab keine Liebesgeschichte in der Welt, die nicht von einer unbeteiligten Frau vorausgeahnt worden wäre, längst ehe die Liebesleute selber merkten, was los war!

Else Schlittenmeister nahm sich vor, mit Fenn unter vier Augen zu sprechen. Sie wollte ihn warnen, auf schlaue Frauenweise selbstverständlich, aber mit Nachdruck. Frau Gade war eine entzückende Person, doch Fenn durfte während der wenigen Wochen, die er noch in Berlin war, nicht seinen neuen Posten aufs Spiel setzen, indem er eine Liebesgeschichte mit der Frau seines Chefs anfing.

Er stammte aus einem Bauernhaus von der Wasserkante und hatte seinen bäuerischen Dickschädel mit in die Stadt gebracht, obwohl er schon als kleiner Junge von zu Hause durchgebrannt war. Er war in der Liebe der gleiche Dickschädel wie in seinen Schriften, ein schwer gefährdeter Liebhaber. Jahrelang lebte er einsam und allein, aber wenn er sich verliebte, war's aus mit ihm. Dann kam es zu solchen Tragödien, wie seine zwei irrsinnigen Ehen gewesen waren, von denen er manchmal erzählte. Mit zweiundzwanzig und mit dreißig Jahren war er eine kurze Spanne Zeit verheiratet gewesen und nur auf Mord und Kaputt wieder frei geworden. Und das waren vermutlich seine beiden einzigen Erlebnisse mit Frauen geblieben. Er war nur deswegen »unser lieber Mönch« geworden, weil er entweder aufs Ganze ging oder es sein ließ.

Else Schlittenmeister kam sich vor wie Brangäne, die den unheilbaren Liebestrank verwaltete. Fenn glaubte an die Allmacht der Liebe, darum konnte er jahrelang in Ruhe warten und auf die kleine Münze der Liebe verzichten. Und auch diese Frau seines Geldmannes glaubte an die Allmacht der Liebe, vielleicht ohne es zu wissen. Was war dann mit der neuen Stellung, schwer genug errungen in der heutigen Zeit? »Isot, meine Freundin«, sprach Brangäne, »und du, Herr Tristan: es war euer Tod, den ihr getrunken habt!«

Doch Golo merkte nichts von diesen weiblichen Skrupeln rechts und links. Er geriet durch Fenns Erfolg, an dem er nicht im geringsten zweifelte, in große Fahrt. Jakob mußte die Gläser immer wieder nachfüllen. Auf alle Dinge im fernen Osten wurden Toaste ausgebracht: auf die Million, die dort auf Fenn wartete, auf die wunderbaren Frauen, die dort auf ihn warteten, auf die gelben Flüsse, die weißen Gletscher, das blaue Meer.

Schließlich riß er auch Else und Lina mit sich. Nur Fenn blieb noch nüchtern und warf ihm zuweilen einen scharfen Blick zu, der besagte: »Wer soll die Zeche zahlen, alter Lump? Ich weiß, daß du nichts mehr hast. Und ich selber hab' noch sieben Groschen in der Tasche.« Aber Golo ließ sich durch diese »Krämerblicke« nicht bremsen. Er bat die Damen für eine Minute um Verzeihung und erhob sich, um ein ernstes Wort mit seinem Freund Jakob zu sprechen.

Selbstverständlich war Jakob bereit, die Zeche aufzuschreiben. Er wußte, daß Golo immer wieder geheime Reserven aufstöberte und ihn unter keinen Umständen sitzen ließ. Er händigte ihm auch noch zwei Fünfmarkstücke aus, mit Vergnügen, für die Taxis zur Heimfahrt.

Golo kam in Begeisterung an den Tisch zurück. Das eine Fünfmarkstück behielt er für Else und sich. Das andere schmuggelte er Fenn zu, meisterhaft schnell, unter der Tischplatte, ohne daß die Damen es merken konnten. Und nun Schluß mit diesen höllischen Geldsorgen und hinein ins Paradies des Alkohols!

Das Unglück war nur, daß er chinesisch sprach, als er von Jakob zurückkam. »Wir trinkai auf Paulai Fennai!« Und: »Wir trinkito auf Madamito Linanito!« Er sprach die Sprache des fernen Ostens, damit Fenn für seine Reise trainiert würde. Und als er herausbekam, daß Frau Lina Geige spielte, gab's kein Halten mehr. »Donnerwettito!« schrie er. »Endlich ein Quartettito!« Er selber spielte Harmonika, Else war die Cellistin, Fenn der Klavierspieler, nur die Geige hatte noch gefehlt. »Quartettito niemals mehr auseinandergehnito!« rief er immer wieder, wenn zum Aufbruch gemahnt wurde. Und zum Schluß war das ganze Quartett betrunken: Der Blick glitt in verwegener Seligkeit durch die festen Gebilde aus Menschenhand hindurch und drang in eine andere Landschaft ein.

»Hab' ich's nicht immer gesagt!« verkündete Golo, nachdem sie endlich aufgebrochen waren, Jakobs letzte Gäste, und Arm in Arm zum nächsten Wagenstand pilgerten. »Ich hab' doch immer gesagt, daß ich in der ›Betrunkenen Frau‹ den schönsten Abend meines Lebens verbracht habe? Aber dieser Lümmel wollte mir's ja nie glauben! Jetzt habt ihr selber gesehn, daß es stimmt!«

»Jetzt stimmt's«, sagte Fenn. »Aber vorher hat's nicht gestimmt.«

»Was!« schrie Golo und stoppte mit einem verzweifelten

Ruck die ganze Kette. »Dieser Professor! Ist das vor dem Weltgeist ein Unterschied, du kleinlicher Streber, ob's heute oder vor zehn Jahren war?« Er wandte sich an die Damen um Hilfe. »Elsito! Linanito!«

»Ein kleinlicher Streber!« stimmte lallend Elses Kinderstimmchen bei. Und Frau Gade drückte Fenns Arm, in den sie eingehängt war, fest an sich und ließ dadurch ihre Antwort zu einer geheimen Liebeserklärung werden: »Sicher, ein ganz kleinlicher Streber.«

»Besten Dank, meine Damen!« quittierte Golo und setzte die Kette wieder in Marsch. »Ein entsetzlich kleinlicher Streberito aus dem fernen Ostenito!«

5 Ein kleiner Fischdampfer namens Rossini stampfte unaufhaltsam durch die Flut. Es war ein altmodischer Kasten, ein Droschkengaul des Mittelmeers. Früher war er österreichisch gewesen, jetzt war er italienisch, denn sein Hafen war Triest. Früher war er auf dem Ozean gefahren, jetzt war seine Route Triest-Alexandria und zurück. Bald war's überhaupt vorbei mit ihm, adieu, schöne Flut! Aber vorerst ging es noch. Vorerst kam auch noch alle Monate seine große Stunde, jene geheime große Stunde, wenn auf der Rückreise von Afrika die südliche Küste von Kreta passiert wurde. Das war am zweiten Tag der Fahrt, das Morgengrauen. Das Deck lag noch wie ausgestorben, wenn in dem frühen Licht zur Rechten das karstige Gebirg erschien, wo einst der Minotaurus umgegangen war, der Halbmensch mit dem Stierkopf. Der Kapitän schlief, und die Passagiere schliefen, die in der einzigen Passagierkajüte zuweilen mitgenommen wurden. Die beiden Männer auf der Steuerbrücke warfen selten einen Blick nach der verödeten Felswelt hinüber. Sie rauchten ihre ersten Morgenzigaretten, wenn rings die Wogen heller wurden, und schlugen ihre Mantelkragen hoch. Die Brise hob und senkte stärker das geduldige Schiff. Die Fische fröstelten weithin der Sonne zu.

Lina Fenn lag im Halbschlaf. Sie fühlte durch die geschlossenen Lider hindurch, daß es in der Kabine zu tagen begann. Im zweiten Bett über ihr lag Fenn. Sie hörte seine regelmäßigen Atemzüge, so laut das Schiff auch stampfte, und daß er noch in Frieden schlief.

Zuerst war an der Küste Kretas eine Weile nichts Besonderes zu sehn. Die kahle Kreide stürzte steil ins Meer, von dünnen Wasserfällen hier und dort durchzogen. Die Buchten zeigten nichts wie Gischt und Schaum und Einsamkeit. Nur selten, daß ein grüner Fleck sich hielt, wo das Gestein sich auseinanderschob. Dann sah man eine Handvoll Schafe oder Ziegen, von denen rätselhaft war, wer sie schor und molk. Erst später, als schon die Gewässer aus dem kalten Grau ins Blau hinüberwechselten, kam jene Ecke. Das war ein schief ins Meer abfallender Grat, der deutlich das Profil von einem alten Weibe bildete. Ganz droben, wo um diese Stunde noch die Nebelfetzen hingen, begann es mit der wildgerunzelten Stirn. Dann kam der tiefe Einschnitt zu den Augen, die eingefallenen Höhlen starrten himmelwärts. Dann schwang es sich zu einer scharfen Nase weit hinaus. Die Lippen waren halb geöffnet, entweder eine alte Wollust oder eine alte Klage. Der Hals war kropfig aufgebläht. Und wo der Ansatz zur verwitterten Brust sich zeigte, tunkte es ins Wasser.

Lina Fenn kreuzte die Arme unter dem Kopf, ohne die Augen zu öffnen. Sie lag still, um Fenn nicht zu wecken. Sie stieß nur, da der Morgendampf die Röhren der Kajüte überhitzte, die schweren Decken mit den Füßen an das Ende ihres Bettes und knäulte sie mit ein paar Tritten fest zusammen. Nun lag sie endlich, da sie nackt geschlafen hatte, in ihrer ganzen Blöße. Nun konnte sie horchen, unbeschwert, in sich hinein. Die Liebe war da, das Blut war erlöst, das Kind war verloren.

Allmählich zog das Schiff am Felsen mit dem Alten-Weiber-Kopf vorbei. Die ersten Sonnenstrahlen kamen. Der eine von den beiden Leuten auf der Steuerbrücke deutete nach Osten und sagte mit gewaltigem Gähnen: »Schön!« Der andere, der das Rad hielt, glotzte ganz und gar zerstreut geradeaus und tat nur noch mechanisch seine Griffe. Ein Heizer kam herauf und schöpfte Luft. Er schneuzte sich, er stierte nach der Insel hin, gedankenlos, dann stieg er wieder in die Luke und verschwand. Der Mann am Rad kam wieder zu sich, mit einem schweren Fluch, ganz ohne Grund herausgebrüllt. Der andere lachte, gleichfalls ohne Grund, und zündete eine neue Zigarette an. Das Alte-Weiber-Angesicht begann sich aufzulösen. Jedoch bevor es seine Form verlor, kam noch etwas herangeweht zu dem Rossini, eine Botschaft. Das war die Alte-Weiber-Kunde, die gespenstige, die Kunde vom Zusammenhang. Sieh an, der ewige Zusammenhang der toten Dinge und der lebenden Wesen! Der unbegreifliche unerbittliche Zusammenhang, hi, hi! Dann war's dahin, der neue Menschentag war angebrochen.

Lina Fenn öffnete die Augen. Scheu blickte sie sich in der Kabine um. Wie fremd alles war, wenn man aus sich selber emportauchte! Das fremde Bullauge mit dem fremden Morgenlicht. Die fremden Kleiderhülsen und Wäschestücke an den fremden Haken. Und der fremde Geliebte da droben schlief noch immer.

Sie wippte mit den Zehen das Leintuch und die Wolldecke aus dem Bett hinaus. Sofort lag das Knäuel, obgleich noch warm von ihrer Körperwärme, als fremdes Ungeheuer auf dem Boden der Kajüte.

Und dabei geschah das alles nur ihr zur Liebe, das Fremde rings um sie!

Ihr zur Liebe hatte Fenn seine Stellung bei Gade verloren und ein paar schlimme Bettelmonate mit ihr durchgemacht, bis schließlich für eine amerikanische Gesellschaft eine andere Mission nach dem fernen Osten gefunden worden war. Ihr zur Liebe hatte er sich alsdann schwer eingeschränkt, damit sie mit ihm reisen konnte, nach ihrer Scheidung von Gade, rund um die Welt, auf seine freie Streunerweise. Und ihr zur Liebe hatte er jetzt seinen Jahresvertrag mit den Amerikanern nicht mehr verlängert. Er kehrte, nach einem kurzen Bummel durch Ägypten, auf gut Glück mit ihr nach Europa zurück, das letzte Monatsgeld in der Tasche, sonst nichts.

Alles ihr zur Liebe, und sie selber so fremd zwischendrin!

Fenn hatte die geheime Sehnsucht bald bemerkt, die dieses Jahr der Seligkeit verschleiert hatte, in London, Frisko, Hongkong, Tokio. Er hatte es bemerkt, obgleich sie kein Wort darüber verlauten ließ. Er hatte schließlich, ganz an seine Liebe verloren, den kühnen Plan gefaßt, das Kind zu ihr zurückzuschaffen. Mit Gewalt, denn das Recht war auf Herrn Gades Seite. Mit Verwegenheit, denn Herr Gade war ein erbitterter Gegner. Seit jenem Abend hatte sie Jane nicht mehr zu Gesicht bekommen können.

Vielleicht daß ihr zur Liebe, so fremd ihr alles war, auch dieses glückte, der Plan mit ihrem Kind?

Aber bevor sie's zuließ, wollte sie noch einmal mit Juvali sprechen, dem Kapitän der Rossini. Sie hatte ein seltenes Vertrauen zu dem siebzigjährigen Kutscher des Mittelmeers gefaßt. Sie gab sonst nichts auf gute Ratschläge und kluge Worte. Sie war abgebrüht vom internationalen Bluff der Wortmenschen, mit denen sie oft genug zusammenkam, als »Frau Professorai Doktorai Fennai«, wie Golo seine Briefe noch immer adressierte. Aber David Juvali, nah am Tod, vielleicht daß er es besser wußte als die klugen Leute, besser auch als der verliebte Mann, was not tat?

6 Sie wartete an der Reling, bis Fenn kam. Von Kreta war nichts mehr zu sehn. Sie gingen zusammen in die Kajüte, die gleichzeitig das Büro des Kapitäns und das Speisezimmer der Passagiere war.

Juvali saß schon beim Frühstück. Er war klein und hager. Sein Kopfhaar und sein Bart waren mit der Maschine ganz kurz abgehobelt. Der glattgebürstete Rest blinkte genau so schneeweiß wie seine Sommerjacke mit den drei goldenen Streifen am Ärmel.

Er riß seine alten Knochen zusammen, als die Gäste eintraten. Er sprang wie ein Kadett hoch, um Fenn die Hand zu schütteln und Lina einen Handkuß zu verabreichen. Er wies ihnen zeremoniell ihre Plätze an.

Doch dann beschimpfte er sie sogleich: »Sie sind die gleichen traurigen Faulpelze wie alle anderen! Sie haben Kreta verschlafen, Sie Faulpelze, die schönste Insel der Welt.«

Fenn gab es lachend zu: »Schade.«

Lina dehnte sich genießerisch: »Macht nix.«

»Eins von beiden«, sagte Juvali und zuckte die Achseln. »Entweder es ist schade, oder es macht nix?« Er klatschte in die Hände, damit Mario käme, die Ordonnanz, ein lustiger junger Kroat, und befahl: »Das Frühstück für Herrn und Frau ...«, doch weil er die Namen seiner Gäste bereits nicht mehr wußte, obwohl er bis tief in die Nacht mit ihnen gezecht hatte, fuhr er fort: »Für Herrn Schade und Frau Machtnix«, und zwinkerte ihnen mit seinen listigen Greisenaugen abgründig zu.

Fenn war fröhlich erwacht. Er verwurstelte sofort den Witz des Kapitäns, während Mario das Frühstück aufstellte. »Es ist alles schade und macht alles nix. Nur das eine ist wirklich schade, daß alles nix macht. Aber das macht auch nix ...« Er trug zu seinen weißen Ostasienhosen, solange der Morgen auf Deck noch windig war, den alten Homespun vom vorigen Jahr. Doch die verblichene Jacke hing ihm eleganter von den Schultern herab als damals, weil er magerer geworden war. Er sah überhaupt jünger und straffer aus als vor einem Jahr. Das Blut in den Adern des »Tristan« kreiste anders als das Blut des »Mönchs«.

Juvali war sehr besorgt um seine »Kinderchen« und »Schlafsäcke«. Er legte Lina mit seiner braungegerbten Hand selber den Teller voll, ein bißchen zitternd. Und er verriet ihnen das Rezept, wie man das erste Frühstück nehmen mußte, um bis ins hohe Alter hinein frisch zu bleiben.

Die Hauptsache war, daß man stundenlang frühstückte, zwei bis drei Stunden mindestens, das war der große Trick. Und wenn ein Mensch gezwungen war, um fünf Uhr früh seinen Dienst anzutreten, so mußte er schon um zwei Uhr nachts aufstehen, um sich beim Frühstück nicht abzuhetzen.

Die Säfte der Nacht durften nur ganz langsam den Säften des Tages weichen. Dazu war dieses lange Dösen beim Frühstück notwendig. Sonst gab's ein Durcheinander von Tag und Nacht im Menschen, ein teuflisches Gemisch von Licht und Dunkelheit in allen Organen.

Ein kostbares Rezept, behauptete Juvali. Wenn man es befolgte, blieb es gleichgültig, was man bei diesem ausgedehnten Frühstück zu sich nahm: hellen Tee mit Weißbrot und Marmelade, wie seine beiden kräftigen jungen Gäste – oder ein Stück Gorgonzola, ohne Brot, doch mit viel französischem Kognak und ägyptischen Zigaretten, wie er selbst als schwacher alter Mann.

Fenn stimmte ihm bei. Er wollte sich öffentlich dieser Sache annehmen. Das Drei-Stunden-Frühstück mußte beim Völkerbund vorgeschlagen werden. Ein paar Kommissionen und Kongresse, das Juvali-Frühstück wurde international eingeführt, das Arbeitslosenproblem der Erde war gelöst.

Er selber allerdings frühstückte heute noch einmal sehr schnell, um zu seiner Arbeit zu gelangen. Er hatte für seinen Liegestuhl einen windstillen Platz auf dem Achterdeck gefunden. Schreiben, schreiben! Berichte, Berichte! Geld, Geld! Gestern war's die wirtschaftliche Lage Ägyptens gewesen und ihre Beziehungen zum nordamerikanischen Produktenmarkt. Heute war's eine ergreifende Skizze für die Frauenbeilage des New Yorker Hauses, die unvergeßliche Vorbeifahrt an der Insel Kreta, wo einst der Minotaurus gewandelt war, der Mann mit dem Stierkopf.

Indessen hatte Lina Zeit genug, Vater Juvalis Rezept zu befolgen und noch eine Weile bei ihm sitzen zu bleiben, nachdem Fenn davongestürmt war. Sie ließ sich sogar verführen, zum Kognak und den Zigaretten überzugehn, während sie ihre Geschichte beichtete.

Es war ein großes Vertrauen, das sie dem alten Mann schenkte, indem sie ihm Fenns Plan verriet. Schon waren mancherlei Vorbereitungen getroffen zu dieser Unternehmung. Es war kein Spaß. Herr Gade war auf der Hut, ein gefährlicher Feind. Dann waren da noch die beiden Gwinners, ein befreundetes Ehepaar aus der deutschen Kolonie in Shanghai, von Fenn aus bestimmten Gründen in das Abenteuer eingeweiht: Auch ihnen gegenüber war's unrecht, sich diesem fremden Greis auszuliefern. Und schließlich hatten auch Golo und Else ihre Mithilfe zugesichert und waren mit gewissen Vorbereitungen bereits am Werk: Auch sie wurden durch Juvalis Mitwisserschaft gefährdet.

Sicher, Fenn wäre wütig gewesen, wütig und traurig, wenn er diese Preisgabe gehört hätte und wie sie hier auspackte, während Juvali eine Zigarette an der anderen ansteckte und die Kognakgläser nachfüllte, ohne etwas anderes zu sagen als: »So, so ... Ei, ei ... Ja, ja ...«

Nicht einmal einen Schwur der Verschwiegenheit ließ sie sich geben. Aber sie war sich ihrer Sache bei diesem alten Mann sicher. Außerdem geschah's ja nur für Fenn. Die Einzelheiten interessierten Juvali nicht. Die verschiedenen Namen vergaß er auf der Stelle. Was für Strafen auf diese Tat standen, wenn's mißglückte, wußte er nicht. Und sie wollte ja auch nur von ihm erfahren, ob sie den kühnen Liebesdienst, auf dem Fenn bestand, zulassen durfte oder nicht.

»So, so ... Ei, ei ... Ganz nett ...«, sagte Juvali, als sie geendet hatte. Dann ließ er eine lange Pause eintreten, ehe er wieder etwas sagte. »Alles ganz gut ausgedacht ... Kann nicht viel passieren ...«

Sie schwieg. Sie wußte nichts mehr zu sagen.

Er zündete sich eine neue Zigarette an. »Dieses verdammte Kraut! Das ist die letzte Zigarette meines Lebens! Jetzt ist Schluß damit, das schwöre ich! Das ist meine letzte!« Er stierte auf einen bestimmten Punkt an der Wand dicht unter der Oberluke, durch welche das Licht Griechenlands in die Kajüte flutete. Schließlich erhob er sich mit einem Ruck und klatschte mit der flachen Hand zu. Er war ein fanatischer Fliegentöter. Dann saß er wieder stumm und eingefallen da, bis die Zigarette verraucht und an dem Stummel eine neue angeraucht war. »So, so ... Natürlich ... Ja, ja ...«

Du lieber Himmel, was für ein Reinfall! Was für eine Idee, Fenn an diesen stumpfen Greis zu verraten! Er hatte gar nicht zugehört? Oder er hatte die ganze Geschichte schon wieder vergessen und grübelte über seine Nikotinvergiftung nach?

»So, so ...« sagte Juvali. »Um was handelt es sich? Um ein Kind?«

Sie wurde zornig, vor allem zornig auf sich selber. Wie war sie nur darauf verfallen, diesen Idioten zu ihrem Orakel zu machen? Sie spürte große Sehnsucht nach dem Geliebten. Am liebsten hätte sie die peinliche Sitzung abgebrochen, um zu Fenn zu eilen und Abbitte zu leisten.

»Sie wundern sich selber?« sagte Juvali plötzlich, als hätte er ihre zornigen Gedanken erraten.

»Worüber?«

»Daß Sie gerade mir diese Geschichte anvertrauen?«

»Eigentlich ja!«

»Sie sind doch sonst sehr verschwiegen?«

»Eigentlich ja!«

»Immer ganz für sich allein?«

»Eigentlich ja.« Sie kam sich vor wie ein Schulmädchen, das seine Aufgabe heruntersagen muß.

»Mich wundert's gar nicht.«

»Was?«

»Daß Sie mit dieser Sache zu mir gekommen sind!« Er sah sie mit einem festen Blick an und straffte sich. Mit einem Male konnte man erkennen, wie er vor dreißig, vierzig Jahren ausgesehn haben mochte. »Ich weiß, wieso das kommt, mein liebes Kind.«

»So?« machte sie skeptisch.

»O ja!« sagte er lachend.

»Haben Sie vielleicht selber etwas Ähnliches durchgemacht?« Sie wurde wieder unsicher. Hatte ihr Gefühl sie doch richtig geleitet?

»Wie? Ich? Eine Geschichte mit einem kleinen Jungen?«

Er besann sich. »Nein, nichts dergleichen. Ich hatte gar keinen Jungen, ich hatte nur eine Tochter, sie ist in ihrem ersten Kindbett gestorben.«

»Oh!« machte sie bedauernd, obwohl es ohne jede Trauer vorgebracht worden war. Gleichzeitig stieg wieder ihr Zorn hoch, weil er alles durcheinanderbrachte und nicht einmal kapiert hatte, daß es sich um ein Mädchen handelte.

»Mit Söhnen kenne ich mich nicht aus, nein.« Er schlug eine Fliege am Tischrand tot. »Aber mit der Liebe kenne ich mich aus, o ja.« Er schlug nach einer zweiten Fliege, ohne sie zu treffen. »Die große Chemie kenne ich, verstehen Sie?«

»Nein«, sagte sie und war entschlossen, in der nächsten Minute aufzustehn und aufs Deck zu gehn.

»Das ist so, mein liebes Kind.« Endlich wandte er sich ihr zu und ließ die Fliegen Fliegen sein. »Unter einer Million sind ungefähr zwei Menschen, bei denen die Liebe wirklich glückt. Ich nenne das die große Chemie, aber Sie können es nennen, wie Sie wollen. Und die andern Menschen wissen ganz genau, daß es so etwas gibt, aber sie finden's nicht. Oder sie finden's nur halb oder dreiviertel. Und dann richten sie sich selber und die ganze Welt zugrunde, weil sie's nicht finden.«

»Ja?« Sie ahnte nicht, worauf er hinauswollte. Vermutlich ein greisenhaftes Geplapper, das mit ihrer Sache nichts zu tun hatte.

»O ja!« Er straffte sich wieder und sah ganz jung aus, jung und stolz. »Ich hab's gehabt und kann's nicht mehr verlieren, wenn auch meine Dame schon längst von den Würmern zerfressen ist. Also brauchen Sie sich nicht zu wundern, mein liebes Kind, daß Sie gerade zu mir gekommen sind, mit Ihrem armen kleinen Jungen in Shanghai.«

O Gott, nun verwechselte er bereits die Gwinners in Shanghai mit Herrn Gade in Berlin! Es war nichts zu wollen.

Aber mit der »großen Chemie« hatte er wohl recht? Ja, auch sie wußte, was das hieß, auch ihr war's geglückt. Vielleicht taumelten wirklich die paar Menschen, die's erfahren hatten, vertrauensvoll aufeinander zu, eine verstreute geheime Loge? Vielleicht war's tatsächlich diese geheime Mitgliedschaft zur »Loge der großen Chemie«, was sie zu dem Mummelgreis getrieben hatte?

»Schwer ...« Er begann vor sich hin zu reden, er schwätzte mit sich selber. »Jedes Jahr ein anderes Kind statt des kleinen Chinesen ... geht heutzutage nicht, verstehe ich ... und nützt auch nichts ... Und diese uralte Brutwärme einfach unterdrücken und verleugnen ... geht auch nicht, da hilft nicht mal die große Chemie ... verstehe ich auch ... Himmelherrgottsakramentsakrament ...«

Sie lachte. »Ganz genau so ist es.«

Er horchte auf. Droben zankte sich Mario laut und unbekümmert mit einem Matrosen herum. Er sprang auf und lief zur Treppe, um eine Flut von italienischen Schimpfwörtern loszulassen. Man hörte, wie die beiden Leute die Flucht ergriffen. Dann war's wieder still.

Er kam an den Tisch zurück und stellte sich ganz dicht vor ihr auf. »Ich habe da mal eine alte russische Chronik gelesen, als ich im Schwarzen Meer fuhr, da hat so ein alter Diener Gottes gesagt: Handle, wie du willst, immer wirst du es bereuen.«

»Ach?« machte sie enttäuscht.

»Eine Sekunde bitte!« Er stand wie ein vom Tode auferstandener Troubadour vor ihr. »Meiner Ansicht nach gilt das nur für die Männer. Einer Frau muß man sagen: Laß die Männer für dich handeln, wie sie wollen, und bereue nichts, laß die Männer es bereuen.«

»Besten Dank«, sagte sie und erhob sich. »Jetzt habe ich Sie genug belästigt mit diesem Zeug, Vater Juvali.«

Er hielt sie am Arm fest. »Selbstverständlich lassen Sie Ihren großen Chemiker sofort wieder nach China zurückfahren und das Baby holen! War denn der Kleine schon von Ihrer Brust entwöhnt, als Sie sich in Shanghai eingeschifft haben?«

Sie lachte, nahm ihn beim Kopf und gab ihm einen schnellen Kuß.

»Besten Dank!« Er wischte sich den Mund. »Immer tun lassen, mein Kind, immer tun lassen! Die Männer wollen immer was tun, Politik oder Wirtschaft, Kindsraub, das kommt aufs gleiche heraus. Immer tun lassen! Und wenn es ihm nicht glückt, dann schreiben Sie mir, dann fahre ich selber nach Shanghai und hole den Jungen, wirklich, ohne Spaß.«

»Gut, abgemacht, danke schön.« Sie streckte ihm die Hand hin.

»O nein, bitte sehr!« Er schaute entrüstet auf ihre Hand, ohne sie zu nehmen. »Sie werden wohl nicht verlangen, daß ich Ihnen Ihren Kuß schuldig bleibe? Ich habe mein Lebenlang keine Schulden gemacht, gnädige Frau.«

Sie ließ sich lachend von ihm küssen. Sie war nicht viel klüger als zuvor, als mit diesem Kuß endlich Schluß war. Die Stoppeln kratzten, es roch nach Kognak und salzigen Algen. Von weiter Ferne auch roch's nach dem Vater in der Vomp, dem längst verstorbenen, wenn er sich zum Gutnachtkuß über seine kleine Tochter mit den ersten Zöpfen beugte. Und schließlich roch es auch ein bißchen noch nach jener Frau, die mit dem alten Mittelmeerkutscher die große Chemie der Liebe geteilt hatte, auch sie längst verstorben.

Ein wirres Gemisch in der kurzen Sekunde, kein Hochgenuß. Aber als sie einige Minuten später mitschiffs an der Reling stand, wußte sie wohl eher durch diesen Kuß, nah am Tod, als durch die vielen Worte, hin und her, wie's mit ihr stand.

Sie warf nur einen kurzen Blick zum Achterdeck hinüber. Fenn lag in seinem Liegestuhl. Er schrieb und schrieb. Tun lassen, tun lassen.

Sie beugte sich über die Reling. Sie sah, wie die Schiffswand die Flut durchschnitt. Sie sah, wie die getrennten Wellen wüteten und sich weiß verfärbten, um gleich danach wieder zum gemeinsamen Blau zusammenzufinden. Die große Chemie, das Kind, alles, dies und das! Ein Leben in allen Bahnen, dies und das, und was auch sonst noch immer dazu kommen mochte! Die Gischt spritzte bis zu ihr herauf und benäßte ihre Strümpfe, benäßte ihr Kleid, die schöne Japanseide, gekauft von den Sparpfennigen des Geliebten. Zum erstenmal in ihrem Leben war sie von Grund auf froh, eine Frau zu sein, stolz vor allen Männern.

Tun lassen. Die Männer tun lassen, was sie tun wollten, reden lassen, was sie reden wollten, es ihnen glücken oder mißglücken lassen, wie's kam. Kein fremder Eindringling mehr in dieser ordentlichen Männerwelt, anders, anders.

Verantwortungslos. Völlig verantwortungslos. Aber kraft dieser Verantwortlungslosigkeit erst lebendig als Frau. Im tiefsten Schlafe noch lebendig vor allen Männern. Ohne Reue eingefügt in den Zusammenhang des Lebens und des Todes.

Sie hatte sich weit über die zerbeulte Reling des alten Rossini hinuntergebeugt, um das Treiben der Seitenwellen zu beschauen. Sie war schwindelig, als sie sich wieder aufrichtete. »Lina!« rief sie sich selber zu, als wollte sie sich wecken. Weiter draußen war das Meer glatt. Ihr Kind stand ihr zu, was es auch Gade und Fenn kosten mochte, was es auch sie selber kosten mochte.

7 Es war alles durchdacht, alles vorbereitet. »Unser Sport«, wie's Golo in seinen Briefen nach dem fernen Osten bezeichnet hatte, nachdem er für die Sache gewonnen worden war. Aber es war gar nicht einfach gewesen, ihn zu gewinnen.

Schon im Herbst hatte Fenn geschrieben, ihm schiene, als ob Lina Sehnsucht nach ihrer kleinen Tochter verspürte. Und er hätte daraufhin einen bestimmten Plan gegen den brutalen Vater des Kindes gefaßt.

Golo hatte diesen Brief, bevor er ihn wunschgemäß verbrannte, nur drei Male durchgelesen, und das bedeutete bei seinem Verhältnis zu Fenn so viel wie ein Ärgernis. »Nix Liebestrank!« hatte er zu Else Schlittenmeister gesagt. »Unser Tristan steckt bereits unterm Pantoffel. Frau Isolde will wieder Windeln waschen und Eiapopeia singen.«

Dann hatte Fenn während des Winters die Sache mit keinem Wort mehr erwähnt. Er hatte wohl aus Golos Antwort die wahre Stimmung in Berlin herausgelesen, trotzdem Golo sich »selbstverständlich« zur Verfügung stellte.

Selbstverständlich war's gar nicht selbstverständlich, daß eine Frau gleichzeitig die alte Isolde mit dem Liebestrank und die neue Kaiserin der Mandschurei war, wie's in Fenns schwärmerischen Reiseberichten hieß, und zu alledem noch, indem sie ihre ganze Umgebung verrückt machte, die heilige

Mutter mit dem Kind. »Das Leben«, sagte Golo zu Else Schlittenmeister, »ist ein großes Entweder-Oder, aber kein eigensinniges Und-Und-Und!«

Bis dann im Frühjahr mit der gleichen Post jene beiden eingeschriebenen Briefe von Fenn und Lina kamen, welche die Sache mit einem Schlag ins rechte Licht setzten und zu Golos eigenem »Sport« machten.

Fenn schrieb, es wäre sehr kalt in Charbin und er dächte immerzu an Golo. Aber die Sache mit dem Kind wäre ganz allein von ihm selber ausgegangen. Lina ahnte vorerst nichts davon. Und Golo sollte erstmal Linas Brief lesen, bevor er diesen Brief weiterläse.

Also unterbrach Golo folgsam seine Lektüre und las Linas Brief.

Sie schrieb, es wäre sehr kalt in Charbin und sie dächte immerzu an Golo. Und er sollte ihr mittels der beiliegenden Vollmachten ihr väterliches Erbteil verkaufen, das halbzerfallene Sägewerk in der Vomp. Nach Abzug seiner Spesen sollte er ihr das Geld gut verwahren, bis nähere Angaben kämen. Sie hätte einen Plan mit diesem Geld, von dem Fenn noch nichts ahnte. Sie wollte nach ihrer Rückkehr eine entlegene Farm oder Alm kaufen, wo Fenn sein eigenes Leben leben könnte. Er hätte das journalistische Stromerleben satt und sehnte sich danach, seine alten Versuche mit den medizinischen Heilpflanzen wieder aufzunehmen. Aber er sollte vorerst nichts davon wissen, bitte, mit tausend Charbiner Küssen, auch an Elsito.

Golo legte den Brief beiseite und wandte sich wieder dem Brief des Freundes zu.

Fenn schrieb, er wüßte, was Lina an Golo geschrieben hätte. Kraft einer »ausgesprochen ehelichen Schufterei« hätte er ohne ihr Wissen ihren Brief gelesen. Das wäre gleichzeitig eine Schufterei gegenüber Golo als Empfänger, doch so sehr er dafür um Entschuldigung bitten müßte, er dürfte nicht zulassen, daß ihm zu Liebe mit Linas Geld Dummheiten gemacht würden.

Jedoch, hieß es dann, der Plan mit der entlegenen Farm paßte ihm in seinen eigenen Plan mit dem Kind. Also könnte Golo Linas Bitte befolgen. Und das mit den medizinischen Heilpflanzen wäre wirklich eine rührende Idee. Ja, es stimmte, es wäre das Erbteil von seinem Vater, dem Bauerndoktor, Kurpfuscher, Naturheilkundigen, was in China wieder besonders stark in ihm erwacht wäre. Er hätte gesehen, was die Gelben aus ihren uralten und ewigneuen Heilkräutern machten, während die Europäer ihr besseres Wissen von der Chemie verdrängen ließen.

Wirklich, ein rührendes Doppelspiel! Golo stand in der Mitte zwischen den beiden geheimen Liebesplänen wie ein Amor aus Marzipan, die Urkunden im Wert von dreißigtausend Mark in der Hand. Aber das hätte ihn noch lange nicht überzeugt. Erst die kleine Abhandlung am Schluß von Fenns Brief wirkte zündend und überwand ihn.

Der Freund schrieb, im fernen Osten hauste die gleiche Menschenrasse wie in Amerika und Europa, Schieber und Geschobene, und das würde sich bis ans Ende der Menschheit kaum mehr ändern. Aber müßte denn auch der Zwiespalt zwischen den »Golos« und den »Gades« ewig währen, zwischen den Gedankenmenschen und den Ellenbogenmenschen? Müßte es denn immerzu heißen: hie Witz und Geist, hie blinde Tat und frecher Erfolg? Müßten wirklich immer die »Gades« siegreich sein über Leute, wie das Quartettito sie barg und wie's noch Millionen gab, ohnmächtig auseinandergeweht?

»Kann unsereiner«, schrieb er zum Schluß, »nicht auch einmal etwas tun, wirklich tun, irgendeine Tat mit großem T, statt immer nur zu quatschen, zu jammern, zu schwärmen? Aber das gilt nur für mich selber, mein Freund, nicht für dich, um deine Mithilfe zu erpressen. Abgesehn davon, daß es wohl auch für dich an der Zeit wäre, etwas zu tun, etwas ganz anderes vielleicht als ich? Denn seit deiner – pardon, Herr Rittmeister – ewig wiedergekäuten kavalleristischen Attacke im Krieg hast du ja auch nichts mehr gehabt, was nach irgendeiner Tat geschmeckt hätte, oder? Indessen, das Leben ist kurz und umfaßt alles und alles und alles, man muß nur zulangen. Heute ist's hundekalt in Charbin, es umarmt dich Fenn.«

Golo war begeistert. »Das Leben umfaßt alles«, sagte er beim Abendessen zu Else Schlittenmeister. »Man muß nur zugreifen.«

»Aber neulich hast du's anders gesagt?« Sie war ein wenig eifersüchtig auf die glänzende Stimmung, die Fenns Brief mitten in einem melancholischen Anfall Golos auslöste. Sie selber hatte tagelang vergeblich gegen den Weltkatzenjammer ihres Gefährten angekämpft. »Du hast gesagt, das Leben wäre ein Entweder-Oder, kein so gieriges Und-Und-Und!«

»Was hab' ich gesagt?« rief Golo. »Bitte erzähl Fenn keinen solchen Mist, wenn er zurückkommt! Ich hab' nie etwas anderes behauptet, bitte schön, als daß das Leben ein Und-Und-Und ist.«

»Nein, ein Entweder-Oder, hast du gesagt.«

»Liebes Kind!« rief er. »Entweder es ist ein Entweder-Oder, oder es ist kein Entweder-Oder, oder? Also könnte es ja gar kein Entweder-Oder sein, wenn's wirklich ein Entweder-Oder wäre! Ein Und-Und-Und ist es und bleibt es.«

Es war nichts mehr zu machen, er war für die Tat mit dem

großen T gewonnen. Und die Folge war, daß wirklich alles klappte, was er in dieser Sache übernahm. Die Vorbereitungen waren glänzend erledigt, als Fenn und Lina in Berlin eintrafen ...

Am achten Juli kamen sie an. In einem kleinen Artistenhotel in der Innenstadt stiegen sie unter falschem Namen ab. Hier konnten sie kaum Bekannte treffen. Golo wohnte schon mehrere Tage in diesem Hotel. Er hatte seine Bude geräumt und seiner Hausfrau einen Ausflug nach der Ostsee vorgeschwindelt, damit sie ahnungslos bliebe.

Das war nötig, weil vielleicht in den nächsten Tagen allerlei in den Zeitungen zu lesen war. Andererseits war nach dem letzten Plan des Quartetts kaum zu erwarten, daß die Presse Wind bekam. Man hatte den ursprünglichen Plan mit den Erpresserbriefen, die Herrn Gade auf eine falsche Spur lenken sollten, glücklicherweise wieder aufgegeben.

Else Schlittenmeister war schon seit Wochen in Tirol. Sie richtete »Feuz« ein. Das war der Berghof, den sie nach dem Verkauf von Vomp gefunden hatte. Sie schrieb: »Am Ende der Welt, 1500 m hoch, eine göttliche Alm, wunderbar für euer Und-Und-Und.« Alle waren auf Feuz gespannt. Else hatte es auf den Namen einer Kusine getauft. Die hieß Luise Mellrich und war eine sichere Vertraute.

Auf Herrn und Frau Mellrich lauteten auch die beiden falschen Pässe, die Golo beigeschafft hatte. Sie stammten von dem gleichen Gewährsmann, der die Beobachtung des Hauses Gade übernommen hatte, die Aufsicht über Fräulein Hansemann und Jane sowie die ganze Geschichte mit dem Auto.

Das war Werner Stiglitz, von Golo eingeführt als der Mann aus Goldknochen und Katzenfleisch. Er war etwa vierzig Jahre alt, Student der Nationalökonomie und Chauffeur, Politiker und Tierstimmenimitator. Aber sein Hauptberuf waren »besondere Geschäfte«, für die er allerdings auch »besondere Preise« nahm. Dafür bestand er eben aus Gold und Katzenfleisch und bot einem etwas für das Geld.

Mit dem Geld stand es so. Fenn selber besaß bei der Ankunft in Berlin noch zweihundert Mark. Mit seinem New Yorker Haus war er nach der Ablieferung der zwei letzten Berichte vom Rossini quitt. Außerdem trug er immer noch das goldene Zwanzigdollarstück bei sich, von dem er sich seit Harplands-College nicht mehr getrennt hatte. Das heißt, er hatte es in diesem letzten Jahrzehnt mindestens zehnmal verpfändet, aber er hatte es immer wieder eingelöst, denn er glaubte daran, daß in diesem Stück Gold ein Stück Sonne enthalten wäre, ein Stück unmittelbarer Lebenskraft in der Hosentasche. Für Lina hätte er sich auch von diesem Talisman getrennt, jedoch war es nicht nötig, das stellte sich bei Golos Abrechnung schnell heraus.

Nach Abzug aller Spesen hatte Vomp achtundzwanzigtausend Mark gebracht. Davon kostete Feuz sofort einundzwanzigtausend, alles zusammen, Hof, Gründe, Tiere, Einrichtung, Steuern. Ferner gingen ab dreitausend in bar, welche Lina bei ihrer Ankunft ausgehändigt bekam, ihre Reserve, von Golo überreicht in einem eleganten Saffianbeutelchen, vollgestopft mit verschiedenen Geldsorten.

Blieben viertausend für den »Sport«, und das genügte. Etwa zweitausend brauchte das Quartett, der Rest ging an den Mann aus Goldknochen und Katzenfleisch. Seit den Abrechnungen mit seinem Schwadronswachtmeister hatte Golo nicht mehr dermaßen sorgfältig addiert und subtrahiert, und Fenn faßte es schon als schlechtes Vorzeichen auf, daß die Abrechnung so unheimlich stimmte.

Den Brief an Gade, der nach dem »Sport« bei Fräulein Hansemann gefunden werden mußte, schrieb Lina eigenhändig: »Lieber Willy, keine Sorge um Jane, kein Skandal, sie ist morgen wieder wohlbehalten bei dir, ich will sie nur für eine Nacht ans Herz drücken, weil du mich nicht zu ihr läßt, Lina.« Auch das Telegramm war bereits aufgesetzt, das Golo in Genua aufgeben mußte, wenn er sich in Innsbruck von der Familie Mellrich und dem kleinen Mellrich-Mädchen getrennt hätte: »Jane fährt heute wohlbehalten mit mir übersee Nachforschungen vergeblich Lina.« Und schließlich wußten auch die Gwinners in Shanghai bereits das Datum, an dem sie Linas Brief an Herrn Gade absenden sollten, falls kein Gegenkabel mehr kam. Das war ein von Lina geschriebener Brief, seit Monaten abgefaßt, sehr herzlich gehalten: Sie befände sich mit dem Kind im Inneren des Gelben Landes und brächte es eines Tages dem Vater wieder zurück, vorerst ginge es ihm gut bei der Mutter.

Somit war alles in Ordnung. Lina verließ während der Berliner Tage kaum ihr Hotelzimmer. Auch Golo und Fenn waren meistens da, und Golo verscheuchte mit seinen Späßen die zweifelhafte Stimmung. Nur am Abend vor dem »Sport« ließen sie die Frau allein und verhockten den nervösen Abend in einer leeren Spelunke in der Friedrichstraße, nachdem sie Lina versorgt hatten. Sie hatten ihr Zeitungen und Roggenbrot gebracht, Wurst und Käse und Obst in Massen, obwohl sie keinen Appetit hatte.

An diesem Abend war Golo übler Laune. Nicht, daß er am Erfolg zweifelte, aber er war übler Laune. Er tat besonders lustig und beschwingt, doch er konnte Fenn nichts vormachen, er war übler Laune und steckte schließlich auch Fenn an. Sie wußten selber nicht, was es war. Ein Reibeisen aus den

Urzeiten der Menschen kratzte auf ihren Seelen herum. Sie sprachen nicht darüber. Nur als sie Arm in Arm nach Hause gingen, sagte Golo: »Die Weiber sind unheimlich, was?« Es entfuhr ihm ohne jeden Zusammenhang, aber Fenn erfaßte es sofort und nickte.

Es war eine halbe Mondfinsternis um diese Stunde. Die Freunde merkten es erst vor ihrem Hotel. Die Leute standen in kleinen Gruppen und reckten die Hälse, um über die elektrischen Lichter hinüberzuspähen und das ferne Phänomen zu erleben.

Fenn zeigte es auch Lina, als er in das Hotelzimmer zurückkam. Zufällig konnten sie vom Fenster aus zwischen den winkeligen Dächern das Gestirn der Frauen und der Tränen erwischen. Seite an Seite konnten sie die Verfinsterung beschauen.

Wie unaufhaltsam und sacht die Kugel durch den Schatten glitt, dachte Lina; wie gewaltsam war dagegen doch alles, was mit den Männern zusammenhing.

8 Fräulein Hansemann rief: »Ich seh', ich seh' was Blaues!«, und Jane mußte erraten, welches blaue Ding gemeint war. Wenn sie das Richtige traf, durfte sie selber ein Ding mit einer bestimmten Farbe ins Auge fassen und Fräulein Hansemann raten lassen. Das war ihr Lieblingsspiel auf dem Heimweg von der Schwimmstunde.

»Ich seh', ich seh' was Grünes!« legte Jane los, als sie das Blaue von Fräulein Hansemann getroffen hatte. Nicht der abendliche Sommerhimmel war's gewesen, auch nicht ihre eigene Augenfarbe, sondern der kleine blaue Saum an ihren Halbstrümpfen. Sehr schwer! Jetzt nahm sie Rache und wechselte insgeheim ihren Gegenstand, wenn Fräulein Hansemann auf das richtige Grün verfiel.

»Das Laub an den Bäumen?« riet Fräulein Hansemann. Sie war ganz bei der Sache. Sie ließ ihre hungrigen schwarzen Augen nach den grünen Dingen am Weg umherschweifen, während sie mit ihrem Altjungfernschritt neben Jane dahinstapfte. Sie hatte ganz von dem Kind Besitz ergriffen, seitdem die Mutter verschollen war. »Nicht schwindeln, Jane! Ist's das Laub an den Bäumen?«

»Nein, nein, nein!« rief Jane entzückt.

»Die grüne Bank?«

»Nein!« Jane wälzte sich fast vor Lachen. Sie hatte tatsächlich die grüne Bank in den Anlagen des »Hasensprunges« gemeint. Aber jetzt bogen sie schon in die Winklerstraße ein, an deren Ende ihr Haus lag, und sie dachte schnell an das grünlackierte Tor auf der gegenüberliegenden Straßenseite.

»Etwas Grünes?« Fräulein Hansemann stöhnte erschöpft. Die gewöhnlichen grünen Dinge des Lebens waren bereits abgetan. Die Straße war leer. Nirgends ein alter Herr mit einer grünen Krawatte, ein grünes Auto, ein Kind mit einem grüngestreiften Roller. »Deine grüne Schlupfhose? Das gilt aber nicht, weil man's nicht sieht!«

Jane schrie vor Lachen. »Ist's ja auch gar nicht!« Sie sah schnell an sich herunter, ob wirklich nichts von der hellgrünen Hose zu sehn war. Das hellgrüne Kleid war schon drangewesen und verworfen worden. »Du bist dumm! Ich seh', ich seh' was Grünes! Die Schlupfhose sieht doch nur der liebe Gott! Ich seh', ich seh' was ganz Grünes!«

»Einen grünen Frosch?«

»Wo denn?«

»Vielleicht siehst du einen?«

Jane geriet außer sich vor Albernheit und Siegesfreude.

»Das grüne Tor da drüben?«

»Ganz falsch!« Sie fing sich wieder. Sie wechselte ihr Geheimnis. Sie dachte jetzt an den grünen Rasen des eigenen Gartens, der in wenigen Minuten auftauchen mußte.

»Schwer!« Fräulein Hansemann runzelte die Stirn. »Der grüne Vorhang an dem Fenster dort droben?« In diesem Augenblick wurde sie von hinten umfaßt und zu Boden gedrückt.

Es war ein tierischer Schreck. Sie sah nichts. Sie konnte nicht schrein. Sie wurde unter Blitz und Getöse aus ihrer hellen Ordnung gerissen und in einen finsteren Urwald geworfen. Sie wußte plötzlich, daß schon eine Weile zuvor ein Auto langsam hinter ihr hergefahren war, doch das schoß ihr nur von Ferne durch den Sinn. Ein Mann, ein Tier, und sie lag am Boden und hörte schleifende Schritte neben sich und wie das Auto den Gang wechselte und davonfuhr.

Sie richtete sich stöhnend auf und zerrte die Gummimaske vom Gesicht. Die Straße lag im Abendsonnenschein wie zuvor, leer. Ein paar Schritte seitwärts lag Janes Badetasche. Daneben lag ein großes braunes Kuvert. Ihr Herz war am Brechen. Auf dem Kuvert stand: »Herrn Willy Gade.«

Auch Jane war nicht zum Schreien gekommen. Der Tag ging mit einem Male in den Traum über, auf und ab, hin und her. Fräulein Hansemann lag am Boden, etwas Gelbes überm Gesicht, und zappelte. Ein großer Mann mit einer Brille hob sie hoch und trug sie zu dem Auto. Er schob sie ins Innere des Wagens und schlug die Tür zu. Er rannte mit gekrümmtem Rücken um den Wagen herum und schwang sich neben den Chauffeur. Der Wagen fuhr an. Eine fremde Frau, die aussah wie ihre Mutter, zog sie an sich. Der Atem verging ihr. Erst als sie wieder Luft bekam, brüllte sie los.

»Gut!« sagte Stiglitz, der am Steuer saß.

»Gut!« stieß Fenn heraus.

»Nanana, Professor!«

Fenn rang nach Atem.

Stiglitz lachte. »Ganz aus der Puste? Aber die alte Jungfer hat sich doch gar nicht gewehrt? Es hat prima geklappt?«

Fenn war am Ersticken. Es war lächerlich, er bekam keine Luft mehr.

»Nanana, Professor! Was denn los?«

»Gleich vorbei, entschuldigen Sie ...«

»Bitte, bitte, macht nix.« Er fuhr im mittleren Tempo durch die Königsallee stadtwärts.

»Blödsinn!« keuchte Fenn.

»Wie die gute alte Jungfer von hinten gepackt worden ist, hat sie sofort an die Liebe gedacht – haben Sie's nicht gespürt, Professor?«

Fenn mußte lachen. »Nein.«

»Sicher! Das tun die Weiber immer, wenn man sie hinschmeißt, und wenn man sie ins Grab hineinschmeißt.«

Allmählich legte sich Fenns Erregung. Er bekam wieder Luft. Er vermochte wieder die Lunge bis zur Spitze vollzusaugen. Aber er wagte noch nicht, sich umzudrehen und ins Innere des Wagens zu schauen. Das Kindergeheul war verstummt.

Der Mann aus Goldknochen und Katzenfleisch begann zu predigen, während er den Westen der Stadt durchfuhr. »Das Schicksal gleicht alles aus. Dieses liebe Fräulein ist noch niemals von einem Mann umarmt worden, und nun kam's gleich so leidenschaftlich, gleich von einem Professor! Gleicht sich alles aus.« Er rief einem anderen Chauffeur einen Fluch zu, dann fuhr er fort: »Jetzt hat sie die Maske schon heruntergewürgt und den Brief gefunden. Jetzt hat das große Gewinsel schon begonnen. Aber machen Sie sich keine Gedanken, Professor, das Schicksal gleicht alles aus, dafür ist sie von einem Professor umarmt worden und hat für zwanzig Jahre Stoff zum Träumen.«

»Ich danke.«

»Zwanzig Jahre träumt das liebe Fräulein von Ihnen, da ist nichts mehr zu machen.« Er fuhr an der Ecke vor, wo Golo mit dem zweiten Wagen wartete.

»Gleicht sich alles aus.«

Fenn drehte sich zum ersten Mal um, als der »Überfallwagen« neben dem »Reservewagen« stoppte. Jane saß auf dem Schoß der Mutter und streichelte die neue Puppe, die in Bereitschaft gehalten worden war. Weil Fräulein Hansemann nicht auf die schöne Reise in die Berge mitkommen durfte, war bereits beschlossen worden, die Puppe nach Fräulein Hansemann zu nennen, Sophie.

Lina hatte Tränen in den Augen. Fenn nickte ihr vertraut zu. Sie bemerkte es nicht, obgleich sie ihm ins Gesicht starrte.

Es wurde schnell umgestiegen. In Golos Wagen befand sich das Gepäck. Es war keine Verfolgung zu befürchten, aber man arbeitete mit hundertprozentiger Sicherheit. Stiglitz übergab seinem Kollegen, der Golo mit dem Gepäck hierher gebracht hatte, den Überfallwagen. Er übergab ihm auch sofort die zwei Fünfzigmarkscheine, die als Honorar vereinbart worden waren. Er hielt sie schon in der Hand, als er ausstieg, und sagte seinem Kollegen, daß er ein Schuft wäre und dieses Geld allzu leicht verdient hätte. Der andere grinste, spuckte auf die Scheine, grüßte und fuhr davon.

Stiglitz verstaute Lina und das Kind sowie die beiden Freunde in dem neuen Wagen. Er brachte sie zu einer heimlichen Kneipe am Bahnhof, wo sie auf ihren Zug warten konnten.

Es war eine törichte Zeit, bis man endlich in den beiden doppelbettigen Kabinen des Schlafwagenzuges untergebracht war. Die letzten Stunden des »Sports« wollten nicht vorübergehn. Stiglitz blieb bei ihnen, bis der Zug abfuhr, aber es geschah nur unwillig. Nachdem er die letzte Rate seines Geldes einkassiert hatte, wußte er nichts mehr zu sagen. Er strömte mit einem Male eine abgründige Verachtung gegenüber allen Anwesenden aus.

Fenn und Golo versuchten sich mit Jane vertraut zu machen. Fenn bestellte in der leeren Kneipe haufenweise Schokolade und Kuchen und ließ den Musikautomaten laufen. Golo machte verschiedene Tiere nach, die Katze und den Foxterrier, einen ganzen Hühnerhof, einen Seehund bei der Fütterung, meisterhaft. Aber Stiglitz, Tierstimmenimitator von Beruf, belächelte es überlegen, ohne sich verführen zu lassen, es besser zu machen. Und Jane hielt sich verbissen zurück und verzog keine Miene.

Nur mit der Mutter war sie bereits wieder eins. Die fremden Kavaliere ließ sie nicht an sich herankommen, doch Linas Hand gab sie keine Sekunde mehr frei. Und wenn die Mutter nach der Teetasse griff oder den Mantel anzog, griff sie schnell nach ihrem Rock und krallte sich fest, bis die Hand wieder frei war. So fühlte sie inmitten der Verwirrung den Strom des Lebens weitergehn, und daß sie geborgen war zwischen den seltsamen Männern und Lichtern und Tönen.

Endlich fuhr der Zug an. Golo und Fenn standen am Fenster des Seitenganges. Stiglitz zog die Mütze, drehte sich auf dem Absatz um und versank zwischen den winkenden Leuten des Bahnsteigs.

Lina und Jane merkten gar nicht, daß die Reise begonnen hatte. Sie hatten sich sofort daran gemacht, ihr Abteil einzurichten. Jane schlief unten, die Mutter über ihr. Die Hauptfrage war, wo Sophie schlafen sollte. Es war ein glänzender Einfall gewesen, die Puppe als Fräulein Hansemann mitzunehmen. Jane war eifrig bemüht, ihr die Reise angenehm zu machen, und fühlte sich voll verantwortlich für sie. Daran änderte auch nichts, daß sie blaue Engelsaugen und blonde Locken hatte anstatt Fräulein Hansemanns liebeshungriger schwarzer Augen und ihres glänzenden Rattenschwänzchens. Und als der Zug anfuhr, war bereits alles am rechten Platz, und Lina begann Jane zu entkleiden.

»Was für eine gräßliche neue Seife habt ihr denn?« Sie roch an dem Körper ihres Kindes herum. Sie wusch Jane mit ihrer eigenen Seife. Sie trocknete sie kräftig ab und legte sie nackt aufs Bett. Jane hielt still. Sie ließ es wohlig und müde über sich ergehn.

Die Mutter mußte messen, wieviel sie in der Zwischenzeit gewachsen war. Es war keine ganze Armspanne, wie sie selber glaubte, doch es war ein tüchtiges Stück, sie wurde genügend bewundert. Vor Stolz darüber vergaß sie ihre Müdigkeit und geriet in Begeisterung. Sie strampelte los, bis die Bettwäsche durcheinandergebracht war.

Die Mutter warf sich über sie, bis sie am Ende war vor Lachen. Dann mußte sie wieder ruhig liegen und wurde schnüffelnd berochen, ihr Gesicht, ihr Leib. Sie hielt still und lauschte auf das seufzende Schnüffeln der Mutter.

Inzwischen glitt der Zug noch immer längs der städtischen Randlichter dahin. Die Lichterreklamen wurden spärlicher, aber das freie Land war noch nicht erreicht. Fenn hatte Golo in dem leeren Seitengang stehn lassen und war in sein Abteil gegangen. Er hatte im Spiegel sein Gesicht betrachtet und sich eine Fratze geschnitten. Dann hatte er die Tür zum Nebenabteil zurückgeschoben und zu Lina und Jane hineingeschaut. Es war nur eine Sekunde gewesen, ohne daß er bemerkt worden war.

Lina kniete vor dem Bett. Ihre Arme umschlangen das Kind. In geheimer mütterlicher Gier glitt ihr Kopf langsam über den entblößten kleinen Körper. Jane lag still, gebannt.

Der braungebrannte feste Nacken der Frau bebte unter der kupfernen Krone des Haares. Fenn kannte diese uralte Liebesprozedur, er kannte sie gut, allzu gut. Ohne das Gesicht der Frau zu sehn, kannte er den Ausdruck, den es jetzt annahm. Die tief geschlossenen Augen, die zitternden Wimpern, ach, und die geblähten Nüstern, die Witterung ins verlorene Paradies.

Beschämt hatte er die Türe wieder zugeschoben. Schnell war er zu Golo ans Fenster zurückgetreten.

»Na?« machte Golo und winkte mit dem Kopf nach dem Abteil der Mutter und der Tochter.

Fenn zuckte die Achseln.

»Entschuldige eine Frage«, sagte Golo nach einer Weile. »Ich habe in meinem ganzen Leben noch nicht die Ungezogenheit fertiggebracht, einen Ehemann zu fragen, was seine Ehefrau zu ihm sagt, wenn sie allein mit ihm ist. Aber das interessiert mich doch: Hat sie schon danke schön zu dir gesagt für deine Tat mit dem großen T? Es interessiert mich nur rein wissenschaftlich.«

»Selbstverständlich«, brummte Fenn.

»So?« sagte Golo. Man hörte auf tausend Schritt, daß er's nicht glaubte.

»Außerdem kommt's hier nicht auf Worte an – rein wissenschaftlich, du Affe!«

Golo starrte auf die letzten Lichter der Peripherie, ohne zu antworten. Dann ließ er dem bösen Anfall, der ihn plötzlich überkam, freien Lauf. »Du weißt doch, daß damit eure sogenannte Liebe erledigt ist?«

»Bist du wahnsinnig geworden?«

»Ach, du verliebter Hund!« Er legte mit voller Bosheit los. »Du hast ja keine Ahnung von den Weibern! Du hast ja noch einen Stehkragen bis an die Ohren getragen und dir Furunkel in den Hals gescheuert, als ich schon so weit war, wie du jetzt bist.«

»Wie weit denn?«

»Erledigt! Erledigt von den Weibern! Das Rückenmark ausgesogen, und fertig!«

»Du bist tatsächlich verrückt geworden, Golo!«

»Mach dir nichts daraus. Das ist das Schicksal von uns Männern. Wenn du ein Mönch geblieben wärst, wär's dir genau so passiert, und du hättest nicht einmal was davon gehabt.«

»Um Gotteswillen, hör auf, Golo, es ist furchtbar langweilig.«

»Keine Angst, ich sage kein Wort gegen die Weiber. Es geschieht ihnen nichts, ob sie danke schön sagen oder nicht. im Gegenteil, ich lieb' die Weiber mehr als du.«

»Also laß sie in Frieden.«

»Aber ich weiß wenigstens, was mit uns Männern los ist, mein Junge, ich mache mir nichts vor.«

»Ich mache mir auch nichts vor. Morgen kannst du deinen Kater bei mir abladen, heute bin ich zu müde dazu.«

»Ich mache mir nichts vor!« schrie Golo. Offenbar hatte er während der Wartezeit in der Kneipe zuviel Korn erwischt. »Ich weiß, daß wir erledigt sind. Die Erde gehört den Weibern, den unsterblichen Weibern, den egoistischen Weibern, den Weibern, die nicht einmal danke schön sagen, wenn ihre Freunde für sie ins Zuchthaus gehn, den mächtigen Müttern mit den schönen Beinen, hurra, hurra, hurra!«

»Hast du Stiglitz ein Trinkgeld gegeben?« fragte Fenn, um ihn zu beruhigen.

»Keinen Pfennig! Die Weiber werden uns überleben, und wir werden unsern schwarzen Männertod auf uns nehmen, das ist vollkommen in Ordnung, ausgezeichnet. Wir dürfen uns nur nicht immerzu gegen unser Verrecken sträuben, wie's bisher in der Welt Sitte war und wie du's noch immer tust, Herr Professor!«

»Wir haben vergessen, Else zu telegraphieren, daß es geklappt hat.«

»Also bring deine zwei Weiber nach Feuz in den Weiberhimmel, aber bleib selber nicht dort! Du kannst dich ja doch nicht mit ihnen heineinschmuggeln ins Paradies! Es nützt dir nichts mehr, du bist erledigt und mußt mit mir lostippeln, Tiflis, Tahiti, Mexiko, immer weiter, immer tiefer in die schwarze Männerhölle.«

»Else wird aufgeregt sein. Zu dumm!«

»Else! Ich bin geboren, um zu verkommen, also verkomme ich. Und die Weiber sind geboren, um zur Macht zu gelangen, also laßt sie zur Macht gelangen. Tritt zur Seite, Mann, sträub dich nicht länger, nimm sie hin, deine unheilbare männliche Einsamkeit und Verkommenheit.«

Fenn zerrte das Fenster herunter. »Endlich!« Endlich hatte der Zug sich den Weg aus der Stadt heraus gebahnt, endlich konnte man neue Luft in die Lungen ziehn. »Diese verdammte Stadt!«

»Ja, die Stadt!« sagte Golo. »Auch so eine männliche Erfindung, um daran zu verrecken! Die Weiber lachen sich ja kaputt über unsere komplizierten Verreckungsmethoden, wo wir's so einfach haben können, an ihren Brüsten zu sterben.«

Fenn lachte und legte seinen Arm um die Schultern des Freundes. Er kam durch die frische Luft wieder in Laune. Golos Eifersucht berührte ihn nicht länger. Lina war wunderbar, so oder so. Wenn sie sich an ihn hing wie in der ersten Zeit, wunderbar. Wenn sie ihre Liebe einschlafen ließ wie in der letzten Zeit, wunderbar. Und wenn sie ihn eines Tages ganz vergessen haben würde, wunderbar. Oh, du Wunderbare! Er begann voller Hingabe »Chiquita« zu singen, ganz laut in das Stoßen der Räder hinein, den Arm fest um Golos Schultern.

Golo stimmte sofort mit der zweiten Stimme ein. Sein Anfall war ausgetobt. Er hatte seine Erkenntnis vom Tod der Männer und der Macht der Weiber angebracht, also war sein Groll zu Ende. Es erhob ihn, daß er ins Schwarze getroffen und sich offen ausgesprochen hatte, und er war stolz auf seine Weisheit. »Eines Tages wirst du's aufgeben, anders sein zu wollen, als du bist!« Das war das Letzte, was er noch zwischen der ersten und der zweiten Strophe von »Chiquita« anbringen mußte. »Und das wird dein neuer Geburtstag sein.«

»Sicher«, sagte Fenn in das Lied hinein, ohne den Takt der Melodie zu verlieren.

»Dann komme ich«, sagte Golo. »Schreib nur rechtzeitig, wenn du kapiert hast, was ich meine.«

»Sicher.«

»Dann ziehn wir los, Tiflis, Tahiti, Mexiko, die schwarze Männerhölle. Mit allen Weibern der Welt sind wir dann zusammen, statt mit einem einzelnen Weib.«

»Sicher.«

»Die Einzelne, die Einzige, die läßt du dann allein in ihrem

Weiberhimmel in Feuz sitzen, mein alter Tristan, nicht wahr?«

Fenn nickte und sang weiter, ohne hinzuhören.

Golo gab es auf. Er stimmte wieder ein. Er begleitete die erste Stimme mit Variationen, immer kunstvoller von Wiederholung zu Wiederholung, dunkle Ströme unter der hohen Melodie.

Endlich hatten sie ihre zwei Reisegefährtinnen vergessen, so wie sie von denen vergessen worden waren. Der Zug durchschnitt in mächtiger Fahrt das freie Land. Ein leichter Bodennebel war gestiegen, weithin. Der Dampf der Lokomotive sank nieder und vermischte sich damit. Dazwischen waren fetzenweise ein paar Sternbilder zu sehn, ein bißchen Milchstraße.

»Herrgott!« brüllte Golo. »Halt doch die Melodie bis zum Schluß fest, Mensch, was ist denn dabei!«

Fenn mußte ihm recht geben. An einer bestimmten Stelle, wenn Golos Begleitung in besonders klagende Synkopen fiel, in ein hinreißendes alkoholisches Moll, kam er selber immer wieder, so nüchtern er war, von der ersten Stimme ab.

»Sobald die Sache kunstvoll wird, schmeißt du um!« jammerte Golo. »Sobald die Sache frei über dem schwarzen Abgrund des Lebens hinschweben will, fängt der Professor zu brummen an!«

»Stimmt«, sagte Fenn und lachte.

»Von vorne!«

Sie mußten von vorne beginnen.

ZWEITER TEIL

1 »Noch einen?« fragte die Mutter, nachdem der zweite Hammel geschoren war. »Ja, ja, den Betzi noch!« rief das Kind. Es glühte vor Eifer. Und es hielt sich den Bauch vor Lachen, als der geschorene Hammel von der Mutter losgebunden war. Er wurde von dem Tisch aus rohen Fichtenbrettern heruntergehoben und auf die Erde gestellt, aber er wagte noch nicht, sich zu bewegen. Er drehte langsam den Kopf und glotzte hoffnungslos nach seiner Herde, die unweit von dem Hof den Hang emporweidete. Er blieb steif und verzaubert stehn. Er glaubte nicht daran, daß er zu den Seinen zurückkehren durfte.

Auch die Mutter mußte lachen. »Los, los, geh weiter!« rief sie ihm zu und stieß ihn freundschaftlich an. »Geh, geh, geh weiter!« schrie das Kind und patschte ihm den Rücken. Er rührte sich nicht. Er hielt nichts mehr vom Leben. Er war eine Ewigkeit lang festgebunden gewesen und von den Menschenhänden behandelt worden, also hatte er sein Hammelleben aufgegeben und wartete noch immer auf den Todesstoß.

»Das tut gut, das tut gut«, flötete das Kind in schmeichlerischen Tönen und kraulte sein nacktes Fell. »Schön weiß, so schön weiß bist du jetzt, das tut gut.« Er fröstelte. Er machte ein paar knickerige Schritte und blieb wieder wie verwunschen stehn. Da wurde das Kind zornig. »Geh weiter, Krüppel, geh!« Sie sprach in dem gleichen rauhen Kehlkopfton, wie ihn die Mutter in den heimatlichen Bergen wieder angenommen hatte. »Gehst nit weiter, Hund, verdammter!«

Endlich erfaßte er die neue Gnade. Er streckte die dünnen Schlegel ein paar Male probeweise von sich und machte einen unbeholfenen Luftsprung, den Buckel gekrümmt wie eine Katze. Dann trabte er an und kehrte zu der Herde zurück. Hell und zierlich hob er sich von den ungeschorenen Tieren ab, die noch den Schmutz des Winters in ihren plumpen Vliesen mit sich schleppten.

Es war ein arbeitsreicher Nachmittag im Feuz. Jetzt wurde Betzi von der Herde weggelockt, indem die Mutter ihm ein Bündel Heu hinhielt, während das Kind mit vielen Zurufen vor ihm hersprang. Und als Betzi endlich auf dem Schertisch lag und festgebunden war, kam Fenn mit seinem riesenhaften Rucksack vom Dorf zurück.

Er bewunderte Linas Arbeit. Er bewunderte Janes Mithilfe. Er bewunderte den Korb voll Wolle, der bereits geerntet war. »Vier Pfund von jedem!« sagte Lina und fuhr mit der Wollschere in breiten Zügen unter Betzis Vlies dahin. – »Großartig!« sagte Fenn und setzte den Rucksack ab. – »Da geht aber noch ein Pfund Dreck bei der Wäsche ab!« sagte Jane und wurde rot vor Stolz über ihre Kenntnisse. – »Großartig!« sagte Fenn und wischte sich den Schweiß. Es war ein unnatürlich heißer März.

Er führte seinen Hund zum Trog und gab ihm Wasser. Danach ließ er ihn zu den Schafen laufen. Er rief ihm ein paar Verwünschungen nach, weil er sofort begann, die Herde zu jagen. Noch war der Hang nicht ausgeapert, die Tiere konnten die Füße brechen, wenn man sie in die Schneeflecken trieb. Auch Jane rief dem Hund ein paar Drohworte nach und ballte ihre kleine Faust zum Hang hinauf.

Lina war ganz in ihre Arbeit vertieft. In großen zusammenhängenden Platten schor sie das Vlies zurück. Das nackte Fell, das darunter zum Vorschein kam, war an manchen Stellen ein wenig blutig geschürft, doch das machte nichts, das war nicht zu vermeiden. Der Hammel lag still, nachdem er den Tisch vollgenäßt hatte, wie auch seine Vorgänger getan hatten, die andern Hammel, die Widder, die Mutterschafe. Er hatte sich ergeben. Jane tröstete ihn immerzu, das war ihre Hauptarbeit bei der Schur.

Fenn nahm seine Brille ab und putzte sie. Er trug seit dem Winter einen kleinen rötlichbraunen Bart, nicht länger, als Vater Juvalis Bart auf dem Rossini gewesen war. Er setzte sich neben den Wollkorb auf die Hausbank und rastete.

Der Rucksack war schwer gewesen. Der Weg vom Dorf bis zum Feuz war steil. Mit den Schneeschuhen ging's nicht mehr. Und zu Fuß geriet man doch noch streckenweise in den tiefen Schattenschnee und mußte waten.

Vielleicht kam noch ein verspäteter Schneefall? Die Bauern im Dorf sagten, es käme noch ein Rückschlag auf diesen warmen März. Er schaute zum Hochwald und zu den Felsen hinauf und witterte nach dem Wetter. Ja, er wünschte, es käme noch ein Nachwinter, er haßte diesen frühen Frühling, er wurde schwach davon.

Aber Lina war froh darüber. Er beobachtete, wie beschwingt sie ihre Schur vollendete, ohne alle Skrupel. Zuweilen auch warf er einen Blick nach seinem Rucksack und überlegte, wie er ihn auspacken sollte, ohne daß sie merkte, was er sich insgeheim vom Dorf mitgebracht hatte – außer dem Mehl, dem Zucker, den anderen Haushaltungswaren.

Es war wahnsinnig gemein, ohne Zweifel. Linas Kapital ging dahin wie der Firnschnee am Hang. Der zweite Tausender aus Golos Saffianbeutelchen war weg. Der dritte und letzte Tausender durfte nicht angerührt werden, ebensowenig wie das goldene Zwanzigdollarstück, das war ein heiliger Schwur. Er selber verdiente seit Monaten nichts, keinen Pfennig, und dennoch hatte er sich in aller Heimlichkeit diese drei Flaschen Whisky besorgt.

Kein einheimischer Kräuterschnaps. Kein billiger Enzian

oder Branntwein, nachdem es sowieso gegen die Sitte ging, Alkohol ins Feuz zu bringen. Nein, gerade dieser maßlos teure Whisky hatte es sein müssen. Und der Krämer im Dorf hatte gemerkt, daß es sich um eine heimliche Gemeinheit handelte, und hatte für die Bestellung in Innsbruck noch einen besonders gemeinen Aufschlag berechnet.

Lina band dem geschorenen Tier die Füße los und hob es vom Tisch. »Oh, Verzeihung!« sagte Fenn und sprang auf, um ihr zu helfen. Aber er kam zu spät, der Hammel stand schon auf der Erde. Er vollführte das gleiche magische Theater wie die andern, blieb gebannt stehn und wollte nicht mehr ans Leben glauben. Alle lachten, auch Fenn.

Lina wühlte zufrieden in der Wolle, bevor sie's wog. Zwischenhinein gab sie Fenn einen schnellen verschwitzten Kuß und sagte: »Liebster, wie geht's?« Aber sie war weit weg von ihm.

Sie trug den Korb ins Haus, Jane hinterher. Sie ließ den grübelnden Mann auf der Bank sitzen und vergaß ihn. Alles war weit weg von ihr, Gade und Berlin, das Quartett und der ferne Osten, die Tage der Welt, die Nächte der Liebe. Noch war's kein Jahr, daß man in Feuz lebte, und schon war sie zur Siedlerin geworden, zur Siedlerin und Einsiedlerin.

Das alte Vomper Blut war durchgeschlagen. Es war kein Unterschied mehr zwischen dem einsamen Seitental der Mieminger Berge, an dessen Ende Feuz lag, und dem einsamen Karwendeltal, ein paar Gebirgsblöcke weiter östlich, wo sie geboren und aufgewachsen war. Sie besann sich wieder auf ihre Mutter, die sie jahrelang vergessen gehabt hatte. Der barsche Bauernadel vom alten Sägewerk war aus dem Grabe auferstanden und feierte Wiederkunft in ihr.

Ihr Vater war im Krieg gefallen und besaß kein Grab, aber

das Grab der Mutter hatte sie zweimal besucht, auf der Durchreise mit Herrn Gade, vor langen Jahren, anstandshalber. Damals war's ihr wie eine Gespensterzeit vorgekommen, daß sie zwischen den starren Bergen, die den kleinen Friedhof umschlossen, ihre Kindheit verbracht haben sollte. Jetzt ertappte sie sich in einem fort bei längst vergessenen Bewegungen und Verrichtungen, die von der Mutter stammten, im Stall, am Herd, beim Waschen und Kämmen ihres Kindes. Jetzt kam ihr die Zwischenzeit in der Stadt wie eine Gespensterzeit vor.

Hingegen konnte Fenn nicht mehr zu seinen bäuerischen Ahnen zurückfinden, so sehr er sich mühte. Ihm kam's von Tag zu Tag gespenstiger vor, daß er in der Natur hockte anstatt in der Stadt.

Er hob seinen Rucksack auf und trug ihn in die Küche. Lina und Jane trieben die Schafe ein, hinterher waren sie mit dem Abendstall beschäftigt, es war ein günstiger Augenblick, schnell nahm er die drei Flaschen heraus. Den Rucksack ließ er unausgepackt auf dem Küchentisch liegen, nachdem er ihn wieder zugeknotet hatte, hastig wie ein Dieb. Er stieg mit seinen Flaschen in seine Kammer hinauf.

Eine Erfindung von Else Schlittenmeister, diese Gelehrtenkammer unterm Schindeldach, am Ende der Welt. Für ihn eingebaut, vom Vomper Geld, während er noch in Charbin gesessen war. Damit er in aller Ruhe ans Werk gehn könnte. Damit er ungestört bliebe von Linas landwirtschaftlichem Betrieb und Mutterbetrieb, wenn er sich in seine neue Heilpflanzenlehre versenkte. »Schön!« hatte Golo gesagt, als bei der allgemeinen Besichtigung auch diese Kammer besichtigt worden war. »Schön! Schön!«

Das hatte er immerzu gesagt, Golo, der eifersüchtige

Clown, während der paar Tage, die er mit Else zur Einweihung hier gewesen war: »Schön!« Lina war begeistert gewesen von der abseitigen Lage von Feuz, und daß es eine ganze Stunde bis zum Dorf wäre: »Schön!« Else klopfte stolz an das geschwärzte Gebälk und erklärte, daß es bereits zweihundert Jahre alt wäre und noch weitere zweihundert Jahre überstehn würde: »Schön!« Und diese Kammer erst! Kein Wort mehr von Tiflis, Tahiti, Mexiko, sondern nur immerzu: »Schön!«

»Ernsthaft, du Schuft!« sagte Fenn beim Abschied. »Hier kann man arbeiten. Kein alter Bauer, wie du vielleicht glaubst, sondern ein moderner Siedler.«

»Siedler! Schön!«

»Es wird eine gute Sache, verlaß' dich drauf. Die Einleitung hab' ich schon im Kopf. Zuerst begründe ich's an meinem uralten Material theoretisch, die praktischen Versuche im Garten beginnen nächstes Jahr. Die moderne medizinische Chemie ist am Ende, es wird eine umwälzende Geschichte werden.«

»Umwälzend! Schön!«

»Idiot!«

Und als er dann abmarschiert und mit Else zum Waldrand hinuntergestelzt war, hatte er sich bei der Wegbiegung noch einmal umgedreht, die Arme ausgestreckt und zurückgerufen: »Schön!« Und Fenn, der mit Lina am Zaun stand, war auf den Spaß eingegangen und hatte noch in paar Zurufe: »Schön!« mit ihm gewechselt. Jetzt schrieben sie sich nur noch in langen Pausen, immer fremder von Brief zu Brief, und spärliche Grüße an Elsito und Linanito.

»Schön!« sagte Fenn in Golos Ton vor sich hin, während er den Whisky versteckte.

Er schob die Flaschen in die Truhe, unter seine botanischen Bücher, die modernen, die klassischen, die verschollenen mystischen. Seit Monaten, seit Golos und Elses Abschied, hatte er keinen Alkohol mehr genossen. Er war auch in der Stadt und auf Reisen kein starker Trinker gewesen. Aber jetzt ging's einfach nicht mehr weiter in dieser vernichtenden Nüchternheit, er kam seit dem Herbst keinen Schritt vorwärts mit seiner Arbeit.

Lina ahnte nichts von seinen Schwierigkeiten. Er war Mann genug, sie zu beschwindeln, statt ihr seine Schwäche zu beichten. Sie wußte nicht, daß er die Einleitung zu seiner Lehre in diesem Winter mindestens hundertmal geschrieben und immer wieder zerrissen hatte. Sie wußte nichts von dem Krampf des Bewußtseins, der ihn überkommen hatte und nicht mehr losließ.

Ihr gab die Erde Kraft, ihm nahm sie Kraft weg. Sie war heimgekehrt, er war verbannt. Aber er gehörte nicht zu den Männern, welche die Krämpfe ihres Verstandes in familiären Krächen ablösen, indem sie schimpfend im Hause herumlaufen, winselnd oder brüllend: »Am Anfang war der Mann!« Nein, er machte es mit sich selber ab. Und es wäre ja auch an ihr abgeglitten wie Wasser an Öl.

Vielleicht, daß der Alkohol half? Nächtlich, geheim. Das lang entwöhnte, das uralte Gift. Noahs Gift nach der Sintflut, nach dem Regenbogen, vor der Begründung des neuen Geschlechts.

Lina rief ihn von drunten zum Abendessen. Ihre Stimme klang wie eine Fanfare durchs Haus. Sie saß schon mit Jane am Küchentisch, als er kam.

Es gab Eier, Schweinespeck, Schnittlauch, Kartoffeln, alles aus eigener Zucht. Sie war stolz darauf, eine stolze Siedlerin. Es kümmerte sie nicht, daß ihr Reservegeld wegschmolz, sie war sich ihrer Sache sicher, und daß sie den Hof aus eigener Kraft erhalten konnte.

Sie hatte sich verschönt, seitdem die Angst vor Herrn Gades Detektiven gewichen war. In den ersten Monaten hatte sie sich noch gequält und war in den Nächten erschrocken aus dem Schlaf hochgefahren. Jetzt war's vorbei, alle Geister der Stadt abgetan.

Das Antlitz fast immer erhitzt von der Arbeit. Die Haare in Unordnung. Der Mund nicht mehr scheu zusammengepreßt wie damals, sondern voll und breit, dauernd zum Lachen bereit.

War's ein geheimer Spott, was diesen Mund beständig zum Lachen halb offen hielt? Sie schlief mit Jane, und er saß die halben Nächte vor seinen Büchern und Papierbogen. Sie war an den Tagen wacher als je, doch nach den Feierabenden in der Küche nicht mehr zu wecken, und er lag in seiner Kammer, ein nachmitternächtlicher Todesschlaf, alle Gespenster des Hauses auf seiner Brust.

Jane war albern. Sie merkte, daß er an seinem Speck herumschnitt, ohne ihn zu würdigen. Und als er mit dem Messer quietschend auf dem Teller ausrutschte in seiner Zerstreutheit, deklamierte sie sofort einen von ihren Abzählversen:

»Eins zwei drei vier fünf sechs sieben,
eine alte Frau kocht Rüben,
eine alte Frau kocht Speck,
schneidet sich den Finger weg.«

Lina lachte und sagte: »Sei nicht ungezogen, du freche Kröte!«

»Kröte!« schrie Jane und verschluckte sich vor Lachen. Sie verschluckte sich so sehr, daß man ihr die Arme hochheben mußte, damit sie nicht erstickte.

Gleich nach dem Essen ging Fenn an die Arbeit. Er breitete sein ganzes Material vor sich aus und entkorkte den Whisky. Von Soda war natürlich keine Rede. Er hatte nicht einmal ein Glas, er trank aus der Flasche. Es stieg ihm sofort zu Kopf.

»Schön!«

Alles Unsinn, Professor. Nur eine nervöse Zwischenzeit, nichts weiter. In der Stadt war nichts mehr zu holen. Vom allgemeinen Betrieb her war die Welt nicht mehr zu retten. In der Einsamkeit, im Feuz, mußten die Brücken wieder geschlagen werden zu dem uralten Wissen, das von der modernen Chemie verdrängt war. Her mit der Säftelehre des Magnus Alkinus! Auferstehung! Höchste Zeit zur Auferstehung der verkrampften Naturwissenschaft! Aber dazu gelangte man nur im Feuz, abseits, ein Mönch, ein Siedler.

»Schön!«

Er zerriß die alten Papierbogen und schob sich einen Stoß herrlicher neuer Bogen vor die Brust. Er schrieb und schrieb. Es ging, es ging. Die Welt horchte auf. Ein Bogen nach dem andern füllte sich. Schrecklich, was die Menschen im letzten Jahrhundert vergessen hatten vor lauter Geschäftigkeit, alles vergessen vor lauter technischer, wirtschaftlicher, politischer Geschäftigkeit! Wartet, Kranke! Schade um jeden von euch, der sich noch vor dem Erscheinen dieses Werkes operieren läßt, der sich noch chemisch vergiften läßt, ehe diese Säftelehre wieder ans Licht gehoben ist! Geduld! Dazwischen betrank er sich. Dazwischen summte er einen alten Golo-Schlager, ohne es zu wissen: »Parlez-moi d'amour, redites-moi des choses tendres ...« Oh, Magnus Alkinus! Oh, wunderbare Nacht!

»Schön!«

Am andern Tag, als er die vollgekritzelten Bogen zu entziffern versuchte, war alles nur Unsinn, Gerede, und er zerriß es, bevor er's zu Ende gelesen hatte. Ein Rausch, ein Traum, die schöpferische Nacht, keine Wirklichkeit. Nur der Mond war Wirklichkeit gewesen, an ihn allein erinnerte er sich noch deutlich, als er mit leerem Schädel wieder zu sich kam. Denn er hatte den Kopf zum Fenster hinausgestreckt, das wußte er noch, und das stille Gestirn beglotzt, bevor er seine Arbeit abgeschlossen hatte, vollkommen betrunken.

Zackig war der Mond über den Mieminger Graten aufgetaucht, aber schnell hatte er sich gerundet. Drunten schlief Lina mit ihrem Kind, tief. Hier oben, unterm Schindeldach, wurde die Menschheit gerettet – mittels Whiskys, eine Flasche zum Preise von wieviel Pfund Wolle?

Er hatte auf den Mond gestiert und ausgerechnet, wie viele Schafe Lina scheren mußte, um vom Wollhändler den Wert der drei Flaschen hereinzubekommen. Wahrhaftiger Gott, pro Flasche mindestens dreißig Pfund Wolle! Er verfiel in einen Lachkrampf. »Parlez-moi d'amour, redites-moi des choses tendres ...«

Die drei Flaschen zusammen entsprachen tatsächlich neunzig Pfund von Linas Wolle, fein gewaschen, und das waren die Vliese von dreißig prächtigen Tieren, wenn's ein gutes Jahr war. Zum Totlachen!

Man sah alle Tannen im Hochwald, nachdem das Licht der Nacht sich emporgeschwungen hatte. Ein Uhu schlug an, nicht weit vom Haus. Aus einer Waldbucht weiter droben kam die Antwort, ein paar scheue Gemsenpfiffe. »Parlez-moi d'amour ...« Selig war er ins Bett gesunken, stolz auf sein Werk, während das Gestirn über die vielen Gipfel seinen Bogen zog, unberührt.

2 Der Nachwinter kam, genau wie's die Bauern im Dorf prophezeit hatten. Heißer März, wirft der April dir Frost aufs Herz. Die Schulkinder im Tal hatten schon die ersten Leberblumen gefunden, rings um Feuz war schon das Schmelzwasser gerieselt, da kam noch ein mächtiger Schneefall über die Alpen, eine dicke weiße Decke vom Montblanc bis zum Karst.

Else Schlittenmeister hatte das Versteck ihrer Freunde gut gewählt. Man war sich seiner Einsamkeit sicher im Feuz. Gerade weil nicht unweit von hier, jenseits der steilen Felsenkette, ein starker Fremdenverkehr herrschte, Bergbahnen, Sommergäste, berühmte Schirouten, war man hier gut geborgen.

Niemand verfiel darauf, von hier aus zur Scharte zwischen Höllenkopf und Igel hinaufzuschwitzen. Niemand, wenn er anderswo freies Gelände haben konnte, fuhr die dichte Waldabfahrt von hier zum Dorf hinunter. Außer dem Jagdgehilfen und dem Almbauern der Igelalm kam in der Winterzeit keine Seele hier vorbei, und alle Schispuren auf dem steilen Hang hinterm Hof stammten von den Feuzer Leuten selber.

Indessen, als der späte Schnee nach einigen Frostnächten und Sonnentagen zu einer blinkenden Firndecke zusammengesackt war, kam doch noch ein Fremder den Hang heruntergefahren. Und das war ein besonders guter Fahrer, man sah's auf den ersten Blick.

Lina stand gerade am Küchenfenster und wusch das Geschirr. Sie sah ihn am Waldrand auftauchen und mit einem Quersprung haltmachen. Unwirklich scharf hob sich seine Gestalt im Mittagslicht vom Firnschnee ab. Er beguckte den Hang, er studierte die alten Spuren. Er strich sein Haar zurück und schneuzte sich zwischen den Fingern aus. Dann kam er im Schuß herunter.

Jane, wenn sie mit der Mutter ihre vorsichtigen Bogen über diesen Hang zog, fragte oft, ob wohl jemand hier herunterführe, ohne den Schuß zu bremsen. Schade, daß sie's nicht sah! Sie richtete gerade mit Fenn das Holz in der Tenne auf. Knapp vor der Hauswand riß der Fremde einen Schwung, der Schnee sprühte bis ans Küchenfenster, Lina fuhr erschrokken zurück.

Er lachte. »Gleich eini in die Küch mit die Schier!« Man hörte sofort, daß er einheimisch war. Er sprach krächzend wie sie selber.

Zuerst hatte sie natürlich wieder einmal an Herrn Gade und seine Detektive gedacht, aber dieser Tonfall beruhigte sie schnell. Allerdings, seine Aufmachung war nicht die eines gebirglerischen Burschen nach dem alten Brauch. Erstklassige schottische Pumphosen, eine kurze blaßgrüne Lederweste, dazu eine Unmasse von sportlichen Abzeichen, bronzene und silberne, winzige und riesige, ein ganzer Laden voll Ruhm und Zugehörigkeit.

»Dank schön«, sagte sie, »daß du mein Haus hast stehnlassen.«

»Ja, ich bin immer galant.« Er schnallte mit zwei schnellen Griffen seine Bretter ab und stellte sie an die Hauswand. »Dafür gibt's auch einen Kaffee, oder?«

»Meinetwegen!« Es klang nicht besonders höflich.

»I' zahl's ja!« Er zweifelte nicht eine Sekunde, daß sie seinesgleichen war. »Geld wie Heu!«

»Ach was, Geld!«

»No, dann zahl i's halt andersherum, wenn'st selber Geld genug hast!« Er zwinkerte ihr frech zu. Seine hellblauen Augen leuchteten kraß aus dem schwarzverbrannten Gesicht heraus. »Vielleicht kannst was anderes besser brauchen als Geld?«

»Oh, du Hammel!«

Er merkte, daß er sich vergriffen hatte, und wechselte sofort den Ton. »Wer hat denn die Spuren da droben gemacht?« Er deutete auf die alten Spuren und legte eine scharfe Kritik in seine Frage.

»Dem Teufel seine Großmutter.«

»Ganz genau so sehn's aus!« Er lachte ein hochmütiges Lachen. »Ihr lest wohl keine Zeitung, da heroben im Feuz?«

»Wozu denn?«

»I' frag ja nur – friß mi' nur nit!«

»Sicher nit – hab nur keine Angst!«

»Auch nit die alpenländische Sonntagszeitung?«

»Willst mich abonnieren?«

»Abonnieren! I' weiß schon längst, daß du nix liest, sonst hättest mich schon erkannt.«

»Ah?«

»In der letzten alpenländischen Sonntagszeitung war ich das Titelbild.«

»Ja, ich hab schon bemerkt, daß du auf vielen Ausstellungen hergezeigt wirst.« Sie wippte mit dem Kinn nach seiner dekorierten Weste. »Als was prämiiert man dich denn immer, wenn ich fragen darf, als Ochsel oder als Stierl?«

Er ging nicht darauf ein. »Thomas Enzinger ist mein Name.« Er sagte es gewichtig, hochdeutsch. »Nicht der Quirin Enzinger, das ist mein Bruder, sondern der Thomas Enzinger.«

»Da kann doch ich nix dafür!« erwiderte sie lachend. Er hatte erwartet, daß sein Name ihr bekannt wäre, jedoch sie hatte noch nichts von dem berühmten Läufer und Lehrer gehört. »Deswegen bekommst doch einen Kaffee, deswegen mußt nicht weinen, komm nur rein!«

Er schritt gekränkt zur Haustür. Er überlegte, ob er den

Kaffee überhaupt noch annehmen sollte. Er war gewohnt, angebetet zu werden, angebetet von den Preisrichtern bei den Konkurrenzen, angebetet von seinen Schülerinnen im Berghotel, den deutschen, englischen, amerikanischen. So verzaubert auch diese Einödshexe aussah, was zu plump war, war zu plump.

Aber er tappte doch durch den Flur und kam in die Küche. Unterm Türbalken mußte er seinen schwarzen Schopf tief beugen, er war fast zwei Meter groß. Und er war noch ganz blind vom Schnee, als er sich in dem Stuhl neben dem Herd niederließ.

Lina hantierte geschäftig herum. Sie beeilte sich, mit dem Kaffee fertig zu werden, mit dem ganzen eitlen Gockel. Schade um das prächtige Mannsbildermaterial! Zuerst war's eine Freude gewesen, endlich einmal ein neues Gesicht zu sehn, ohne Angst um Jane haben zu müssen, jetzt war's ihr schon widerwärtig. Zehn Jahre jünger als sie selber, zweiundzwanzig, dreiundzwanzig vielleicht, und schon das Rückenmark aufgeweicht von seinen Damen, Photographen, Plakettenonkeln.

Da stellte er sich abermals um, hurtig, ein schlauer Fuchs. Weder frech noch hochtrabend konnte man ihr beikommen? Also wurde er sentimental und schüttete sein Herz aus. Vier Wintermonate lang der Lakai der reichen Fremden, aber zwei Wintertage lang sein eigener Herr, allein mit seinem Gott. Darum diese ausgefallene Tour über die Scharte zwischen Igel und Höllenkopf, jungfräuliches Gelände, der Busen der Natur, und dergleichen.

»Hör auf!« unterbrach sie ihn, als seine Augen immer trüber wurden. »Heb die Predigt für deine Amerikanerinnen auf!«

»Luder!« Er nahm die Kaffeetasse und die Butterbrote in Empfang und machte sich schweigend darüber her. Dabei spähte er aus den Augenwinkeln heraus nach ihr, während sie ihre Geschirrwäsche wieder aufnahm. Sie imponierte ihm. »Kein Mann im Haus?« fragte er nach einer Weile.

»Ausgeschlossen!« sagte sie lachend und hörte ihre Mutter sprechen, wenn sie mit den Hausierern gescherzt hatte, die sich ins Vomper Sägewerk verirrt hatten. »Ich wart doch schon zehn Jahr auf dich!«

Schließlich probierte er's auf nichts wie lustige Weise und damit hatte er Glück. Zuerst hörte sie nur halb hin, spülte, trocknete, legte Holz nach, ließ ihn reden. Aber bald mußte sie amüsiert einstimmen in den Spott, den er für seine verschiedenen Anbeterinnen und für sich selber übrig hatte.

Er wußte, was mit ihm los war, ach, er wußte es ganz genau. Er machte brillant sich selber nach, wie er auf dem Hügel hinterm Hotel seine Stunden gab: Hocke, meine Damen, noch tiefer in die Hocke, stemming, Lady, always stemming, Außenschi belasten, Stöcke zurück, Hocke, Hocke – tief und weit, quite right, alte Kuh, fahr zu! Und dann das Echo: Liebster Thomas, dear Thomas, Thomas hin und Thomas her, einziger Tommy, I like you very much – oh black Tom, komm nur, komm! Ja, er wußte Bescheid.

Der Ausverkauf der Natur, ein Dollar die Stunde. Der Ausverkauf seiner männlichen Seele, ein Dollar die Stunde. Er machte sich nichts vor, er hatte sich selber durchschaut. Aber er behauptete, er wäre Mann genug, sich mitten in diesem Betrieb zu bewahren. Sein Herz wäre eine feste Burg, behauptete er, eine feste Burg und eine weiße Lilie.

An den Abenden im Hotel ging er nicht im geringsten auf die Anzüglichkeiten der großen Welt ein. Alle Heiratsanträge wies er zurück. Er ließ sich nicht küssen. Er verriegelte nachts seine Zimmertür. Wenn gezotet wurde, wandte er sich entsetzt ab, dazu waren ja schließlich die Damengesellschaften da, nicht er. Und wenn er sich gar nicht mehr zu helfen wußte, Dichterinnen, Kaffeeplantagenwitwen, Mondscheinspezialistinnen, dann sprach er errötend: »Bitte sprechen sie mit meiner Mama, der Kellnerin vom Adlerwirt!«

Als Fenn mit Jane in die Küche kam, hörte er schon von weitem Linas Lachen. Nelly, die Schäferhündin, erhob ein wütendes Gekläff und versuchte die Schande quitt zu machen, daß sie den Fremden nicht hatte kommen hören. Jane machte große Augen. Aber Thomas Enzinger, nachdem er die Hündin schnell beruhigt hatte, benahm sich tadellos. Er hatte sich bereits in Lina verliebt. Er hatte gehofft, er könnte ein paar romantische Tage im Feuz verleben. Aber er stellte sich augenblicklich um, als er Fenn sah. Er spielte wieder den harten Schneehelden, den keuschen Naturschwärmer, dankbar für die Tasse Kaffee, die ihm von der gnädigen Frau gewährt worden war.

Ein richtiger Fuchs, Fenn bemerkte es sofort. Als er die Männerstimme in der Küche gehört hatte, hatte er natürlich ebenfalls erstmal an Herrn Gade gedacht, Fräulein Hansemann, Detektiv, Gericht, Zuchthaus. Viel Nerven kostete noch immer jener Liebesdienst, die Tat mit dem Großen T! Aber dann erkannte er gleich, daß Thomas Enzinger kein Spion war. Dafür ging ihm jetzt das helle Lachen auf die Nerven, mit dem Lina die Blödigkeiten dieser medaillengeschmückten Schönheit hinnahm. Seit einer Ewigkeit hatte er sie nicht mehr so unbeschwert lachen hören, so lockend. O Himmel, die Liebe, die Ehe, ein Problem, nicht mehr zu lösen!

Er trank schweigend die Tasse Kaffee, die ihm neben der

Tasse des Gastes auf die Herdplatte gestellt wurde. Er war sogar auf Jane eifersüchtig, weil sie sich von dem Fremden in die Luft stemmen ließ, mit einer Hand, bis ans Gebälk der Decke, ein Riesenkerl. Aber er gab sich karg und böse genug, um den Burschen nach einer halben Stunde endlich zum Abschied gedrängt zu haben.

Lina brachte ihn vors Haus. Jane kam mit und schaute zu, wie er seine Schier nachwachste. Sie bekam die schweren Wunden gezeigt, die Risse und Löcher, die das Gestein des Igels und des Höllenkopfes in das harte Holz gerissen hatte. Sie bewunderte die zerfetzten Bretter. Fenn war schon längst in seine Kammer hinaufgestiegen.

Endlich waren die Bretter angeschnallt, und der Rucksack hing wieder am Buckel. Die Sonne war hinter die Grate gesunken, man ahnte bereits die Kälte einer sternklaren Nacht, es war höchste Zeit zur Talfahrt. Aber Thomas Enzinger stand noch immer da, grübelnd auf seine Stöcke gestützt.

»Fahr zu!« sagte Lina. Sie fröstelte und zog sich ihr Tuch fester um die Schultern. »Fahr zu, sonst kommst in die Nacht, bleibst im Wald liegen, erfrierst!«

»Meinetwegen!« sagte er in einem Ton, als wäre sein Leben keinen Pfiff mehr wert. Mit schwimmenden Augen blickte er auf sie. »Hoffentlich!«

»Ich komm aufs Begräbnis, ich versprech's dir.«

»Ja, wirklich?«

»Geh, fahr zu!«

»Ist der Herr immer da?« fragte er und machte ein finsteres Gesicht zum Haus hin. »Ist er noch da, wenn i' wiederkomm?«

Sie lachte, ohne auf seine Frage einzugehn.

»I' komm wieder!« Er schaute zum Igel und zum Höllenkopf hinauf, ein schwerer Abschied. »I' komm wieder, verlaß' dich drauf!« Er sprach wie ein Volksredner, der seinen Zuhörern den Weg ins Paradies weist.

»Oh, du Hammel!«

Er sprang um und fuhr ab. Im Nu war er am unteren Waldrand verschwunden.

»Warum hast du denn Hammel zu dem netten Onkel gesagt?« fragte Jane vorwurfsvoll.

»Darum!« erwiderte sie und ging ins Haus, Jane verwundert hinterher.

Sie verrichtete schnell ihre abendliche Arbeit, den Stall, die Öfen, die Küche. Jane wurde heute für sich allein gefüttert und schnell zu Bett gebracht. Dann richtete sie ihr eigenes und Fenns Abendessen auf das zerbeulte Messingtablett, das schon hundert Jahre zum Feuzer Hof gehörte, und stieg damit zu Fenns Kammer hinauf. »Ich dachte, es ist ganz nett«, sagte sie unter der Tür, »wenn wir wieder mal hier heroben essen, allein ohne Jane, oder?«

»Großartige Idee!« Er war erschrocken aufgesprungen. Auf seinem Tisch stand eine Whiskyflasche, die zweite von seinem Vorrat. Aber es war schon zu spät, sie hatte es schon gesehn.

Sie stellte das Tablett neben die Bücher und Papiere auf den Tisch, nahm die Flasche in die Hand und las die Etikette. »Wunderbar!«

»Ja, findest du?« Kam sie nicht auf den Gedanken, daß es ein verzweifeltes Geheimnis war, daß es viel zuviel Geld gekostet hatte, dreißig Pfund Schafwolle die Flasche?

Nein, sie blieb naiv. Sie setzte sofort die Flasche an den Mund und kostete einen kräftigen Schluck. Zuerst zog sie ein Gesicht, ihre Zunge war's nicht mehr gewohnt, es war zu scharf nach der langen Almkost. Dann probierte sie's noch einmal und kam auf den Geschmack. Und beim dritten Schluck schleckte sie schon die Mundwinkel aus und sagte: »Wunderbar!«

»Ach, du Wunderbare!« sagte Fenn. Es war sein alter Spruch, fast vergessen, einst so wohlvertraut. »Ach, du Wunderbare!« Eine wertvolle Ausgrabung aus der klassischen Epoche der Menschheit, ehe die Nachläufer und die Barbaren gekommen waren.

Sie aßen zusammen. Es gab Bier, Schnittlauch, Ziegenkäse. Das Brot, das sie seit dem Herbst selber buken, geriet ihnen immer besser.

Sie tranken auf Golo und Else, jeder einen Extraschluck aus der Flasche, parlez-moi d'amour, redites-moi de choses tendres. Sie tranken auf Herrn Gade, ein Schluck des Beileids, aber das Leben war ja lang, es war ja nicht für ewig, daß sie ihn seiner Vaterfreuden beraubt hatten, und wenn Jane ein richtiger Mensch geworden war, wenn das Mutterherz gesättigt war, konnte man zu einer Versöhnung kommen, das Leben war lang. Sie tranken auf Magnus Alkinus, und daß seine alte Lehre wieder ruhmreich ans Licht gehoben würde. Und sie tranken auf Thomas Enzinger, den Helden, den Hammel.

»Ich bin noch so dreckig vom Stall!« flüsterte sie, als er sie zu küssen begann. »Und meine Hände, schau meine Hände an!« Die schönen braunen Hände, kräftig und unirdisch zugleich, doch schon längst nicht mehr gepflegt, die Haut an vielen Stellen aufgesprungen. »Schweinerei!«

Er küßte ihre Fingerkuppen, alle zehn. »Ach, du Wunderbare!« Ja, es gelang, die alte Liebe wieder zu wecken, ihm und ihr. Aber sie hatten nicht getrunken, spürte er dunkel, auf eine Reihe von Gestalten, die von weither auftauchten, zukünftig, ablösend, unaufhaltsam. Irgend etwas, kam ihm vor, hatten sie vergessen, als sie ihr ganzes Leben in den berauschenden Trank getunkt hatten, sich und Jane, Gade, Golo, Else, Juvali, Thomas Enzinger.

Lina spürte nichts dergleichen. Sie war gegenwärtig, nichts wie gegenwärtig, während draußen der Orion über dem Igel und dem Höllenkopf stand.

Äußerst klar war das Sternbild in der kalten Nacht zu sehn, der Mann mit dem Gürtel und den ausgebreiteten Armen und Beinen. Seit dem Beginn der Welt sprang er so dahin, hinter der Wega her, seiner fliehenden Frau. Sah von der Erdkugel aus ein weibliches Wesen zu ihm hinauf, dann blinkte er mild. Und sah ein Mann zu ihm hinauf, dann zwinkerte er und grinste.

3 Nun spannte sie ihren Willen wieder an. Nun war Schluß mit Vater Juvalis Devise: »Tun lassen, tun lassen, und laß die Männer es bereun!« Wie eine durchgebrannte Stute, die eine ferne Weide findet, und sie schleift den abgerissenen Zügel hinter sich her, ohne ihn zu spüren, und kümmert sich nur noch um die neuen süßen Gräser, von einem Maulvoll zum andern Maulvoll: So hatte sie ihren eigenen Willen hinter sich herschleifen lassen, vom Posaunenbläser zur »Betrunkenen Frau«, vom fernen Osten zum Feuz. Nun wollte sie wieder etwas. Sie wollte, daß Fenn nicht durch sie verkam. Sie wollte, daß er emporstieg durch sie.

Sie war mitten in der Nacht erwacht, während die Kerze, die auf dem Schreibtisch neben dem Lager stand, zu Ende flackerte. Sie hatte sich aufgerichtet und den schlafenden Geliebten betrachtet. Ruhig ging sein Atem hin und her. Die Lippen waren halb geöffnet. Die grauen Haare an den Schläfen hatten zugenommen seit dem Winter. An der Nasenwurzel konnte man den Einschnitt vom Brillenbügel sehn. Die Brille lag neben der Kerze auf dem Arbeitstisch, bei den Büchern und Papieren, dem abgegessenen Tablett, dem Whisky.

Sie sah alles. Die leeren Papierbogen: hämisch. Die alten Schwarten: steckengeblieben. Der schottische Alkohol: heimlich. Sie sah alles und durchschaute alles, denn wenn sie etwas durchschaun wollte, durchschaute sie's auch, seit je. Nur daß sie sich, seit je, vor diesem Durchschaun scheute, vor diesem geschäftigen: »Sei anders als du bist!« Sie war in allen Lagen für das stolze: »Sei wie du bist!« Aber jetzt – und ging's auch gegen ihre Natur – durchschaute sie Fenn, jetzt wollte sie ihm helfen.

Sie hatte sich wieder zurückgelegt, vorsichtig, um ihn nicht zu wecken. Seid klug wie die Schlangen, meine Damen! Wenn die Mutter in der Vomp einen neuen Rock bekommen wollte, dann hatte sie zum Vater gesagt: »Der da hält noch bis an mein Lebensende!« und sie hatte schnell ihren neuen Rock gehabt. Und wenn die junge Frau Bankier Gade in Berlin in Gesellschaft gehn wollte, dann hatte sie gesagt: »Zu Hause ist's am schönsten!«, und sie war schnell ausgeführt worden. Nicht anders, damit der männliche Dünkel sich nicht dagegenstemmte, bei den Hottentotten, bei den Männern auf dem Mars, bei Fenn.

Sie hatte noch eine Weile in das immer stärkere Flackern der verlöschenden Kerze hineingelächelt, dann war sie wieder eingeschlafen. Und als später, geweckt vom Dämmerschein am Fenster, Fenn hochfuhr und auf sie schaute, schlief sie tief wie ein Kind. Man hätte schwören können, daß sie die ganze Nacht so gelegen war, versunken, unangefochten vom Schicksal, wie die glücklicheren Weiber nun einmal waren.

»Offen gestanden«, sagte sie einige Tage danach, »ich bin froh, daß Golo nicht mehr antwortet. Mir kommt's wie alter Staub vor, die Stadt, das Quartett, die Zeitungen, der sogenannte Zeitgeist.« Und schon zehn Minuten später hatte er ihr bewiesen, daß er seine alten Beziehungen allzu schnöde verleugnet hätte. Denn ein Mann wäre heutzutage zu einem Doppelleben gezwungen, eigenes Werk und allgemeiner Betrieb, dies und jenes, das eine ohne das andere taugte nichts.

»So ein Thomas Enzinger hat's leicht!« sagte sie kurz darauf. »Bildet sich wunder was auf seine kühnen Fahrten ein, und schafft's doch nur, weil sein Kopf leer ist! Mit einem Kopf voll alter und neuer Gedanken kann man das freilich nicht.« Und sofort fuhr er hoch, warum denn nicht, warum nicht dies und jenes zusammen? Ach, die beschränkten Weiber, die sich ein vollwertiges Männerleben schon gar nicht mehr vorstellen konnten!

Schnell hatte sie ihn aus seiner gefährlichen Leere herausgelockt. Er beschloß, im Mai für einige Wochen in die Stadt zu fahren, nach Berlin. Er mußte den Anschluß an seine Zeit wieder aufnehmen. Er mußte Interessenten für den Magnus Alkinus finden. Er brauchte einen Verleger für das Buch, einen Industriellen für die Arzneien. Dann würde das Werk nach seiner Rückkehr nach Feuz um so besser gedeihen. Dann würde auch das Reisegeld, geborgt von Linas Reserve, schnell wieder eingebracht sein. Und vor Herrn Gade und seinen Spionen konnte man sich in Berlin schon sichern.

Jedoch vor dieser Expedition in die Stadt wollte er den letzten Schnee noch zu einer anderen Expedition nutzen. Er wollte braungebrannt und frischen Blutes in der Stadt ankommen, nicht als der Stubenhocker, der er in der letzten Zeit geworden war. Was Thomas Enzinger konnte, konnte er auch. Und schon längst empfand er's als Schande, täglich zum Igel hinaufzuglotzen, ohne droben gewesen zu sein.

Schnell begann's, das neue Doppelleben, dies und jenes. Ja, die Klugheit der Schlangen, ja, der starke weibliche Wille, ach …

Ein begnadeter Nachwinter für die wenigen Läufer, die noch in den Alpen waren! Die Nächte schmiedeten den Schnee zum steinharten Harsch zusammen, die Tage zerschmolzen ihn wieder zum sanften Firn. Das Wetter war bombensicher. Ostwind, Kältewelle, Hochdruck überm ganzen Kontinent.

Und ein begnadeter Startplatz, Feuz! Jane bügelte das Wachs in die Bretter, Lina packte den Rucksack. Die Schafe im Stall blökten ununterbrochen nach ihrem verspäteten Futter, und Nelly bellte sich heiser vor Freude, weil sie mitkommen durfte, denn sie merkte, daß es eine besondere Sache war.

Am oberen Waldrand ein letztes Herunterwinken, und empor in die Einsamkeit, die majestätische! Zuerst der Wald, dann die Latschen, dann das weite Trümmerfeld zwischen Igel und Höllenkopf. Dann kam die lange steile Rinne, die zum Ziel führte, zur Scharte zwischen den beiden zerrissenen Gipfelzügen.

Man konnte die Enzingersche Spur noch erkennen. Großartig war er die Rinne heruntergejagt, frech, Schuß um Schuß. Aber aufwärts kostete es Schweiß, ein ewiges Zickzack. Und kaum waren ein paar Meter gewonnen, so stieß man schon wieder an die Bastionen rechts und links und mußte die Bretter schwenken.

Nelly kam mühelos empor. Zuweilen verbellte sie eine einsame Felsendohle. Zuweilen hockte sie nieder, um auf ihren Herrn zu warten. Und wenn er ihr zu lange brauchte, heulte sie, ein langgezogenes neuartiges Heulen. Sie spürte, je unerbittlicher die Landschaft ward, Erinnerungen an ihre wölfischen Ahnen.

Endlich stand er in der Scharte. Ausgepumpt, aber siegreich. Ohne Aussicht, denn die Scharte lag dermaßen verklemmt zwischen den Wänden, daß man weder nach Feuz noch ins Nachbartal hinabsehn konnte, aber das schadete nichts, die enge Wildnis des Platzes war nicht minder schön als ein Fernblick von Gebirg zu Gebirg.

Trotz der Verspätung gönnte er sich eine lange Rast. Die Heimfahrt war nichts nach der Schinderei des Aufstiegs. Er fand einen trockenen Felsenthron. Die Sonne wärmte noch. Er wechselte das verschwitzte Hemd. Er machte sich über den Rucksack her. Nelly mußte immer weggestoßen werden, weil sie dazwischenschnupperte.

Es gab harte Eier, Ziegenkäse, Speck. Aber er hatte wenig Appetit, das meiste bekam Nelly. Nur die Flasche Tee war schnell geleert. Und er war entzückt, wie reizend Lina alles verpackt hatte. Zwischen dem Reservehemd und dem Brotbeutel fand er seine Feldflasche aus dem Krieg, die er ewig nicht gesehn hatte.

Das alte zerbeulte Ding, das einzige Andenken außer den Narben und Orden. Lina hatte es heimlich aus seinem Koffer geholt und hier eingeschmuggelt. Whisky war drin. Und mit einer blauseidenen Haarschleife von Jane war ein Zettel drangehängt: »Prost, Liebster, auf dem Gipfel, aber besauf dich nicht!«

Allmählich kamen die heroischen Gedanken, die Liederanfänge und Gedichtfetzen, die Zwiesprache mit dem Weltgeist. »Noch dünkt das Leben mir schön.« Und: »Die Seele, der im Leben ihr göttlich Recht nicht ward, sie ruht auch drunten im

Orkus nicht.« Und: »Zu lang, zu lang ist die Ehre der Himmlischen unsichtbar.«

Nelly, den Kopf auf den Vorderpfoten, hörte zu. Und wenn's besonders laut wurde: »Denn fast die Finger müssen sie uns führen, und schmählich entreißt das Herz uns eine Gewalt.«, dann faßte sie's als Geschimpfe auf und wedelte mit der ganzen Hinterhand um Abbitte, ohne sich über ihre Untat klar zu sein.

Dazwischen die Traumfetzen, der Blick in die Zukunft. Zehntausend Mark Garantie, Herr Direktor, und ein Drittel vom Reingewinn? »Ich bin kein Wucherer, Professor Fenn, ich zahle hunderttausend, wenn ich diese Heilsäfte fabrizieren darf!« Und da kam auch schon der Zug der Kranken, die erste Ovation, und er hielt eine Rede.

Kopf an Kopf standen die Genesenen und lauschten. Liebe Kinder, liebe Sünder, liebe Kinder, liebe Krawattenbinder und Besenbinder, dünkt euch das Leben wieder schön? Ein tausendstimmiges Ja war die Antwort, anschwellend, bis die Blechmusik einsetzte und etwas Kaltes, Feuchtes an seine Hand stieß.

Es war Nelly, die sich langweilte und zum Aufbruch mahnte. Tatsächlich, höchste Zeit! Die Scharte lag längst im Schatten, er schlotterte vor Kälte, er hatte sich schwer verträumt. Er trank Whisky und rüstete sich. Adios, kleine Scharte! Noch dünkt das Leben uns schön, nicht wahr? Er fuhr ab.

Jedoch von freier Abfahrt war keine Rede mehr. Der Schnee war schon gefroren. Nelly wollte lustig losziehn und stürzte sofort zwanzig Meter ab, bis sie wieder Halt fand. Nein, es ging nur Tritt um Tritt, und jeder Tritt mußte fest ins Eis gestoßen werden, oder man rutschte ab und flog hinab und hinab.

Am Trümmerfeld drunten war die Gefahr vorbei. Aber schon in der Mitte der Rinne streikten die Gelenke und die Pulse. Die Stufenarbeit wurde immer schwerer. Blaue Schatten lagen auf den Felsen. Die Grausamkeit der Alpen kroch allseits hervor. Es dämmerte stark, als er endlich am Ende der Rinne stand.

Er warf sich hin, erschöpft. Nelly hockte sich daneben und schleckte ihre wunden Pfoten. Als es dunkler wurde, winselte sie und stieß ihn mit der Schnauze ins Gesicht. Schon gut, schon gut, nun kann nichts mehr passieren. Eine lange Rast mußte jetzt erst mal sein. Er trank den Rest Whisky hinunter wie Wasser.

Ach, du Wunderbare! Eine großartige Idee, der Whisky! Das einzige, was hier half. Das gab wieder Mark in die totgefrorenen Knochen. Das machte wieder warm, wenn ringsum die Lüfte kälter und kälter wurden. Ja, ja, Nelly, sofort, gleich geht's hoch zu einer kleinen Nachtfahrt, was ist denn dabei!

Allein, er ging nicht hoch. Er fühlte sich immer wohliger und wärmer. Zuerst durchschwitzt von der verdammten Rinne, dann bitter kalt, direkt wie von einem Feinde von der Kälte angefallen, und jetzt so wohlig warm. Das Leben ist sonderbar, sagte Golo. Und wunderbar. Die Sternlein kamen, Nelly fing zu bellen an, wunderbar.

Heiliger Himmel, was war Nelly für ein hysterisches Stück Weib! Sie ließ ihn keinen Gedanken mehr zu Ende denken. Sie hörte nicht auf, ihn anzuheulen und anzustoßen. Weg, alte Bestie! Er schlug nach ihrem Kopf, ohne sie zu treffen, und mußte herzlich lachen, weil er in die Luft geschlagen hatte wie ein Baby.

Sofort, sofort, nur dieser eine Gedanke noch mußte zu Ende gedacht werden! Er war sein Leben lang nicht hart genug gewesen. Im Kern der Seele war ein Punkt, der mußte ganz hart und schwarz sein. Endlich spürte er's. Endlich spürte er, daß ein Mann nur von diesem harten schwarzen Punkt aus die Welt bezwang.

Die Welt, zum Totlachen! Zum Totlachen, Nelly, laß mich in Frieden, Kamel! Eine Insektenwelt, aber der Mann hart und schwarz dazwischen. Lauter Krawattenbinder und Besenbinder, aber dazwischen der Mann, hart und schwarz, an jenem bestimmten Punkt, Punkt im Kern, Kern in der Seele, Seele im Mann.

Er schlief ein. Nelly lag eine Weile still daneben, dann stieß sie ihn wieder an und bellte. Dann leckte sie sein Gesicht. Er spürte es noch, er verzog den einen Mundwinkel zu einem Lächeln. Dann stieß sie ihn wieder mit der Schnauze an, und er spürte es nicht mehr. Schließlich ließ sie es sein und wartete.

Die Leute kamen erst im Morgengrauen, Lina hatte lange Zeit ins Dunkle hinaufgerufen, dann war sie talwärts gerannt, der Mützliner Hof, eine halbe Stunde, aber da waren keine jungen Männer, man mußte ins Dorf schicken, junge Männer, Fackeln, eine Bahre, nach Mitternacht begann erst die Suche im Wald, in den Latschen.

Die Sterne verblaßten, und die Grausamkeit der Alpen kroch in ihre Tageshöhle zurück, da fanden sie den Platz. Die Hündin hockte steif daneben. Der Leichnam war ganz hart und schwarz. »Ganz hart und schwarz«, sagte ein junger Bursche und wollte das Genick heben, da biß ihm die Hündin die Hand bis auf die Sehnen durch.

4 Wer Jane in diesen Jahren sah, konnte ahnen, wie ihr später einmal diese Epoche ihres Erdenwandels vorschweben mochte. Der Igel und der Höllenkopf wuchsen zu einer Kulisse empor, die den Gaurisankar weit überragte. Die Mutter hatte Schenkel und Brüste wie das Riesenfräulein, das mit dem Wagen des Bäuerleins wie mit einer Zündholzschachtel gespielt hatte. Die fünfundzwanzig Hühner bedeckten weithin die Wälder und Wiesen von Feuz. Die drei Ziegen und die beiden Schweine waren das Sklavenvolk, das streng regiert werden mußte, und wenn die Schafe in den Pferch getrieben wurden, stand die Sonne still am Firmament. Einmal kam die Großmutter vom Mützliner Hof, die uralte, und spielte einen ganzen Tag mit ihr. Das war das einzige Mal, daß jemand anders da war als die Mutter. Die Mutter war ins Dorf gegangen, hinter der schönen großen Holzkiste her. Die schöne große Holzkiste war von ein paar schönen großen Männern gebracht worden. Man hatte sie in die Wohnstube getragen, die Wohnstube war schon mehrere Tage verriegelt gewesen, es wurde gehämmert, dann wurde die Kiste wieder weggetragen, ins Dorf hinunter, die Mutter hinterher. Und die Mützliner Großmutter hatte gesagt: »Geh weg vom Fenster, Kindel, sonst wirst blind.«

»Ganz blind?« fragte Jane und trat schnell von dem Fenster im ersten Stock zurück.

»Ganz blind«, sagte die Alte und schlug ein Kreuz über der eingefallenen Brust.

»Sieht man dann gar nix mehr?«

»Nix.«

»Ui!« machte Jane erschrocken.

Die Alte sprach ein Vaterunser vor sich hin.

»Mich selber auch nimmer?« fragte Jane, nachdem das fromme Gemurmel vorüber war.

»Nix«, sagte die Alte und begann sogleich im Haus herumzustöbern.

Sie war wahnsinnig neugierig. Sie mochte etwa tausend Jahre alt sein. Es war schon alles von ihr abgefallen, das Fleisch und das Blut, die Haare und die Zähne. Nur noch ein paar mürbe Knochen und ein bißchen Gartenerde mochten in dem schwarzen Kirchenkleid stecken. Aber die kleinen braunen Augen waren noch lebendig und beguckten alles, was zu begucken war.

Jane mußte alles zeigen. Sie tat es mit Vergnügen. Noch bevor sie zusammen das Mittagessen kochten, hatte sie alle Schränke und Truhen des Hauses geöffnet, und Jane war stolz darauf, die Führung zu übernehmen. »Bitteschön!« sagte sie und öffnete, nachdem das Spielzimmer fertig war, die Wäschekommode und den Kleiderschrank der Mutter.

»Hat Geld kost!« sagte die Alte. Sie nahm die einzelnen Stücke heraus und strich über die Stoffe. Die bäurischen Gewänder waren schnell abgeschätzt, aber die Stücke aus der Stadt, die noch dazwischenlagen, wurden eingehend geprüft.

»Bitteschön!« sagte Jane und nahm die braune Pelzjacke vom Bügel.

»Hat Geld kost!« sagte die Alte und schlüpfte in die Jacke.

Jane überkam aus weiter Ferne eine Erinnerung, wie sie einmal mit Fräulein Hansemann in einem glänzenden Laden in der Stadt gewesen war. »Steht Ihnen sehr gut, gnädige Frau!« sagte sie im Ton der höflichen Verkäuferin, welche damals Fräulein Hansemann bedient hatte.

Die Alte kicherte und schlüpfte wieder aus der Jacke. Bevor sie sie in den Schrank zurückhängte, steckte sie noch einmal die Nase in den Pelz und roch hinein. Aber es roch nur noch nach Kampfer, die Düfte von Charbin waren verduftet.

»Bitteschön!« sagte Jane und nahm das grüne Frühlingskleid vom Bügel.

»Hat Geld kost!« sagte die Alte und hielt das Kleid mit gespreizten Fingern an sich herunter. »Ganz modern!« sagte sie, obwohl das Kleid längst altmodisch geworden war.

Jane war begeistert von ihrem Erfolg. Sie führte ihre dankbare Kundin schließlich in Fenns Kammer hinauf. Hier war's ihr selber fremd und geheimnisvoll, hier erwartete sie sich besondere Wirkungen.

»Eine Schreibmaschine, bitteschön?«

»Hat Geld kost!« sagte die Alte.

»Oder so etwas vielleicht?« Sie zeigte die Bücher, die Papiere, die goldene Füllfeder, die silberne Zigarettendose, die leeren Flaschen mit den fremdländischen Etiketten.

»Studieren, studieren!« sagte die Alte und wackelte traurig mit dem Kopf hin und her. »Immer studieren, immer studieren!« Aber dann kam Fenns Wäschekiste und Kleiderschrank an die Reihe, und sie geriet allmählich in eine Art Raserei.

Schön geordnet lag die Wäsche in den Fächern. Sauber gebügelt und gebürstet hingen die Anzüge an den Haken. »Bitteschön!« sagte Jane, doch es klang jetzt etwas zaghafter, weil die Alte mit einer beängstigenden Gier alles durcheinanderschob. Ihre beiden Söhne, murmelte sie vor sich hin, wüßten auch, was gutes Tuch wäre, was gutes Leinen wäre, was gutes Leder wäre.

Zuerst legte sie die drei städtischen Anzüge beiseite, den schwarzen, den dunkelblauen, den Homespun.

Hier war's umgekehrt wie beim Schrank der Mutter, hier löste nicht das städtische, hier löste das bäuerische Zeug die Erregung aus, die Wollsachen, die schweren Stiefel, die Hosen und Joppen für die Landarbeit. Schließlich riß sie alles aus dem Schrank, was ihr gefiel, und legte es auf einen großen Haufen zusammen, bis der ganze Schreibtisch davon bedeckt war.

»Bitteschön!« sagte Jane. Sie sagte es in kläglichem Ton. Sie stand zaghaft daneben und fühlte sich ganz und gar vergessen.

»Ja, Kindel?« Die Alte wandte sich ihr wieder zu. »Hast Angst, ich nehm' was weg? Nein, das wird nur zusammengelegt, damit die Mutter gleich weiß, was meine Söhne brauchen können, gelt? Nur, daß sie's weiß«, brummelte sie und wühlte in dem Haufen, »nur, daß sie's weiß.«

»Das gehört dem Onkel Fenn!« rief Jane ängstlich.

»Das muß wieder in den Schrank!«

»Papperlapapp!« sagte die Alte. Es lag etwas Drohendes in ihrem Ton. »Wir zahlen's ja!«

»Nein!« rief Jane verzweifelt. »Der Onkel Fenn braucht's selber!«

»Papperlapapp!« sagte die Alte und ordnete den Haufen. »Der braucht's nimmer«, brummelte sie vor sich hin, »der braucht's nimmer.« Der Regenmantel war städtisch geschnitten, und sie überlegte sich lange Zeit, ob sie ihn zu ihrem Haufen legen sollte, und sie hatte ihn schon in den Schrank zurückgehängt, da besann sie sich und legte ihn doch auf den Haufen. »Wir wollen's ja nit geschenkt«, brummelte sie, »wir zahlen schon was dafür, wir zahlen schon was.«

Jane war glühend rot geworden, weil das Verkäuferinnenspiel mit einem Male ernst genommen wurde. Sie hatte schreckliches Mitleid mit Onkel Fenn. Ahnungslos hatte er seine weite Reise angetreten, während die Alte mit ihren dünnen Fingern sein Zeug befingerte. »Wenn er zurückkommt und es ist nicht eingeräumt«, sagte sie und begann zu weinen, »dann schimpft er dich, aber richtig!«

»Papperlapapp!« sagte die Alte und nahm sie bei der Hand. »Der schimpft nimmer, Kindel, der schimpft nimmer.« Sie warf einen letzten Blick auf ihren Haufen und führte sie in die Küche hinunter. »Heul nit, Kindel, jetzt wird gekocht, jetzt ist Schluß mit dem Geheul!«

Der Mittag war ewig lang. Jane heulte nicht mehr, aber sie wagte auch nicht mehr, mit der Alten zu sprechen, weil der Spaß vom Vormittag so schlimm verlaufen war. Sie mußte immerzu an Fenn denken, schweren Herzens. Und beim Abendstall nahm sie ihren ganzen Mut zusammen und trat noch einmal für seine Sache ein. »Das Zeug in der Kammer droben!« sagte sie und mußte schlucken. »Das Zeug muß wieder in den Schrank zurück!«

»Papperlapapp!« sagte die Alte. Sie molk gerade die Braune, Janes Lieblingsziege, und hatte Schwierigkeiten mit ihr. Die fremden Hände an den Zitzen machten die Ziege unruhig, sie trat hin und her und wollte sich nicht ausmelken lassen. »Krüppel, verdammter!« rief die Alte. »Verdammter Krüppel, ganz verdammter!«

»Muß alles wieder in den Schrank zurück!« stieß Jane wütig heraus.

»Krüppel«, schrie die Alte und puffte die Braune mit ihrer knochigen Faust in die Hüfte.

»Du!« schrie Jane und stieß ihr blindlings mit dem Fuß ans Schienbein, mit aller Kraft, so daß sie kläglich aufbrüllte, den Melkkübel umstieß, die Milch verschüttete.

»Verdammter Krüppel, ganz verdammter!« schrie die Alte und hatte ihr in der gleichen Sekunde schon ins Gesicht gehauen.

Sie lief heulend aus dem Stall und versteckte sich hinter dem Kachelofen in der Wohnstube.

Es war ein ungewohnter Geruch in der Wohnstube. Es roch nach Latschen und abgebrannten Kerzen. Sie hörte nach einiger Zeit, wie die Alte aus dem Stall kam und in die Küche schlürfte. Sie hörte, wie sie am Herd herumwirtschaftete und mit sich selber schimpfte. Sie kam sich sehr einsam vor, weil man sich nicht um sie kümmerte und sie nicht einmal suchte. Sie schnüffelte nach dem sonderbaren Latschengeruch und Kerzengeruch, sie fühlte sich noch einsamer dadurch und schluchzte verloren vor sich hin.

Es dämmerte schon, als die Alte hereingetappt kam. »Sei nit dumm, Kindel«, sagte sie in mildem Ton und zog sie vom Ofen weg. »Die Mutter kommt.«

Jane ließ sich willig vors Haus führen. Die Mutter war bereits am Zaun. Ohne zu winken und zu rufen, kam sie heraufgeschritten. Ohne etwas zu sagen, gab sie der Alten die Hand. Und als sie sich dann endlich ihr zuwandte, sie auf den Arm nahm und an sich preßte, merkte sie nicht einmal die geschwollenen Augen von der Heulerei hinterm Ofen.

Weder die Alte noch sie selber sagte etwas von dem Kampf in der Kammer und im Stall, und beim Abschied trug die Alte tatsächlich einen riesenhaften Ballen auf ihrem krummen Buckel. Die Mutter hatte ihr alles Zeug geschenkt, was sie auf dem Schreibtisch gesammmelt hatte.

»Warum denn?« stieß Jane heraus, als die Alte außer Hörweite war. Sie fühlte sich schuldig an dem Raub. Sie hätte am liebsten wieder losgeheult.

»Darum«, sagte die Mutter und ging ins Haus. Ihre Seele war leer.

Es kam viel Arbeit. Der Schnee schmolz, die Schafschur wurde fortgesetzt. Die Wiesen blühten, die Mahd begann. Der erste Schnitt, der zweite Schnitt. Dann wurde das Laub gelb im Wald und fiel. Das Laub für die Spreu, das Holz für den Winter. Dann kam das Spinnen, das Stricken. Dazu die tägliche Küche, der tägliche Stall, die tägliche Mühe mit dem Kind, doch ihre Seele war leer.

Keine Tränen. Nicht einmal an Golo oder an Else Schlittenmeister ein Brief, eine Mitteilung. Nichts. Wenn sie an Fenn dachte, fühlte sie, daß nicht durch seinen Tod ihre Seele leer geworden war. Ihre Seele war schon vorher leer gewesen. Und sie war leer, weil sie leer war, mehr ließ sich darüber nicht sagen.

Wenn sie andere Menschen traf, selten genug, dann spürte sie, daß viele Menschenseelen leer geworden waren ringsum. Ein verschwitzter Tourist im Sommer, der ein Glas Milch von ihr kaufte. Zweimal im Jahr der Wollhändler, der Mehl und Zucker für die Vliese gab. Im Oktober die Alte vom Mützliner Hof, um ihr etwas abzubetteln. Oder auch, wenn sie zum Igel und zum Höllenkopf hinaufsah. Die Felsen waren niedriger als früher, niedriger die Wolken, die darüber hinzogen. Viele Menschenseelen, nicht allein die ihrige, spürte sie, waren leer geworden in diesen sonderbaren Menschenjahren.

Aber die Menschen, gerieten sie nicht in Raserei, wenn sie spürten, daß ihre Seelen leer waren? Wüteten sie nicht gegeneinander, zerfleischten sie sich nicht gegenseitig, tobten sie nicht gegen sich selber mit ihren leeren Seelen? Anders war's bei ihr, anders bei ihrer leeren Seele. Wenn die Zeit gekommen war, daß die Seele leer war, dann war diese Zeit eben gekommen. Dann war sie stolz genug, es hinzunehmen. Dann tat sie ihre Arbeit oder sah zu den niedriger gewordenen Wolken und Sternbildern hinauf und sagte: »Meine Seele ist leer, jawohl, ganz leer.« Ohne Tränen, ohne Krämpfe, ohne Trauer, ohne Wut. »Leer, meine liebe Lina, ganz leer.«

Dann, nur dann fand die leere Seele jene Ruh', jene Rast, die sie brauchte, um sich wieder zu füllen, die Himmlischen mochten wissen, womit. Das spürte sie, wenn sie mit ihrer leeren Seele hinter den Schafen her lief. Nelly war verrückt vor Eifer und jagte die Mutterschafe mit ihren Lämmern in die falschen Gründe. Und auch Jane war verrückt vor Eifer und schrie im Ton der Alten vom Mützliner Hof: »Betzi, Rosa, Königin, verdammte Krüppel, ganz verdammte!«

5 Als Thomas Enzinger wieder nach Feuz kam, war er sich seiner Sache sicher. Er kam diesmal nicht über die Scharte, nicht mit den Schneeschuhen, nicht in der medaillengeschmückten Weste. Es war ein schlechter Sportwinter gewesen, der letzte Firn war im April längst vertaut. Er kam zu Fuß vom Dorf herauf und trug bereits sein sommerliches Zeug, die langen grauen Jägerhosen mit den grünen Streifen, die schlichte graue Joppe mit dem grünen Kragen. Und er hatte im Dorf Erkundigungen eingezogen und wußte alles, was er von Lina wissen wollte, als er eines Nachmittags wieder am Küchenfenster stand. »Da bin i' wieder!« sagte er und lüftete das verwitterte grüne Hütchen. »Bin i' wieder da!«

»I seh's schon«, sagte Lina, ohne ihre Arbeit zu unterbrechen. Sie stand gerade am Herd und rührte den Trank für die Schweine.

Er lehnte sich zum offenen Fenster herein, stützte die Arme aufs Fensterbrett und schaute ihr zu. »Mein herzliches Beileid!« sagte er nach einer Weile.

»Dank schön.«

»Schad drum!« sagte er in schwerem Ton. Er war im letzten Jahr für den Film entdeckt worden und hatte zwei Bergfilme gedreht, also wußte er, wie man solche schweren Worte bringen mußte. »Schad drum, wirkli' schad um den guten Mann!«

Sie antwortete nicht, sie rührte den Trank.

Er fühlte, daß sie nicht über den Todesfall sprechen wollte.

Er suchte nach einem anderen Thema. Aber da fiel ihm eine Szene aus seinem letzten Film ein, die ausgezeichnet hierher paßte, und er konnte sich nicht versagen, sie anzubringen. »Seid nit traurig, Leut'«, sagte er mit gepreßter Stimme und starrte ins Weite, »'s ist heilig Blut.«

Sie schaute erstaunt auf ihn, aber nur eine Sekunde lang, dann rührte sie wieder den Trank.

Er erinnerte sich an seine Szene, als hätte er sie gestern gedreht. Die Komparsen, fünf Mark pro Tag, in zerfetzter Tracht, bedeckt mit künstlichem Schneegestöber, stumm warteten sie auf ihn. Und scheu wichen sie zurück, als er endlich kam, hundert Mark pro Tag, herrlich aufgemacht, geronnenes Blut im Gesicht. Alles sah auf ihn, denn unter dem Holunderbusch lag sein bester Freund, tot, und er wußte es noch nicht. Lange Pause, dann ein tierisches Seufzen, ganz kurz, aber aus tiefster Brust: »Uh!«

Wieder sah Lina auf ihn. »Hast Bauchweh?« fragte sie in ihrer barschen Art.

Blöde Hexe, dachte er bei sich. Gott sei Dank, daß er seine Kritiken und Bilder mitgebracht hatte. Diese Szene war eigens in der Presse erwähnt worden. Der Film war ein großer Erfolg gewesen. Holzgeschnitten und männlich war der Dichter genannt worden, doch besonders holzgeschnitten und männlich diese Szene. Er ließ sich nicht abhalten und sprach's: »Seid nit traurig, Leut', 's ist heilig Blut, gestern und heut, düngt den Boden gut, sickert gach hinunter, unter den Holunder ...«

»Hammel, g'schminkter!« unterbrach sie ihn, riß den Topf mit dem Trank vom Herd und lief damit aus der Küche.

Er blieb verdutzt am Fenster stehn. Daß sie eine harte Nuß war, hatte er nicht vergessen in der Zwischenzeit, er hatte ja oft genug an sie zurückgedacht, und wie spröde sie gewesen war. Aber was zuviel war, war zuviel. »Hammel, g'schminkter.« Er sagte es vor sich hin und schüttelte über sich selber den Kopf, weil er noch immer dastand, anstatt sich auf dem Absatz umzudrehn, wortlos, und zu gehn.

»Hammel, g'schminkter.« Er schüttelte über das ganze männliche Geschlecht den Kopf, zündete sich eine Zigarette an und wartete. Während seiner Atelierzeit in der Stadt waren feine Damen ihm nachgelaufen, Damen aus der großen Welt, und gewichtige Männer hatten ihn umworben, den Typ der Saison, holzgeschnitten und männlich. Warum war er gerade dieser Hexe verfallen, dieser groben gottverlassenen Hexe?

Als sie zurückkam, waren das Kind und der Hund bei ihr, und das war günstig. Nelly sprang sofort ans Fenster und kläffte los, also konnte er zeigen, wie schnell ein wahrer Mann mit einem wilden Tier fertig wurde: Mit ein paar Zurufen aus der Urzeit der Menschheit hatte er den Köter beruhigt. Und Jane erinnerte sich tatsächlich noch an ihn, ganz genau, und wie er sie damals hochgestemmt hatte, mit einer Hand bis ans Gebälk, also hatte er doch seine Spur hier zurückgelassen: Kindermund war Gottesmund. Und wirklich, nachdem er eine Weile mit der Hündin und mit dem Kind gescherzt hatte, tat die Hexe endlich den Mund wieder auf und lud ihn zum Kaffee in die Küche, wie damals.

Es war alles wie damals. Mit den üblichen Tricks kam er keinen Schritt weiter. Weder die Einsamkeit seines Herzens noch seine Photos und Zeitungsausschnitte berührten sie. Erst als er sich aufraffte, seinen männlichen Dünkel zu verleugnen, ließ sie sich auf ihn ein. Ja, als er begann sich selber zu verlachen, klappte es. Bei den Berichten über seine neuen Anbeter und Anbeterinnen schallte wieder ihr helles

Lachen durch die Küche wie damals. Nur, daß diesmal keine Gefahr bestand, daß mittendrin, mitten in der Balz, der gelehrte Mann mit der Brille auftauchte.

Als sie mit Jane in den Stall ging, blieb er in der Küche sitzen und dachte über sie nach. Er spielte mit Nelly, die bei ihm geblieben war, und dachte über seine Liebe nach. Sicher war sie eine Hexe. Sicher war sie böse, denn nur mit Bosheiten vermochte man ihr beizukommen. Was verhaftete ihn so schwer an sie? Nelly war begeistert, weil sie seit Ewigkeiten wieder eine männliche Hand in ihrem Fell spürte. Sie umwedelte ihn, sie lockte ihn immer wieder, daß er sie kratzte und abschüttelte. Und er ließ sich auch immer wieder verlocken, warf sie auf den Boden, wälzte sie hin und her, kratzte sie im Kreuz. »Ein böses Frauchen hast du«, sagte er. »Böses, böses Frauchen!«

Auch Lina, während sie im Stall das Heu schüttete, dachte daran, daß sie böse war. War sie's nicht? Den Männern gegenüber war sie's doch wohl? Von der Vomp zu Herrn Gade, um ihre Vomper Bauernburschen abzutun, aus keinem andern Grund. Von Herrn Gade zu Fenn, um Gade abzutun, denn das war doch der Anlaß gewesen. Und jetzt amüsierte sie sich mit dem Mann, der schuld war an Fenns Tod. Denn hätte er ihr damals nicht seinen frischen Schneeduft ins Haus gebracht, hätte sie Fenn nicht hinaufgehetzt. So war's doch gewesen? Ließ sie sich jetzt gerade deswegen mit ihm ein, weil er der geheime Mörder ihres Tristans war? War das im Grunde ihre Beziehung zu den Männern? »Zurück!« schrie sie die drängenden Hammel an, denen sie das Heu in die Raufe warf. »Zurück, Bande, Kastratenbande!«

Doch Thomas Enzinger erreichte es. Er durfte bleiben. Er bekam das Bett in der eingestaubten Gelehrtenkammer unterm Dach gerichtet.

Nachdem die Hündin zur Genüge abgeschüttelt war und ermattet unterm Tisch lag, kam Jane mit ihrer Puppe Sophie in die Küche und spielte mit ihm. Sie schwätzte ihm ein ganz bestimmtes Spiel auf, und er vollführte es tadellos. Sie ging mit Sophie spazieren, den Herd entlang. Er mußte sich anschleichen, Sophie niederwerfen, ihr ein Küchenhandtuch übers Gesicht stülpen und Jane wegtragen. Der Stuhl war das Auto, das Auto fuhr los, Jane wimmerte. Er tröstete sie und brachte sie auf eine schöne Insel im Weltmeer. Hier war auch Sophie wieder dabei, befreit von dem Küchentuch, und alles war wunderschön. Zum Schluß schaukelte er sie auf seinen Knien und sang: »Bis daß der Kuckuck kuckuck schreit, allhier im grünen Wald, allhier auf grüner Heid!«

Dann kam auch Lina endlich wieder. Sie sagte, es dunkele bald. Er sagte ja, ja und schaukelte Jane. Sie sagte, sie koche jetzt das Abendessen für sich und das Kind. Er sagte ja, ja, er schaue gerne zu. Sie sagte, sie koche lieber ohne Zuschauer, sie wäre nicht vom Film. Er hatte sich aber inzwischen überlegt, daß auf dieser schönen Insel im Weltmeer die Holzarbeit am schwersten für eine Frau sein mochte, und fragte, ob er ihr nicht einen Tag lang Holz machen dürfe, denn er wäre ein brillanter Säger und Hacker. Und damit hatte er's getroffen. Das Winterholz ging zu Ende, sie war dankbar, wenn ein paar neue Klafter gesägt und gespalten wurden, und gab es zu.

Während sie Jane zu Bett brachte, bastelte er an der alten Geige herum, denn nachdem sie ihm verraten hatte, daß sie früher Geige gespielt hatte, hatte er so lange gebettelt, bis sie schließlich hinterm Bodengerümpel den Kasten vorgezerrt hatte. Der Kasten war mit Spinnweben bedeckt. Die Saiten waren gerissen, außer der G-Saite, doch es gelang, sie notdürftig zusammenzuknoten. Der Bogen war gebrochen, doch er wollte ja auch nur die Begleitung zupfen, es handelte sich nur um die Begleitung zu seinem schönen Baß, weil keine Gitarre da war. Und es ging. Als Lina zurückkam und die Petroleumlampe ansteckte, war er schon im Schwung. Sie setzte sich zu ihm. Sie strickte behend an den Strümpfen für Jane und hörte zu. »Was schlagt«, setzte er ein, sonor –

»Was schlagt denn da draus auf dem Tannenbaum,
was hör i die ganz Nacht im Traum?
Mei liebe Frau, ist's nit die Nachtingall?
Nur die Nachtingall hat solch an Schall.«

Und dann nach ein paar gezupften Akkorden die Antwort, hoch und zart –

»Mei lieber Mann, des is kei' Nachtingall,
mei lieber Mann, des darfst nit glaub'n!
A Nachtingall schlagt auf kein'm Tannenbaum,
schlagt nur auf der Haselnußstaud'n!«

Wahrhaftig, eine Männerstimme war das Schönste auf der Welt, einmal ganz tief wie eine erzene Glocke, dann wieder kindlich hoch, das Falsett. So empfand's Lina und ließ ihre Stricknadeln schwirren, ganz egal, wer der Sänger war. »Weiter!« sagte sie, wenn er eine Pause eintreten lassen wollte, und: »Müd bin i«, setzte er ein, inbrünstig –

»Müd bin i, müd bin i,
leg i mi' nieder.
Packt mi' die Lieb,
auf muß i wieder.«

Er wiederholte es immerzu, er fiel nach allen Liedern und Jodlern immer wieder auf diese uralte Strophe zurück, bis Lina schließlich das Konzert abbrach. »Gute Nacht«, sagte sie und stand auf, »sonst bist morgen zu müd zum Holzhacken!«

Er stellte sich dicht vor sie. Er sang leise: »Leg i mi' nieder …« und sah auf die Hand, die sie ihm zum Gutenachtgruß hinstreckte, ohne sie zu nehmen.

Sie zog die Hand zurück, ergriff die Lampe, ging aus der Stube.

Er trabte stumm hinterher.

Sie geleitete ihn in die Kammer. Sie zündete seine Kerze auf dem Schreibtisch an. Sie sagte noch einmal: »Gute Nacht!«, diesmal ohne ihm die Hand zu reichen.

»Auf muß i wieder«, sang er leise und sah mit schwimmenden Augen auf sie.

Sie lachte kurz auf und war schon aus der Stube, bevor er die Arme nach ihr ausgestreckt hatte.

Sie ging in ihr Schlafzimmer. Sie beugte sich über Jane, die auf der Seite lag und tief schlief, den Daumen im Mund. Trotz ihrer sieben Jahre schlief sie noch immer mit dem Daumen im Mund. Lina hatte sich oft überlegt, ob sie ihr diese Unart abgewöhnen sollte. Hühnerdreck an den Daumen schmieren, hatte die Alte vom Mützliner Hof geraten. Aber sie hatte es gelassen. Keine Schule, keine Geschwister, keine fremden Menschen, im Schlaf der Daumen im Mund, aber dafür den ganzen Tag hinter den Tieren her und zwischen den Kräutern und Pflanzen der Erde: Es war wohl ganz richtig so, die schöne Insel im Weltmeer?

Sie entkleidete sich. Sie dehnte sich vor dem Spiegel, ehe sie ihr Nachthemd anzog, und beguckte sich, während sie sich dehnte. Dann sperrte sie ihre Tür ab, doppelt, der Schlüssel und der Riegel, und ging zu Bett.

Nach wenigen Minuten hörte sie wahrhaftig leise Schritte auf dem Gebälk über sich. Sie hörte ihn die Stiege zur Tenne herunterkommen. Sie hörte, wie er die Tür von der Tenne zum Flur öffnete. Sie hörte sein unterdrücktes Fluchen, als er sich am Türbalken den Schädel anstieß, und mußte lachen.

Nun tastete er sich den Flur entlang. Er machte halt an der Tür neben ihrer Tür. Es war die Tür zum Spielzimmer. Er war vor die falsche Tür geraten.

Erst war's ein paar Minuten still, dann klopfte er an die Spielzimmertür. Er flüsterte ein paar Male: »Lina!«, während er klopfte. Sie mußte so sehr lachen, weil er an der verkehrten Tür klopfte, daß sie sich die Bettdecke an den Mund pressen mußte, um sich nicht zu verraten. Dann zündete sie ganz leise ihre Kerze wieder an und lauschte mit angehaltenem Atem.

»Lina, mach auf!« seufzte er. »Mach doch auf, i' tu dir nix, i' muß dich nur noch was fragen!« Dann kam eine lange Pause, dann fing's wieder an. »Sei nit blöd, Lina, mach auf, Lina! Nur so!«

Aber allmählich wurden seine Beschwörungsformeln lauter und eindringlicher. Sie lachte nicht mehr darüber, sie geriet in Zorn. Sie sprang schließlich aus dem Bett, nahm die Kerze in die Hand, sperrte die Tür auf, Schlüssel und Riegel, und trat in ihrem weißen Nachthemd, das bis auf die Knöchel herunterhing, auf den Flur. »Bist ja an der falschen Tür, Hammel! Geh ins Bett und laß mein Kind schlafen!« Im scharfen Flüsterton stieß sie es heraus.

Er trat zu ihr und stand stumm vor ihr. Er sah ungeheuer jämmerlich aus, wie er in seinem kurzen blauen Hemd vor ihr stand. »Nur so!« bettelte er und wagte nicht, sie zu berühren.

»Jawohl, nur so!« äffte sie.

»Die Lieb!« stotterte er.

»Die Lieb!« Sie nickte und lachte, ein schlimmes Nicken, ein schlimmes Lachen.

Er sagte nichts mehr. In einem elenden Bann stand er da und wagte nicht zu atmen. In einer trostlosen Verzauberung stand er da und blickte auf die Gestalt in dem dünnen Hemd.

Ein paar Sekunden lang hatte sie Mitleid mit ihm, dann lachte sie wieder ihr schlimmes Lachen und wandte sich. Sie huschte in ihr Zimmer zurück. Sie sperrte wieder ab, laut und deutlich, Schloß und Riegel, und schlüpfte wieder ins Bett.

Er stand noch mehrere Minuten in dem dunklen Flur. Dann tastete er sich wieder zur Tennentür hin, zur Stiege hin, die Stiege hinauf, das Bodengebälk entlang, zurück in seine Kammer.

Er lag noch lange Zeit wach. Lina war längst eingeschlafen, und ihre ruhigen Atemzüge tönten mit denen ihres Kindes zusammen, während er noch wach lag und über sein Abenteuer nachsann.

Seltsam, er war froh, daß es so gekommen war. Er war verliebt, wahnsinnig verliebt, und war dennoch froh, daß es so gekommen war. Ganz tief versteckt unter der holzgeschnittenen Männlichkeit lag die schreckliche Todesangst vor der Begegnung mit einem Weib, wie Lina eines war. Er war beglückt, daß er ihr verfallen war, und er war noch viel beglückter, daß sie ihn nicht in ihre Arme genommen hatte. Wirklich, als er sich endlich auf die Seite wälzte, um einzuschlafen, war er froh, daß es so gekommen war.

Am andern Tag machte er sich schon in aller Frühe über das Holz her. Else Schlittenmeister, seinerzeit beim Kauf von Feuz, hatte den ungeheuren Stapel hinterm Stall mitgekauft. Es war gutes trockenes Buchenholz und Fichtenholz, ein Vorrat für viele Jahre. Jedoch es waren lauter meterlange Scheite, und ununterbrochen mußten die einzelnen Scheite in drei Kloben zersägt und die drei Kloben kleingespalten werden, eine ständige Extraplage in Linas Tagwerk. Er aber hatte sich vorgenommen, ihr genügend Holz bis zum nächsten Winter kleinzumachen, und arbeitete los wie ein Stier.

Während der Mittagspause bewunderte sie aufrichtig, wie viele Scheite schon zersägt waren. Und als sie ihn zum Abendessen holte, bewunderte sie aufrichtig, wie viele Kloben schon zerhackt und zu ordentlichen Reihen aufgeschichtet waren, die Stallwand entlang. Sie hatte nichts dagegen, daß er noch einen Tag blieb. Sie saß wieder im Schein der Lampe bei ihm, strickte und hörte sich den schönen Baß an. Und als sie ihn in die Kammer geleitet und die Kerze auf dem Schreibtisch angesteckt hatte, gab sie ihm einen freundschaftlichen Kuß, ehe sie sich verabschiedete. Aber er wagte nimmer, zu ihr herunterzuschleichen und an ihrer Tür zu klopfen.

Am dritten Tag nahm sie sich eine Stunde Zeit, um ihm zu helfen. Trotz seiner Bärenkräfte, das Sägen ging zu zweit viel besser voran. Mit der Linken hielt er das Scheit fest, mit der Rechten sägte er. Sie stand ihm gegenüber, schaute auf die sehnige braune Tatze, die auf dem Scheit lag, und ging auf sein Tempo ein. Die Säge war frisch geschliffen, schnell drang sie ins Holz, das Holz schrie, wunderbar ging's hin und her. Dann kam wieder das Abendessen, Jane wurde zu Bett gebracht, die Lampe wurde angezündet, sie strickte, er sang, und beim Gutenachtkuß in der Kammer bettelte er sie wieder an, ein unbeholfenes Gebettel ohne jede Hoffnung, doch sie sagte mitleidig: »Meinetwegen!«

Sie beugte sich über Jane, als sie bald danach wieder in ihrem Zimmer war. Sie lauschte auf die friedlichen Atemzüge des Kindes. Dann trat sie mit der Kerze vor den Spiegel und sah sich ins Gesicht.

Ihr Spiegelbild war zerrauft und schaute sie fragend an. Sie spuckte auf die Scheibe, das Spiegelbild spuckte wieder. Sie lächelte, das Spiegelbild lächelte wieder. Schließlich zuckten sie beide teilnahmslos die Achseln, sie und ihr Spiegelbild, und beide Kerzen flackerten auf.

Vom Stall drang ein verlorenes Blöken herauf. Ein Mutterschaf war aus einem schlechten Traum erwacht und blökte, um sich wiederzufinden? Aber von droben kam kein Laut, der Mann war sofort eingeschlafen. Sie ging zu Bett, es war vorbei.

Als sie vom Frühstall in die Küche kam, saß er am Herd, wartend. Er lächelte ihr entgegen und sagte in stolzem Ton: »Guten Morgen!«

»Guten Morgen!« sagte sie und hob den Melkkübel auf den Tisch, um die Milch durch das Sieb zu gießen. Als er ihr helfen wollte, sagte sie: »Es geht schon.«

»Heut wird wieder ein Haufen Holz klein gemacht«, sagte er, »ein Klafter mindestens.«

»Nein, heut ist Schluß«, sagte sie.

»Sicher nit«, sagte er.

»Sicher«, sagte sie.

»Warum denn?« fragte er.

»Darum!«

Es nützte ihm nichts mehr: Bis zum späten Nachmittag konnte er seinen Abmarsch noch hinziehn, doch dann mußte er gehn. Ohne große Worte zwang sie ihm den Gehorsam auf.

Beim Abschied sprang Nelly an ihm hoch, Jane lud ihn ein, bald wiederzukommen, und Lina ließ sich einen Kuß von ihm geben. Der Abendhimmel war gelb, die Zacken vom Igel und vom Höllenkopf brannten märchenhaft auf, siegreich schritt er zum unteren Waldrand hinunter. Und als er an der letzten Ecke war, drehte er sich um und jodelte zurück, ein knabenhafter reiner Jodler, weithin, und von droben kam rein das Echo zurück.

Sie winkte, lässig.

Er blieb stehn.

Sie nahm Jane bei der Hand, rief Nelly zu sich, ging ins Haus, es war vorbei.

Er stand noch immer da und schaute auf den leeren Platz vor dem Haus. Er spürte, daß er nimmer zurückkommen würde, und sog noch einmal alles in sich ein, den ganzen Platz, die schöne Insel im Weltmeer. Und er spürte, so siegreich das Abenteuer verlaufen war, eine schwere Niederlage im Grunde seiner Seele. Am liebsten hätte er sich ins Gesträuch geworfen und geheult. Der Teufel wußte, was es war, am liebsten hätte er über diesen Triumph losgeheult wie ein zum Tode Verurteilter, wie über eine Hinrichtung.

Endlich kam er wieder zu sich. »Na, alte Hex?« sagte er laut mit seiner schönen Stimme. Er zwinkerte spöttisch nach Feuz hinauf und grinste. »Hab ich halt doch gewonnen in unserem Spiel?« Er marschierte ab und pfiff sich eins.

6 »Es war einmal ein wunderschönes Fräulein«, sagte die Mutter, »die hatte alles, was ihr Herz begehrte, ein Schloß mit goldenen Mauern, ein Himmelbett, hundert Kleider, hundert Schuhe, hundert Hemden ...« – »Hundert Schlupfhosen!« unterbrach Jane. Sie saß daneben auf der Hausbank und hielt die kleine schwarze Kätzin im Arm.

»Hundert Schlupfhosen«, gab die Mutter zu, »einfach alles.« Sie mußte dem Geist des Kindes Nahrung geben, und sie tat's auf ihre eigene Weise, weil sie es nicht in die Schule schickte. »Und dieses schöne reiche Fräulein hatte den Namen ...«

»Frieda!« rief Jane.

»Richtig!« sagte die Mutter. Es war das Märchen von Hans im Glück. Da aber Janes zweite Puppe Frieda hieß, die aus Zelluloid, die nackte, die neben Sophie immer zu kurz kam beim Kleidermachen, so war mit der Zeit aus dem Hans im Glück die Frieda im Glück geworden. »Eines Tages ging die Frieda spazieren und sah ...«

»Ein wunderschönes Pferd!« rief Jane. Sie kannte das Märchen ganz genau, aber sie konnte es kaum erwarten, bis die verschiedenen Tauschgeschäfte begannen, denn das wurde jedesmal besonders lustig geschildert.

»Ein wirklich wunderschönes Pferd, und zuerst lief sie davon, und das Pferd galoppierte hinter ihr her, und sie fürchtete sich davor, aber dann holte das Pferd sie ein, und da sah sie, daß es gar kein gewöhnliches Pferd war, sondern ...«

»Ein Roß!«

»Ein richtiges Roß, und dieses Roß sagte zu Frieda, du kannst mit mir um die ganze Welt herumreiten, du mußt nur meinen glänzenden braunen Rücken besteigen und dich an meiner dichten schwarzen Mähne festhalten, nur hast du dann dein Schloß verloren, für immer verloren, die goldenen Mauern, die hundert Kleider und Hemden ...«

»Die hundert Schlupfhosen!«

»Alles verloren, meine liebe Frieda, sagte das Roß, aber da lachte die Frieda nur und stieg auf das Roß, ohne sich lange zu besinnen, und rief:

Lieber das Roß,
fort vom Schloß,

holdrio',
lauf davo',
und da ging's auch schon dahin, um die ganze Welt herum, großartig.«

»Großartig«, sagte Jane und lachte.

»Eines Tages sahn sie am Weg ein kleines Kind liegen, ein süßes kleines Kind ...«

»Nein«, unterbrach Jane. »Wie sie zusammen gegessen und geschlafen haben, hast du vergessen!«

»Ja, also sie fanden die schönsten Äpfel und Birnen, dann kamen sie in ganz andere Länder und holten sich das Brot von den Brotbäumen und den Zucker von den Zuckerrohren und den Tee aus den Teefeldern, aber in den Nächten legte das Roß sich hin, und die Frieda legte ihren Kopf auf seinen seidenweichen Bauch und schlief wunderschön, weil der Bauch beim Atmen immerzu auf und ab ging, wie eine Wiege, bis sie eines Tages ein kleines Kind trafen ...«

»Kommt das denn jetzt schon?« fragte Jane erstaunt. Sie hatte es anders in Erinnerung. »Da war doch noch was dazwischen?«

»Nein, ein süßes kleines Kind«, sagte die Mutter autoritativ, denn sie wollte das Märchen abkürzen, »noch ganz klein ...«

»Ein winziges Baby, gelt?«

»Winzig, ein Baby, und das schrie, weil es ganz allein auf der Welt war und sich noch nicht selber helfen konnte, und da hatte die Frieda auf einmal schreckliches Mitleid mit dem Baby und sagte dem Roß, sie wollte es haben, und da sagte das Roß, das gibt's nicht, entweder ich oder das Baby, beides zusammen geht nicht, weil ich nämlich nicht mehr richtig galoppieren kann, wenn du das Kind mitnimmst, sonst fallt ihr beide von meinem Rücken herunter und seid beide tot, aber da konnte die Frieda sich nimmer von dem süßen kleinen Kind trennen, und da wieherte das Roß und lief davon, und sie nahm das Kind auf den Arm und rief ...«

»Nein«, fiel Jane ein, »zuerst hat sie das Roß doch noch einmal wiehern gehört?«

»Ja, noch ein paar Male, immer weiter weg, wihihihi, wihihi, wihi, aber dann war's für immer weg, und sie nahm das Kind auf den Arm und rief:

Laß das Schloß,
laß das Roß,
lieber zu Fuß,
mit Gruß und Kuß,

und küßte es ab und war furchtbar froh damit und trug es davon, großartig, bis ans Meer ...«

»Nein, in den großen Wald ...«

»Nein, zuerst ans Meer, wo sie's gebadet hat, und dann auf die Wiese, wo sie's getrocknet hat, erst zum Schluß in den Wald ...«

»Ach ja«, sagte Jane. »Entschuldige!«

»Also zum Schluß in einen großen Wald hinein, und der Wald war ganz dicht und schwarz, und sie waren schon viele Tage hindurchgegangen und immer noch kein Ende, und da wurden sie alle beide immer müder und immer müder ...«

»Mammi?« fragte Jane.

»Was denn?«

»Da ist das Baby schon selber gelaufen, gelt?«

»Natürlich.«

»Oder hat sie's noch getragen?«

»Nein, da war's schon ganz groß geworden und hat schon selber laufen können ...«

Sie brach mit einem Male ab. Sie vergaß weiterzuerzählen und schaute zerstreut vor sich hin.

Das Kind saß wartend da. Mit der rechten Hand drückte es die schmeichlerische Kätzin an sich, die linke Hand war am Mund, denn wenn die Geschichte spannend wurde, dann ging's nicht anders, dann mußte der Daumen in den Mund gesteckt werden. Ganz und gar versunken saß es da und wartete.

»Da war's schon ganz groß«, wiederholte Lina zerstreut, »und konnte alles schon selber machen ...«

»Weiter!« sagte Jane und wachte aus ihrer Versunkenheit auf.

Nun hatte Lina es plötzlich eilig, zum Schluß zu kommen. Es war nach dem Abendessen, es dämmerte schon, vielleicht war's deswegen, daß sie plötzlich so seltsam hetzte? »Da hörte die Frieda mit einem Male einen Vogel singen, der sang großartig

Tirili,
tirili,
jetzt oder nie,
jetzt oder nie,

und da wußte sie, daß sie jetzt oder nie aus dem schwarzen Wald herauskommen würde, und da kam der Vogel zu ihr geflogen, ganz nah, und sie sagte, er sollte vor ihr herfliegen, die Richtung aus dem Wald heraus, und da sagte er, das ginge nicht, denn aus dem Wald könne man nur heraus, wenn man so schön singen könnte wie er, und da sagte Frieda, er sollte ihr doch dieses schöne Lied beibringen, und da sagte er, ja, gern, wenn du mir das Kind gibst, und da gab sie ihm das Kind, und er lehrte sie das schöne Lied ...«

»Das Kind hat aber doch selber bei dem Vogel bleiben wollen?«

»Natürlich.«

»Oder hat's geweint, wie's bei dem Vogel geblieben ist?«

»Gar nicht, es hat ja selber in dem Wald bleiben wollen, es war ja schon groß genug, und da war Frieda furchtbar froh, wie sie endlich das Lied gekonnt hat, und ist mit dem Lied aus dem Wald herausgelaufen, großartig, und hat gar nichts mehr gehabt, und hat gesungen:

Tirili,
jetzt oder nie,
Schloß und Roß,
und's Kind ist groß,
o wie fein,
ganz allein,
und wenn sie nicht gestorben ist, dann singt sie's noch heute ...«

»Halt!« schrie Jane. »Halt!« Sie war enttäuscht. Es fiel ihr ein, daß die Mutter mehrere Tauschgeschäfte unterschlagen hatte. Sonst war's ganz anders gewesen: Zwischen dem Roß und dem Kind war sonst noch die Kuh mit der süßen Milch gewesen, danach die Ziege mit den silbernen Hörnern, dann erst kam der Tausch der Ziege mit dem Kind. Und außerdem war der Schluß sonst ganz anders ausgemalt worden, tausendmal lustiger, wenn die Frieda überhaupt nichts mehr gehabt hatte und darüber fast zerplatzt wäre vor Glück. »Und wie schön der Vogel mit dem Kind gespielt hat, hast du auch vergessen!« sagte sie vorwurfsvoll. »Und wie die Frieda gelacht hat, weil sie überhaupt nix mehr gehabt hat!«

»Das hab' ich ja gesagt«, erwiderte die Mutter eilig, »schau mal schnell in den Stall, ich glaube, der Widder hat sich schon wieder losgerissen und ist zu den Lämmern gelaufen, hörst du's nicht?«

»Ich hör nix.«

»Doch, schnell, schau nach, lauf!«

Jane warf eilig die Kätzin auf den Boden, aufgeregt durch den aufgeregten Ton der Mutter, und lief durch den Hausflur in den Stall.

Das Kind war noch im Flur, da mußte Lina sich schon erbrechen. Sie kam nicht mehr zu dem nahen Dunghaufen auf der Wiese, sie erbrach sich direkt in den Kies vor der Hausbank.

Sie wußte es schon mehrere Wochen. Nach Janes Geburt war sie unfruchtbar gewesen, mit Gade und mit Fenn war sie unfruchtbar gewesen, und sie hatte Thomas Enzinger mitsamt ihrem blöden Mitleid bereits vergessen, da fühlte sie sich von ihm Mutter.

Sie beeilte sich, mit den Schuhen den Kies über das Erbrochene zu schieben, ehe Jane wieder da war.

»Zum Kotzen!« sagte sie und mußte selber lachen, weil der Spruch hier wahrhaftig paßte.

»Nix«, meldete Jane, als sie zurückkam.

»Nix?« fragte die Mutter erstaunt.

7 Es kam viel Arbeit. Die Vliese wurden geschoren, die Klauen wurden geschnitten. Der Widder bekam einen rupfenen Sack um die Hinterhand geknotet. Die kleinen Böcke wurden gezwickt und zu Hammeln gemacht. Die Sense wurde gedengelt, der Rechen bekam neue Zähne. Und eines Morgens hieß es: »Los, wir mähn!«

Der Sommer zog vorbei wie ein beladenes Schiff. Die zweite Mahd kam, und die Wiesen standen wieder leer. Der Leib war währenddessen hoch geworden, immer öfter mußte sie verschnaufen an den steilen Hängen. Und immer öfter war's, als ob ein Bläschen aus der Urzeit in ihr platzte: »Blobb! Blobb!«

Mit Stolz und Eifer half ihr Jane. Indessen im Oktober, als die Hirsche röhrten, ging's nicht mehr. Die Alte vom Mützliner Hof kam zu Besuch und wurde in der Tennenkammer einquartiert. Sie sagte in Bezug aufs männliche Geschlecht, als sie den Zustand Linas sah: »Verdammte Krüppel, ganz verdammte!«

Es war ein weises Weib, erfahrungsreich. Als junge Sennerin hatte sie ihr erstes Kind auf ihrer Alm allein zur Welt gebracht. Zigeunerinnen, sagte sie, marschierten fünfzehn Kilometer weit nach der Geburt, bis endlich eine Bäuerin sich erbarmte und sagte: »In Gottes Namen, übernacht mit deinem Bankert!«

Für Jane war's eine komische Zeit. Zuerst verwünschte sie die Alte. Dann fing sie an und warb um ihre Liebe und wurde rot vor Stolz, wenn sie sie lobte. Jedoch es blieb ihr rätselhaft. Oft brach man jäh die Unterhaltung ab, wenn sie dazukam, und die Alte blinzelte und sagte: »Eins zwei drei, alt ist nit neu!«

Die ersten Wehen kamen und setzten wieder aus. Die Alte war sich ihrer Sache sicher. Sie redete Lina zu und stützte sie und ließ sie pressen. Doch als die Wehen immer träger wurden, fluchte sie. Am zweiten Mittag mußte Jane zum Mützliner Hof hinunter, mit einem Zettel: »Holt den Doktor!«

Der Doktor kam erst gegen Abend. Bis zum Mützliner Bauern fuhr er mit dem Schlitten, dann war die Schlittenspur verweht, er mußte waten. Sein Knecht und Jane fuhren auf den Schiern, er selber war zu alt dazu, er mußte waten. Er sah sich's an, bereitete die Narkose und sagte zu der Alten: »Blöde Vettel!«

»Warum denn?« fuhr die Alte hoch.

»Wasser kochen!« sagte er. »Schnell!«

Sie schlürfte aus der Stube.

Er ging sofort ans Werk.

»Dieser Krüppel!« sagte die Alte am Herd.

»Warum denn?« sagte Jane, die dabei stand.

»Papperlapapp!« schrie die Alte.

Nach einer Stunde war's vorbei. Das Kind war tot, der Schädel war zu groß gewesen, es war erstickt. Janes Bett stand heute in Fenns Kammer, sie lag wach und lauschte bebend ins untere Stockwerk hinab, bis die Alte kam, ihr Kamillentee brachte und sagte: »Bet ein Gebet, die Mutter ist gesund!«

Daraufhin trug sie in dem Badetuch die traurigen Reste hinters Haus und sagte selber ein Gebet, bevor sie's eingrub bei dem Schein der Stallaterne. Als sie zurückkam, war noch immer die Narkose nicht verraucht. Das ganze Haus stank nach dem Äther. Der Doktor brauchte sie nicht mehr und sagte: »Schlaf dich aus!«

Er trocknete sich den Schweiß und setzte sich ans Bett. Er nahm den Puls und wartete. Der Puls war gut, jedoch sie phantasierte noch. Die Instrumente blinkten im Petroleumlicht, es war ein Meisterwerk gewesen, wer konnte es ermessen? Er saß und wartete und sagte: »Niemand weiß es!«

»Nimmer aufwachen«, stöhnte Lina.

»Doch, doch, mein Kind«, sagte er.

»Nimmer«, lallte sie. »So schön hier.«

»Hier ist's auch schön«, sagte er.

»So schöne Nacht, laßt mich drin, bitte.«

Er schwieg.

Bleich war ihr Gesicht, bleich der Hals, die Schultern. Er hob die Decke und sah nach, ob alles in Ordnung war. Dann deckte er sie wieder zu, saß am Bettrand, wartete und schaute.

Das Haus war still geworden, draußen dampfte der Januarschnee im Sternenlicht.

»Chef d'œuvre inconnu«, flüsterte er nach einer Weile und heulte ein wenig. Kein schöner Anblick, ein heulender Mann, aber so war's.

8 Er hieß Dr. Otto Bollmann, ein kleiner grauer Fünfziger, schlechtgekleidet und schlechtrasiert. Bis zu seinem dreißigsten Lebensjahr hatte er einen großen Traum geträumt. Er stammte aus kleinen Verhältnissen und war auf der Schule und auf der Universität dermaßen vorangekommen, daß er sich selber für ein Genie halten mußte, zu seinem eigenen geheimen Erstaunen. Er hatte sich an einer mittleren Universität als Dozent für Kinderkrankheiten niedergelassen und mit seiner Habilitationsschrift Aufsehn erregt. Noch heute, nach zwanzig Jahren, gab es Spezialbücher, in denen das »Bollmannsche Experiment zur frühzeitigen Erkenntnis der Skrofulose« angeführt und empfohlen wurde.

Ums dreißigste Jahr herum war dann der Luftballon geplatzt, das geheime Erstaunen behielt recht. Der Abstieg begann, als er bei der Verteilung mehrerer Lehrstühle brüsk übergangen wurde. Er sah, daß auch in seinem Fach nicht der Spruch galt: »Lasset die Kindlein zu mir kommen!«, sondern einzig und allein: »Mach mal Platz, laß mich mal ran!« Und sonderbarerweise schwand mit dem Glauben an die Karriere auch der Glaube ans eigene Können. Er nahm die Welt nicht mehr ernst und wurde zynisch. Da er aber kein echter Zyniker war, stolperte er sofort, als er sich gegen die Welt verstieß. Eine junge Bettlerin bettelte ihm einen verbotenen Eingriff ab und verriet ihn, es kam zum Prozeß.

Nach der Verbüßung seiner Strafe verkroch er sich in dieses entlegene Tal, in diesen Gotteswinkel, wie er's nannte; und ließ sein großes Können den Bauern und Bauernweibern zugute kommen. Oh, er war nicht gebrochen, er träumte seinen zweiten Traum. Er verstand sich mit den Leuten, schrieb kleine Rechnungen, hatte verblüffende Erfolge und, was besonders gefiel, gewöhnte sich daran, grob mit seinen Patienten zu sein. Er schimpfte und brachte gleichzeitig Linderung mit seinen zarten kleinen Händen. Er träumte jetzt den Traum des verkannten Genies, ein Bauern-Nazarener, dem der Himmel wohlwollte. Und er hatte eine engelhafte Frau geheiratet, die ihm zwei reizende Kinder schenkte.

Schenkte sie's ihm? Jetzt waren die Kinder schon auf der höheren Schule in der Stadt, der Bub und das Mädchen, und kamen nur noch in den Ferien in das Doktorhaus im Gotteswinkel zurück, und jetzt war auch schon dieser zweite Traum zerplatzt, denn die engelhafte Frau war mit den Jahren eine wahre Teufelin geworden. Sie entstammte denselben kleinen Verhältnissen wie er und war schon in der Universitätszeit mit ihm befreundet gewesen. Ihre Treue während seines Absturzes hatte ihn vollends an sie gebunden. Aber während er selber das Schicksal immer lässiger und lässiger hinnahm, eine ziehende Wolke am schönen Abendhimmel, nahm sie's immer straffer und straffer. Und obwohl er dauernd nachgab, war's dauernd ein Gefecht, und sie schürte ihm täglich die Hölle.

Hätte sie ihn hier sitzen sehn, die Hand am Puls der großen bleichen Frau, die Augen voller sentimentaler Tränen, sie hätte auf der Stelle losgekeift: Echt Bollmann, flennt auch noch über diese Hure, und dabei hat sie ihn sicherlich mit Absicht zu spät holen lassen, damit sie ihren Bankert los ist, damit sie's wieder weitertreiben kann wie bisher, damit er ihr keine richtige Rechnung schickt, damit überhaupt kein Geld mehr ins Haus kommt, damit seine Frau überhaupt nichts mehr vom Leben hat, und dabei hat er sich nicht einmal rasiert, nicht einmal eine Krawatte umgebunden, wenn er endlich einmal zu einer gebildeten Dame gerufen wird statt zu seinen ungebildeten Bauernweibern …

»Alle sollen's gut haben«, stöhnte Lina.

»Es haben's ja alle gut«, sagte Bollmann.

»Nimmer aufwachen, so schön hier …«

»Alles in Ordnung, Madame!« rief er.

Sie hörte es noch nicht.

Er wischte sich die Tränen.

»Schöne Nacht, gehört mir, laßt mich …«

Er riß sich zusammen. Er versuchte sie zu wecken. Er hatte offenbar zuviel Äther gegeben. Er schüttelte sie und rief: »Wachen Sie auf, mein liebes Kind!« Sie starrte ihn an, ohne ihn zu sehn. Doch dann übergab sie sich endlich, er machte die nötigen Handreichungen, sie kam zu sich.

Er hatte Kamillentee bereitgestellt und labte sie. Er hatte Essigwasser in seiner Handtasche und wusch sie damit. Er brachte ihr bei, wie's mit dem Neugeborenen stand. Dann bereitete er sich aus drei Stalldecken ein Lager auf dem Fußboden und schlief bei ihr.

Sie schliefen beide, bis die Alte hereingeschlurft kam. Später durfte auch Jane kommen und guten Morgen sagen. Sie witterte in der Stube herum, es war aber nichts zu entdecken. Nur Bollmann war da und ordnete seine verschabte Ledertasche, wobei er freundlich vor sich hin fluchte.

»Kommen Sie wieder?« fragte Lina.

»Sicher«, sagte er. »Heute abend.«

»Wie schön!« seufzte sie.

»Soll ich wieder hier schlafen?«

»Bitte ja, wenn's geht.«

»Es geht«, sagte er und ging.

Sie fiel in den gesunden zweiten Schlaf.

Er watete zum Mützliner Hof, fuhr mit dem Schlitten ins Doktorhaus und ließ sich von seiner Frau ausschimpfen. Er hielt seine Sprechstunde ab und besuchte seine Patienten. Er ließ sich gegen Abend ein zweitesmal von seiner Frau ausschimpfen, dann zog er wieder los, Richtung Feuz.

Lina wartete schon auf ihn. Er untersuchte und fand's gut. Er schenkte Jane eine Tafel Schokolade, großartig verpackt, grüne Almen mit roten Kühen und silbernen Luftschiffen. Er war grob mit der Alten, weil sie Linas Brüste mit ranzigem Fuchsfett eingeschmiert hatte.

In dieser Nacht redeten sie noch miteinander, nachdem das Lager am Fußboden gerichtet und die Lampe verlöscht war. Er beichtete ihr seine Geschichte, sie beichtete ihm die ihre. Er riet ihr, sie riet ihm. Aber ihr Rat kam zu spät, während sein Rat zur rechten Zeit kam.

»Die Anker lichten!« riet Lina.

Sie fühlte, wie er den Kopf schüttelte.

»Das Leben ist lang«, sagte sie.

»Das Leben ist schwer«, sagte er.

»Es ist nie zu spät.«

»Es ist immer zu spät.«

Sie wurde zornig, trotz ihrer Schwäche.

Nein, er konnte nicht mehr auf und davon, die fernen Fluten brandeten ohne ihn, ohne ihn zogen die Bahnen und Schiffe um den Erdball, ohne ihn erschallten die Kneipen von Gelächter und Ziehharmonika: »Und kommt dann der Frühling wieder übers Meer, dann fliegt eine weiße Taube zu mir her.«

Nein, er mußte im Gotteswinkel bleiben, für eine alte Magd, die mit ihrem Krebs zu spät zu ihm kam, für einen Holzfäller, der zu spät weggesprungen war, als der Baum stürzte, für ein o-beiniges Kind, das zu spät Gemüse bekam, und auch hier in einem fort:

»Zu spät, zu spät.«

Verkommen, verdammt, und die Antwort auf Linas Ratschlag gab seine Frau: »Natürlich, ganz und gar zum Vagabunden werden, weil er noch nicht tief genug gesunken ist, weil er noch nicht genug verloren hat, weil er noch nicht arm genug ist, der gewissenlose Vater, der unrasierte Bauernschreck ...«

»Aber Sie!« sagte er zu Lina.

»Was?« fragte sie nach einer Weile.

»Die Welt braucht solche Frauen.«

»Welche?« Sie war am Einschlafen.

»Nächtliche«, sagte er später.

Sie hörte es nicht mehr, sie schlief.

»Sonst ist's zu grell«, flüsterte er.

Zehn Wochen danach, mit dem letzten Firnschnee des Jahres, verließ sie Feuz. Den Verkauf vermittelte Bollmann. Er fragte bei seinen Patienten herum, gab Annoncen auf, fuhr in die Stadt und beschwatzte die Makler und Agenten. Es war keine leichte Aufgabe in dieser bankerotten Zeit, aber schließlich fand er den richtigen Mann, der besser zahlte als die bäuerischen Interessenten mit ihren schlechten Angeboten. Das war ein Industrieller, der einen entlegenen Feriensitz für seine kinderreiche Familie suchte, ein Fabrikant von Radio-Zubehörteilen, der sich hier während der Sommerwochen die Stille der Natur erkaufen wollte. Während der übrigen Jahreszeit sollte das Haus leerstehen, gut verschlossen und verschalt, einsam und allein mit dem Igel und dem Höllenkopf.

Zuerst sträubte sich Lina, die Dienste des kleinen Doktors dermaßen zu beanspruchen. Aber dann sah sie, wie gern er's tat, und ließ ihn gewähren. Die Tiere, die der Radio-Mensch nicht übernehmen wollte, verhandelte er an gute Plätze im Tal. Auch die Gänge zu den Behörden nahm er ihr ab, den Notar, das Steueramt, die Bank. Dafür lud sie ihn an ihrem letzten Feuzer Abend, als der Stall schon leer stand, noch einmal ein, bei ihr zu übernachten, und er nahm es an. Er behauptete, das wäre Lohn genug für alle seine Dienste, denn das wäre die dritte Nacht in seinem Leben, daß er kein fremder Gast auf Erden wäre. Aber sie lachte und konnte weder die beiden Nächte nach der Operation noch die Nacht in dem ausgeräumten Haus besonders gastlich finden.

Bevor sie ihn in seine Kammer führte, zeigte sie ihm, wie Jane schlief, noch immer den Daumen im Mund. Sie schlichen in die Stube, Lina hielt die Lampe hoch, Bollmann beugte sich über das schlafende Kind. Er riet nicht wie die Mützliner Alte, den Daumen mit Hühnerpech zu beschmieren, sondern sagte, sie sollte sich wegen dieser Unart keine Sorgen machen. Aber er hatte beim Abendessen in der Küche von der Habgier der Eltern gesprochen, die ihre Kinder vor Liebe auffraßen, richtig auffraßen die kleinen Seelen. Und er hatte von dem Geiz und der Sünde der Mütter gesprochen, die ihr Kind lieber auf eine Insel im Weltmeer verschleppten, statt es dem eigenen Schicksal zu übergeben, in das es nun einmal hineingeboren war, wie's auch kommen mochte. Jetzt beugten sie sich zusammen über das schlafende Kind und hielten den Atem an. Und Lina reichte ihm die Hand, sie hatte ihn verstanden.

Er brachte sie zur Bahn und reiste bis Innsbruck mit ihr. Sie war noch verschüchtert von der langen Einsamkeit. Sie wähnte, daß die Menschen heruntergekommen wären in der Zwischenzeit und daß sie ihr Leben noch weniger liebten als zuvor, aber die einzelnen Menschen waren freundlich zu ihr, freundlicher als zuvor. Alle lachten ihr und Jane zu, die Fahrkartenknipser, die Gepäckträger, die Speisewagenkellner mit den Gongs, die Mitreisenden mit den Wolldecken und Zeitungen. Und das Kind vollends zersprang vor Lebenslust. Allein für den Automaten im Gang des Zuges hätte es ganz Feuz getauscht. Im Schlafwagen erinnerte es sich an seine erste Schlafwagennacht und begrüßte begeistert jedes einzelne Stück aus Messing und Nickel, Glas und Porzellan.

Lina stand noch am Fenster im leeren Gang, nachdem Jane endlich eingeschlafen war. Der Dampf der Lokomotive sank zu Boden, darüber waren fetzenweise ein paar Sternbilder zu sehn, ein bißchen Milchstraße. Sie summte vor sich hin, gedankenlos, ziellos, pflichtlos. Inzwischen hatte Bollmann seinen Liebesdienst bereits gebüßt und seine Predigt im Gotteswinkel erhalten: »Hättest du wenigstens ein paar Prozente bekommen für deine Herumlauferei, hättest du wenigstens etwas von dieser Närrin gehabt, hättest du wenigstens an deine Frau und deine Kinder gedacht, als das schöne Inventar von Feuz verschleudert worden ist, hättest du wenigstens, hättest du wenigstens, hättest du wenigstens ...«

DRITTER TEIL

1 Noch gab es damals die Weltstadt. Die Menschen brauchten den Betrieb. Viele brauchten ihn nötiger als Brot und wären gestorben, wenn durch eine technische Katastrophe oder eine himmlische Fügung ihr Betrieb von der Erde weggewischt worden wäre.

So Toni Hellering, die erste Sekretärin des Herrn Gade, achtundzwanzig Jahre alt. Hätte man sie aus ihrem Element in ein anderes Element versetzt, in die Wälder, unter die Sterne, an die Küste der Liebenden, es wäre ihr ergangen wie dem Fisch auf dem Trockenen.

Nur daß der Fisch, den man aus dem Wasser nimmt, in heiligen Wahnsinn gerät, ehe er sich ergibt. Manche schnellen zehnmal so hoch, als sie selber sind. Manche durchschillern alle Regenbogenfarben, ehe sie sich strecken, um ins schwarze Nichts der Fische einzugehn.

Anders Toni Hellering, mit ihren übernatürlich langen Beinen, mit ihrem polierten schwarzen Jungenkopf. Versetzt an die Küste der Liebenden zum Beispiel, hätte sie einfach gesagt: »Ohne mich!« oder: »Macht euern Dreck allein!« und sich mit Veronal vergiftet.

Aber wozu diese schlimmen Ausblicke! Vorerst gab's noch Weltstadt und Betrieb, und Toni Hellering war ein wichtiges Glied darin. Vorerst saß sie noch im Vorzimmer ihres großen Chefs, unersetzlich wie das Salz in der Küche oder der Knopf an der Hose eines Gentleman.

Für Herrn Gade schlug sie mit Wollust auf die Tasten ihrer Maschine. Für Herrn Gade ließ sie den Schlitten und die Klingel rasen. Vor allem schützte sie Herrn Gade, wie man einen Schmetterling vor fremden Fingern schützt, vor unerwünschten Besuchern.

»Hätten Sie sich wenigstens angemeldet!« sagte sie an einem heißen Vormittag im Juni zu Fräulein Hansemann. »Hätten Sie wenigstens telephoniert!« Nein, sie konnte jetzt keinen Menschen vorlassen. »Hätten Sie wenigstens auf den Zettel geschrieben, um was es sich dreht!«

Aber Fräulein Hansemann wollte ihr Geheimnis keinem anderen Menschen verraten als Herrn Gade selber. Sie hatte sich durch alle Portiers und Boys durchgekämpft, sie ließ sich auch von dieser Puppe, der man ansah, daß sie in ihren Chef vergafft war, nicht mehr aufhalten.

»Hätten Sie wenigstens!« Sie zuckte die Achseln. »Wenn ich Ihnen doch sage, daß meine Angelegenheit für Herrn Gade wichtiger ist als sein ganzer Betrieb hier, mitsamt seinem Geld!« Und als die andere wieder lostippte, fügte sie hinzu: »Und mitsamt Ihnen!«

»So?« Die Hellering hob ihren Blick, der als kühl und rätselhaft galt, und musterte das armselige Geschöpf, das sich ihr widersetzte. Sie sah alles, das Sonntagskleid aus dem vorigen Jahrhundert, den ungestillten Mutterkomplex. »Wie war der Name?« fragte sie mitleidsvoll.

»Geben Sie meinen Zettel her!« sagte Fräulein Hansemann in dem barschen Ton, den sie vor Jahren von Frau Gade übernommen hatte, so sehr sie Frau Gade verachtet hatte. Und der Ton wirkte, sie bekam den Zettel zurück und schrieb darauf: »Ich habe Jane gesehn, heute vormittag.«

»Ach?« machte die Hellering.

»Jawohl!« sagte die Hansemann.

Der Zettel wurde expediert.

»Was?« rief Herr Gade.

Die Hellering nickte stolz.

Die Hansemann wurde empfangen.

Herr Gade reichte ihr beide Hände.

Nach jenem Überfall war sie noch ein Jahr lang im Hause Gade gewesen. Sie hatte den Detektiven bei ihren Nachforschungen geholfen. Außerdem war sie für den bejammernswerten Vater ein Stück von Jane geblieben. Das Kinderzimmer in Halensee stand noch heute wie damals.

Schließlich mußte man die Nachforschungen aufgeben. Herr Gade hatte ihr eine andere Stellung verschafft. Sie betreute jetzt die vierjährigen Zwillinge eines Architekten, Peter und Horst, zwei reizende Sehenswürdigkeiten, aber nicht »ihre« Kinder. »Ihr« Kind bis ins Grab blieb Jane.

Zwei Jahre lang hatte sie Herrn Gade nicht mehr gesehn. Sie fand ihn gealtert und empfand Mitleid mit ihm. Er hatte einen Bauch und melancholische Augen bekommen. Er trug eines von den holländischen Seidenhemden mit dem weichen Kragen, welche sie so oft gebügelt hatte.

Er selber behauptete allerdings, es ginge ihm gut. Die Wunde um Jane wäre nicht vernarbt, im Gegenteil, aber sonst ginge es gut. Er schwamm noch immer mit dem Strom. Und fern lag ihm der Gedanke, daß man mit dem Strom viel schneller abstürbe, die Seele und der Leib, als abseits vom Strom.

»Wo war's denn?« rief er atemlos.

»Ecke Uhland-Kurfürstendamm.«

»Keine Verwechslung möglich?«

»Ausgeschlossen, Herr Gade.«

»Und die Nummer vom Auto?«

»Es war ein Taxi.«

Er rief die Hellering zurück.

Es wurde ein Kriegsrat abgehalten. Die Hansemann mußte ihr Erlebnis noch einmal berichten. Die Hellering riet, Dieter Jermak zuzuziehen. Die Hansemann war dagegen, aber Herr

Gade hörte auf die Hellering und telephonierte sofort Dieter Jermak herbei.

Das war ein Angestellter des Hauses, ein langaufgeschossener Neunzehnjähriger, eine Entdeckung von Toni Hellering. Sie nannte ihn Didi und rief ihn seit mehreren Monaten als den kommenden Mann Berlins aus. Es war eine hervorragende Idee, ihn auf die Spur von Lina zu hetzen.

Man hatte seinerzeit schlechte Erfahrungen mit den Privatdetektiven gemacht. Man wollte auch die Polizei nicht behelligen, weil Herrn Gades Stellung keinen öffentlichen Skandal vertrug. Dagegen erweckte die sichere Art, mit der Didi den Fall übernahm, sogleich Vertrauen.

Nur Fräulein Hansemann wurde ärgerlich, als sie vor Didi noch einmal berichten mußte, wie sie nichtsahnend auf das rote Signal an der Straßenkreuzung geguckt hatte, als mit einem Male die zwei verschollenen Gestalten in den zwei hellgrünen Sommerkleidern vorübergefahren waren.

Und dabei unterbrach Didi sie immerzu mit Fragen, die sie vollends zur Verzweiflung brachten. Wie alt sie selber wäre? Wieviel Alkohol sie täglich tränke? Welcher politischen Partei sie angehörte? An welchen Krankheiten ihre Eltern und Geschwister gestorben wären?

Sie begann, diesen Vertreter einer mysteriösen jungen Generation zu hassen. Er hatte als Kind zu früh die Milchzähne verloren, das war seine einzige Besonderheit. Und über die selbstgefälligen Worte, mit denen er Herrn Gade Mut einflößte, mußte sie lächeln.

Sie pilgerte nach dem Verhör wieder zu jener Straßenkreuzung, Ecke Uhland-Kurfürstendamm, wo sie wenige Stunden zuvor »ihr Kind« gesehn hatte. Lange Zeit stand sie an der gleichen Ecke des Gehsteigs, gespannt schaute sie auf jedes vorüberkommende Gefährt. Sie hatte vergessen, Herrn Gade zu fragen, ob sie wieder zu ihm kommen dürfte, wenn Jane gefunden würde. Die Hellering, Didi, die ewigen Berichte hatten sie dermaßen verwirrt, daß sie die Hauptsache vergessen hatte. Aber das war wohl selbstverständlich? Man achtete wohl die reine Mutterliebe, die sie zu »ihrem Kind« hegte, und ließ sie's wieder in Besitz nehmen? Es war gerade voller Verkehr, Mittagsstunde. Unzählige Menschen und Gefährte des großen Betriebs drängten vorüber. Sie faltete die Hände über dem Stoff des alten Sonntagskleides, das sie angezogen hatte, bevor sie zu Herrn Gade vorgedrungen war. Sie stand wie gebannt und wartete, es war aber nichts zu sehn.

2 An dem gleichen heißen Berliner Nachmittag wurde Ludwig Rufin, ein neunzehnjähriger Musiker ohne Stellung, von wunderbaren Gefühlen überkommen. Er war so beschwingt davon, daß er sich vornahm, in allen schlimmen Lagen seines zukünftigen Lebens an diesen Nachmittag zurückzudenken. Er konnte sich nicht vorstellen, wie's dann jemals allzu schief mit ihm gehn könnte. Noch als alter Mann wollte er daran zurückdenken, obgleich es fraglich genug war, ob er – mit seinem schmalen Brustkasten und seinem überanstrengten Herzmuskel – ein alter Mann werden würde.

Dabei war die Gelegenheit, bei der ihm dieses Wunder geschah, keineswegs zu Hochgefühlen angetan. Es war während einer endlosen Stadtbahnfahrt, vom äußersten Süden zum äußersten Norden der Stadt. Die Fahrkarte war teurer gewesen, als er berechnet hatte. Die Umsteigerei war schwieriger als auf jeder anderen Strecke. Es war eine dauernde Hetze längs der unbarmherzigen Bahnhöfe. Und die Abteile der dritten Klasse waren dermaßen überfüllt und schwül, daß das blaue Sporthemd, das er zu den grauen Flanellhosen trug, alsbald breite Schweißflecken auf der Brust und dem Rücken zeigte.

Seine Jacke hatte er nicht mitgenommen, trotzdem gegen Abend mit Sicherheit ein Gewitter zu erwarten war. Auch den Hut hatte er in seiner abgelegenen Studentenbude zurückgelassen. Der ausgemergelte Musikerkopf mit dem rotbraunen Haar, die beduinenhafte Jünglingsfigur, der ganze Ludwig Rufin kam in dieser Kombination – dazu die frisch geweißten Turnschuhe – am besten zur Geltung. Jedes andere Stück aus dem wackeligen Kleiderschrank wäre von Übel gewesen und hätte die Armut verraten. Nicht, als ob er seine Armut verleugnen wollte. Aber warum sie extra zeigen, wenn es auch anders ging?

Hemd, Hose, Schuhe, die besten grauen Socken aus dem papierbelegten Wäschefach, das beste Taschentuch, dazu die kleine englische Pfeife, in der Tasche das Dreimarkstück für die Blumen und die Heimfahrt: Man konnte ihn für einen eleganten Tennisspieler halten, für einen schneidigen Flugschüler, einen gewiegten Journalisten, einen umschwärmten Jugendführer, kurz für irgendeinen erfolgreichen Helden des Betriebs weit eher als für einen halbverhungerten Klavierspieler und Symphonienschreiber, auf dem die Hand Gottes lag. Und wenn es gegen Abend zu regnen anfing, konnte er ja zu Frau Lina Fenn sagen: »Wer hätte das heute mittag gedacht?«

Sie wohnte seit einigen Monaten in Hermsdorf, in einem kleinen Neubau am nördlichen Rand der Stadt. Es war eines jener hübschen modernen Siedlungshäuser mit allen technischen Errungenschaften in Küche und Bad und den papierdünnen Wänden zwischen dem Musikzimmer und dem W.C. Vier Stuben mit den nötigen Wohnräumen. Ein kleines Gärtchen für Jane, Rittersporn und Malven, Salat und Suppenkräuter. Else Schlittenmeister hatte es ihr verschafft, kurz nachdem sie in Berlin einpassiert war. Es gehörte Bekannten von Else, die auf eine Auslandsreise gegangen waren. Sie hatte es monateweise übernommen, mitsamt der nüchternen Einrichtung und dem sentimentalen Dienstmädchen Lotte.

Durch Else Schlittenmeister kannte sie auch Ludwig Rufin. Er begleitete Else bei ihren Cellokonzerten und wurde von ihr als der kommende Mann Berlins ausgerufen. Golo war seit zwei Jahren verschollen.

In Feuz hatte sie kaum noch an Golo gedacht und ihm nicht einmal Fenns Tod mitgeteilt. In Berlin hatte sie gleich bei der Ankunft eine brennende Sehnsucht nach ihm empfunden. Er war und blieb ein Stück von Fenn. Aber er war verschollen.

Er war seinerzeit nach der gemeinsamen »Tat mit dem großen T« nicht nach Berlin zurückgekehrt. Er fühlte sich nicht sicher vor Herrn Gade und seinen Detektiven, obwohl Else Schlittenmeister, die nach wie vor bei ihren Eltern wohnte, unbehelligt geblieben war.

Plötzlich war er dann wieder aufgetaucht, aber nur, um seine kleine Militärpension zu kapitalisieren, so gut es ging, und mit Else einen melancholischen Abschiedsabend in der »Betrunkenen Frau« zu feiern. Und seitdem war er gänzlich verschollen.

War er wirklich losgewandert mit seiner freiheitlichen Seele, ein Vagabund? Tiflis, Tahiti, Mexiko? Hatte er seine volle Einsamkeit auf sich genommen, seine schwarze Männerhölle? Lina dachte oft an ihn. Auch Else, selbstverständlich. Aber sie hegten keine Hoffnung, ihn wiederzusehn.

Vielleicht verdiente er sich, nachdem das kleine Kapital längst vertrunken sein mochte, mit seinem virtuosen Harmonikaspiel sein Brot? Die beiden Frauen wenigstens, wenn sie von ihm sprachen, sahen ihn in einer fernen Schenke sitzen und spielen: »Und kommt dann der Frühling wieder übers Meer, dann fliegt eine weiße Taube zu mir her …«

Und in den Pausen legte er die Harmonika auf die Theke und sagte zu dem fetten Wirt: »Das Leben ist wunderbar.« Und sagte: »Ich habe da noch einen Freund in Europa sitzen, in den Alpen, einen Freund mit großem F.« Und ließ sich von dem Wirt zu einem Schnaps einladen und sagte: »Das ist ein Genie mit großem G, auch wenn er mir schon ewig nicht mehr geschrieben hat, der alte Schuft.« Und sagte, wenn der Schnaps eingeschenkt war: »Das ist und bleibt mein Freund mit dem großen F, auch wenn wir uns erst in zehn Jahren wiedersehn werden.« Und sagte, bevor er das Glas hinuntergoß: »Darf ich Sie bitten, Herr Wirt, Monsieur Wirt, Mister Wirt, Panje Wirt, Señor Wirt, darf ich Sie bitten, Sie alter Stinker, mit mir auf die Gesundheit meines Freundes Paul Fenn zu trinken?«

Und das alles um Jane, wenn man's richtig bedachte? Und inzwischen löste sich von selbst der große Kampf, inzwischen heilte von selbst die mütterliche Gier, die mütterliche Besitzwut, wie Bollmann es genannt hatte?

Jäh hatte sie Feuz abgebrochen. Kopfüber hatte sie sich von ihrer schönen Insel im Weltmeer heruntergestürzt. Mitten hinein war's gegangen in den brandenden Ozean ihrer Zeitgenossenschaft, ziellos, zwecklos. Erst in der Stadt spürte sie, wie richtig es gewesen war.

Sie durfte das Kind nicht länger abseits halten, abseits der Zeit, in die es nun einmal hineingeboren war. Es mußte in die Schule geschickt werden. Es verlangte selber danach, zutiefst. Schon wurde es von den Nachbarkindern gehänselt und verlacht, weil es mit seinen acht Jahren noch nicht lesen und schreiben konnte.

Aber noch hatte sie sich nicht entschließen können, Jane in der Schule anzumelden. Noch zögerte sie. Im Grunde ihrer Seele allerdings wußte sie bereits, daß die Zeit gekommen war, das Kind aus der dunklen mütterlichen Brutwärme zu entlassen und an seine helle kalte Umwelt abzugeben. Sonst wäre sie nicht nach Berlin gefahren. Sonst hätte sie sich nicht ohne alle Ängste vor Herrn Gade monatelang hier herumgetrieben. Sonst hätte sie auch nicht Fenns Namen wieder angenommen, nachdem sie den falschen Mellrich-Paß in Feuz verbrannt hatte.

Ja, sie trug wieder den Namen ihres Geliebten, an den sie in der Stadt viel öfter zurückdachte, viel schwereren Herzens als in Feuz. Sie war als die Witwe des Professors Paul Fenn bei der Polizei angemeldet. Es wäre ein leichtes gewesen, sie aufzuspüren. Aber man hatte sie noch nicht aufgespürt. Und noch zögerte sie, Jane abzuliefern, sei's an die Schule, sei's an den Vater.

Das alles wußte Ludwig Rufin. Und damit hingen auch seine wunderbaren Gefühle in der Stadtbahn zusammen.

Nicht, als ob er in Lina verliebt gewesen wäre. Diese Phase war schon vorüber. Natürlich hatte er sich Hals über Kopf in sie verliebt, als er sie durch Else Schlittenmeister bei einem Bachkonzert kennengelernt hatte. Natürlich hatte er ein paar Wochen lang den trunkenen Traum geträumt, worin die reife Göttin sich wusch und salbte, um den halbwüchsigen Erdenjüngling auf ihr Lager zu ziehn. Aber ihr helles Lachen, als er eines Abends davon zu stottern begann, hatte ihn schnell ernüchtert. Nur, daß es eine heilige Ernüchterung gewesen war, die sie erweckt hatte. Bei anderen Frauen schlug die Liebe der

Jünglinge in Haß um, wenn der Rausch verraucht war. Sie indessen ließ eine Ernüchterung zurück, die einen erhob und einem das Herz mit Mut und Freude erfüllte.

So wenigstens war es Ludwig Rufin ergangen. Wie sie's fertigbrachte, war ihr eigenes Geheimnis. Mittels vieler Worte jedenfalls geschah es nicht. Auch nicht mittels jener anderen Tricks, welche die himmlischen Frauen, selbst wenn sie nichts von Liebe und Ehe wissen wollten, gebrauchten, um ihre Erdenjünglinge auf den Trab zu setzen und um sich herumtraben zu lassen. Nein, es war ihr pures Dasein, welches ihn zu einem neuen Menschen gemacht hatte, nachdem er es aufgegeben hatte, sie besitzen zu wollen. Denn als er sie kennengelernt hatte, war er in jeder Hinsicht bankerott gewesen.

Sein kleines Erbteil war gerade aufgezehrt gewesen. Er war Klavierspieler in einer Bar geworden. Die letzten Schlager bis ins Morgengrauen hinein, isn't it romantic, so verdiente er sich, nach dem bleiernen Vormittagsschlaf, seinen heiligen Nachmittag, jene zwei, drei Stunden für das eigene Werk, die großangelegte eigene Komposition. Aber dieser kümmerliche Stundenplan wäre das wenigste gewesen; es war das Opfer, das er als Kind seiner Zeit ohne Wehgeschrei brachte. Indessen war auch sein eigener Quell versiegt gewesen, er war leer gewesen vor seinem Zusammentreffen mit dieser Frau, ohne Melodie, ohne Rhythmus. Erst jetzt, nachdem auch schon die Liebestragödie vorübergegangen war, stiegen wieder neue Melodien, neue Rhythmen in ihm auf, und er war überzeugt davon, daß Lina Fenn es war, die ihn aufs neue beflügelte.

Also kam er, während er an diesem Nachmittag zu ihr fuhr, auf den neuen Satz in seiner Symphonie. Es waren nur wenige Takte, aber er spürte, daß es genügte, um die Ausführung zu sichern. Nichts konnte diese wenigen Takte mehr zurückdrängen, keine Macht der Erde. Er brauchte es nicht einmal aufzuschreiben, es war da, unaufhaltsam. Und wie der große schattige Baum aus einem winzigen Kern kommt, aus nichts anderem in der Welt, so waren es einzig und allein diese paar Takte, aus denen alles andere kommen würde, diese paar Takte aus der Tiefe, ohne die alles andere ein schmutziges Nichts blieb.

Er summte es immerzu vor sich hin. Allzu oft vielleicht? Zu oft jedenfalls für die Mitreisenden, die ihn ärgerlich anguckten. Zu oft auch für Frau Lina, die ihm schon manchmal vorgeworfen hatte, daß er sich zu sehr wiederholte. Zu oft für sich selber schließlich, für sein Werk, weil die Himmlischen nur sparsam angerufen werden wollten. Also brach er endlich ab, während der Zug in Hermsdorf einfuhr. Er suchte nach einer anderen Melodie, damit die Linaschen Takte zur Ruhe kämen. Sie sollten versinken, um erst wieder am Schreibtisch in der abgelegenen Studentenbude emporzusteigen, frisch wie am ersten Schöpfungstag. Und da er ein gebürtiger Süddeutscher war, sang er, während er den letzten Bahnsteig dieser langen Reise hinter sich ließ:

»'s wird a Baum aus dem Kerndl,
wenn die Zeit nur vergeht,
auf der Welt wird's noch lusti',
bloß derleb'n tun wir's net!«

und als er vor Linas Haus stand, hatte er sowohl die Linasche Melodie als auch die Linaschen Blumen vergessen.

Er kehrte um. Er fand den Blumenladen vom letztenmal. Er begrüßte die Verkäuferin wie eine alte Kameradin. Zuerst ließ er sich für seine Blumenmark zwei langstielige Rosen aufschwätzen, aber nachdem die Rosen bereits bespritzt, gebunden und eingewickelt waren, faßte er einen anderen Entschluß. Er tauschte die zwei vornehmen Zuchtgebilde gegen einen dicken banalen Strauß Wiesenblumen um.

Lotte sagte ihm, daß Frau Fenn nicht da wäre. Er erwiderte, das schadete nichts, er wartete gern. Daraufhin sagte Lotte, es wäre sehr zweifelhaft, ob Frau Fenn und Jane vor dem Abend zurückkämen. Aber er bestand darauf zu warten und drang in Linas Wohnzimmer ein.

Er ließ sich eine Vase mit Wasser geben und ordnete seinen Strauß hinein, während Lotte ihm erzählte, wie schuftig ihr letzter Liebhaber sich benommen hätte. Es war ein junger Chauffeur gewesen, von dem sie einerseits behauptete, er wäre der gemeinste Kerl unter der Sonne, und andererseits, er wäre genau wie alle anderen Männer.

Er ließ sich alles erzählen, er gab alles zu. Er ließ sich auch den Abschiedsbrief des Chauffeurs zeigen und fand ihn genau so gemein wie Lotte. Aber als sie ihm nunmehr die Geschichte ihres zukünftigen Liebhabers erzählen wollte, eines wirklich anständigen Friseurs, wurde er einsilbig. Er sagte nur noch, daß ein Friseur an und für sich ein besserer Mensch wäre als ein Chauffeur, und drängte sie mit immer längeren Gesprächspausen aus dem Zimmer.

Er hörte sie draußen herumwirtschaften. Sie ließ sämtliche technischen Errungenschaften des Hauses rauschen und sang dazu: »Der schönste Platz, den ich auf Erden hab', das ist die Rasenbank am Muttergrab.«

Er wartete. Durch die fremde Einrichtung hindurch war Linas Atmosphäre zu spüren. Die Takte aus der Stadtbahn kehrten wieder. Er beschloß diesen Satz seiner Symphonie zu nennen: »Dank an eine Frau für ihr pures Dasein.«

3 Inzwischen studierten Dieter Jermak und die Hellering die Akten, welche seinerzeit von den Detektiven des Herrn Gade angelegt worden waren. Und hier stießen sie bald auf eine Spur. »Die Gwinners!« rief Didi und schlug sich mit der flachen Hand an die Stirn, und die Hellering verstand ihn sofort. Sie riß den Hörer von der Gabel, um von der Zentrale die Verbindung herstellen zu lassen. Tatsächlich, nach wenigen Minuten meldete sich der Zahnarzt Fritz Gwinner, Sächsische Straße, und fragte: »Bitteschön?«, und die Hellering rief: »Falsch verbunden!«, hängte ein und fiel Didi um den Hals.

Wenn Janes Mutter überhaupt mit irgendeinem Menschen in Berlin in Verbindung stand, so war es dieser Zahnarzt. Der Rittmeister Alexander Golo galt sowohl in den Akten der Detektive als auch beim Polizeipräsidium als unauffindbar: Die Gwinners aber waren jene Freunde der Familie Fenn gewesen, bei denen sie sich, wie es in den Akten hieß, vor ihrer Reise in das Innere des Gelben Landes zuletzt aufgehalten hatten, nachdem sie mit Jane nach Shanghai geflüchtet waren. Fritz Gwinner war damals Zahnarzt in der deutschen Kolonie in Shanghai gewesen, und man hatte ihn protokollarisch verhören lassen. Es war jedoch nichts aus ihm herauszubekommen gewesen, außer, daß Herr und Frau Professor Fenn sich wirklich mit Jane einige Tage in Shanghai aufgehalten hätten. Danach wären sie mit unbekanntem Ziel auf einem Jangtse-Dampfer weitergereist. Hier hatte vor drei Jahren die Arbeit der Detektive ihren Abschluß gefunden.

Vor einem Jahr war dann der Zahnarzt mit seiner Familie in Berlin aufgetaucht, nachdem er seine ostasiatische Praxis aufgegeben hatte. Er war noch einmal verhört worden, jedoch ohne jedes Resultat. Vielleicht hatte er wahrhaftig nichts mehr von der Familie Fenn gehört? Aber daß er jetzt, nachdem die Fenns wieder in Berlin waren, noch immer keine Verbindung mit ihnen hatte, war kaum zu glauben. Didi zog sofort los.

Die Hellering hatte vorgeschlagen, mit einigen Polizisten in der Sächsischen Straße einzudringen, um die Familie Gwinner auf gesetzliche Weise zu einem Geständnis zu zwingen; aber Didi hatte über diesen plumpen Plan gelächelt. Man mußte sich mit Zahnschmerzen bei dem Zahnarzt einschleichen. Man mußte ihn in Sicherheit wiegen. Man mußte ihm das kostbare Geheimnis, das er den Behörden sicherlich nicht preisgab, als Patient herauslocken. Und die Hellering hatte begeistert zugestimmt und dem kommenden Mann Berlins einen Kuß gegeben – ein kleiner Trost für den zarten Jünglingsmund, der sich nunmehr dem Shanghaier Zahnarzt eröffnen und zu einer Untersuchung preisgeben mußte.

In dem Wartezimmer in der Sächsischen Straße saß um diese Stunde nur noch eine dicke alte Köchin mit einer geschwollenen Backe. Sie beschaute die Modebilder in den Zeitschriften und seufzte des öfteren vor sich hin. Didi setzte sich zu ihr an den Tisch und übte seinen kriminalistischen Scharfsinn an ihr. Er überlegte, aus welchem Grunde sie seufzte.

Daß es wegen des Zahnwehs geschah, war unwahrscheinlich. Für ein geübtes Ohr klangen diese Seufzer eher seelisch als körperlich. Vielleicht war's die Lektüre, was diese Seufzer hervorrief? Er äugte auf die Zeitschrift und entzifferte: »Die moderne Wäsche ist wieder graziös, das Nachthemd aus gletscherblauem Krepp ist mit rosa Madeira-Stikkerei geschmückt, das kleine ergänzende Jäckchen ist mit echten Spitzen garniert.«

Er schloß, daß es unbefriedigte Liebesseufzer waren.

Aber nach einiger Zeit stellte sich heraus, daß diese Annahme falsch war. Es kam ein direkt knallender Seufzer, die Dicke schob die Zeitschrift von sich und sagte zu Didi, es wäre kein Mensch im Sprechzimmer nebenan; sie kennte diesen Betrieb hier ganz genau, weil sie schon seit Wochen immer neue Einlagen in ihren Wurzelkanal bekäme; der Zahnarzt Gwinner wäre sehr rücksichtslos, er machte um diese Zeit immer eine Kaffeepause mit seiner Familie und ließe einen einfach warten, so lange es ihm paßte; und sie müßte doch hinterher noch Einkäufe machen, einen ganzen Zettel voll, Persil und Vim, Schmalz und Salz.

Es waren also die Seufzer der Ungeduld gewesen? Aber sie halfen nichts, es dauerte noch eine Ewigkeit, bis sich im Sprechzimmer etwas rührte.

Fritz Gwinner machte um diese Stunde wirklich seine alltägliche Kaffeepause. Weder er selber noch seine Frau Lydia ließen sich diese Stunde nehmen, und wenn außer der Köchin und Didi auch noch zwanzig andere Patienten mit geschwollenen Backen im Wartezimmer hockten. Es war der Rest der großen Seelenruhe, den sie sich aus dem buddhistischen Asien in das verhetzte Europa hinübergerettet hatten.

Und dabei ging es heute noch günstig ab. Wenn die Kinder zu Hause gewesen wären, Rosemarie und Klaus, hätte es noch viel länger gedauert. Denn dann hätte Fritz Gwinner mit ihnen Chinesen und Japaner gespielt, Floh-Hupfen und Mensch-ärgere-dich-nicht. Aber heute waren die Kinder beim Schwimmen, heute saß das Ehepaar allein bei der Kaffeemaschine.

Wie alltäglich sprachen sie auch heute über das Seelenheil von Frau Lina Fenn. Denn erstens war Fritz Gwinner seit Jahren in Frau Fenn verliebt, zweitens hatte er jetzt gerade schwere Sorgen um ihre Zukunft. Vor allem aber war er ein großer Pedant, der dauernd für sich und seine Umgebung genaue Pläne ausarbeitete, und Frau Lydia war klug genug, ihn dauernd anzuhören. Und sie war auch klug genug, seine unglückliche Liebe zu Frau Lina kameradschaftlich zu besprechen, anstatt sie niederzukeifen.

»Ich habe alles aufgeschrieben!« sagte er und zog einen von seinen vielen Zetteln aus der Brieftasche. Er war ein kleiner hagerer Fünfziger, spitze Nase, spitzes Kinn, vor den klugen grauen Augen eine Stahlbrille mit dicken Gläsern.

»Wirklich rührend von dir!« sagte sie und schenkte den Kaffee ein. Sie war um einen Kopf größer als er. Früher war sie eine gut gepolsterte Schönheit gewesen, jetzt hatten die Geldsorgen und die Ehe, vor allem aber Rosemarie und Klaus sie bereits bis auf die Knochen aufgefressen. Aber sie hatte tapfer durchgehalten. Nicht ein einziges Mal war sie von ihrem Mann beschimpft oder betrogen worden. Sie war eine Ehekünstlerin, hieß es allgemein. Nur, daß dabei eben nichts als die Knochen und das liebevolle Herz übriggeblieben waren.

»Erstens die Mutterschaft«, sagte er, »zweitens die Ehe und die Liebe, drittens der Beruf.« Er legte den Zettel neben seine Tasse. »Gibt es sonst etwas für eine Frau?«

»Nein«, sagte Frau Lydia.

»Die Ehe und die Liebe fällt wohl nach Fenns Tod weg?« fragte er. »Wenigstens die ganz große neue Liebe?« Er schaute seine Frau an, als ob er einen Widerspruch erwartete.

»Sicher«, sagte sie.

»Auch die Zeit ihrer Mutterschaft geht wohl zu Ende«, sagte er nach einer kleinen Pause.

»Warum denn?« fragte sie. »Mutterschaft geht doch bis ins Grab?«

»Gefühlsmäßig«, sagte er. »Aber nicht als ausfüllende Tätigkeit.«

»Ach so?«

»Frau Lina hat mir das neulich selber auseinandergesetzt, und ich mußte ihr recht geben. Von einem bestimmten Alter ab sind die Kinder jeder Mutter entwachsen. Und gerade eine Mutter von so hohen Graden, wie sie es ist, wird dann ihr Kind aus eigenem Antrieb freigeben.«

Frau Lydia antwortete nicht.

»Fällt weg!« sagte er, zog seinen Füllfederhalter und strich die Mutterschaft auf seinem Zettel aus.

Frau Lydia kannte diese Zettelwirtschaft viel zu gut, um zu widersprechen, auch wenn sie anderer Ansicht war. Mit Hilfe dieser Zettel regelte er das ganze Leben, sein eigenes Leben und das Leben seiner Familie, das Leben seiner Freunde, seines Vaterlandes, der ganzen Welt. Es gab Haushaltungszettel, politische Zettel, Bankzettel, religiöse Zettel, und es war ihm ein Hochgenuß, die einzelnen Posten auf diesen Zetteln durchzustreichen, wenn sie erledigt waren. Er schrieb's nur auf, um es zu streichen, die Haferflocken und das Mietgeld, die politischen Parteien und die Religionen, die Bücher, die er nicht mehr zu lesen brauchte, ganze Länderstriche, die er nicht mehr bereisen wollte, alte und neue Götter, denen er nicht mehr dienen mußte. Er war ein fanatischer Ausstreicher, und es war letzten Endes gleichgültig, was er ausstrich, Rosemaries Lebertran oder Goethes Liebesleben.

»Bleibt Beruf«, las er von dem Linaschen Zettel. »a) Künstlerischer Beruf, b) Krankenschwester, c) reiner Gelderwerb – oder weißt du etwas anderes.«

»Nein«, sagte sie. »Es gibt nichts anderes.«

»Zur Krankenschwester taugt sie nicht«, sagte er, »dazu

muß man geboren sein, ebenso wie zu einem künstlerischen Beruf.« Er strich die beiden Posten auf seinem Zettel aus. »Bleibt reiner Gelderwerb«, sagte er. »Wenn sie mit ihrem Geld so unordentlich weiterwirtschaftet wie im letzten Monat, ohne Buch zu führen, dann wird sie ja sehr bald kein Geld mehr haben.« Er unterstrich gedankenvoll den »Gelderwerb« auf seinem Zettel. »Schrecklich«, seufzte er nach einer Weile.

»Oder Selbstmord?« sagte Frau Lydia.

»Steht schon hier!« rief er, entzückt über ihre Ordentlichkeit und zeigte ihr den Zettel. »Aber dazu ist sie zu tapfer, Gott sei Dank.« Er strich mit ein paar festen Strichen den Selbstmord durch. »Also, die Sache ist klar. Ob sie Jane in die Schule schickt oder nicht, ob sie von Herrn Gade erwischt wird oder nicht: Sie muß die Stelle annehmen, die ich ihr bei der zahnärztlichen Einkaufszentralgenossenschaft verschafft habe!«

»Ich kann mir ihre Zukunft auch nicht anders vorstellen«, sagte Frau Lydia.

»Es ist genau durchdacht«, sagte er und unterstrich fünfmal »Zahnärztliche Zentralgenossenschaft«, nachdem alle anderen Posten des Zettels ausgestrichen waren. Danach erhob er sich, um zu seinen Patienten zu gehn. Er war bester Laune. Der Linasche Zettel war für ihn, was für einen mittelalterlichen Minnesänger das Gedicht an seine »vielliebe frouwe« war.

Frau Lydia räumte den Kaffeetisch ab. »Diese kalte Gans!« murmelte sie vor sich hin. Dann holte sie die Sporthose von Klaus, um nachzusehn, ob sie nach der letzten Wanderfahrt noch zu retten war. Der blöde Junge! Er hatte sich am Lagerfeuer entsetzliche Löcher in die Hose gebrannt, eine Riesenarbeit.

Die Köchin war schnell behandelt. Sie bekam eine neue Einlage in den alten Wurzelkanal, dann kam Didi an die Reihe. Er verbeugte sich lächelnd, bevor er in dem Operationsstuhl Platz nahm.

Der Zahnarzt schrieb sich den Namen und die Adresse des neuen Patienten auf. Dann wusch er sich die Hände. Dann bat er, den Mund zu öffnen. »Donnerwetter!« rief er nach einem Blick in Didis Mund.

»Es muß nur eine Kleinigkeit sein«, sagte Didi mit offenem Mund. »Hier.« Er deutete mit der Fingerspitze auf irgendeinen Zahn, links, unten, hinten.

»Kleinigkeit?« rief Gwinner. »Ich danke schön, junger Mann!«

»Es tut aber wirklich nur weh, wenn ich Eis esse – oder wenn ich etwas ganz Heißes trinke.«

»Höchste Zeit!« sagte Gwinner und griff zur Bohrmaschine.

Didi wollte abwehren, aber der Arzt hatte die Nadel schon angesetzt.

»Ganz morsch!« sagte er nach einer unendlich langen Bohrerei und schüttelte verzweifelt den Kopf. Er hatte längst vergessen, ob ein Mann oder eine Frau im Operationsstuhl saß. Er sah nur den angefaulten Zahn und dachte dabei an den Linaschen Zettel.

Als die Nadel in die Nähe des Nerven geriet, stöhnte Didi so laut, daß eine Pause gemacht werden mußte. Gwinner spritzte den Zahn aus und verfertigte eine Einlage. »Es war wirklich höchste Zeit, junger Mann!« sagte er. »In acht Tagen hätte ich den Zahn kaum mehr retten können.«

»Ich bin Ihnen sehr dankbar«, sagte Didi, nachdem er den Mund wieder schließen durfte. »Ich komme auf Empfehlung einer gemeinsamen Freundin, Frau Professor Fenn.«

Gwinner wusch sich gerade die Hände und antwortete nicht.

Didi nahm sich vor, die Rechnung für die Zahnbehandlung unter keinen Umständen zu zahlen, auch wenn er noch in diesem Jahre Millionen verdienen würde.

»Wie meinten Sie?« sagte Gwinner, nachdem er wieder an den Operationsstuhl zurückgetreten war.

»Ich komme auf Empfehlung einer gemeinsamen Freundin«, wiederholte Didi. »Frau Professor Fenn.«

Er mußte abbrechen, er hatte höllische Schmerzen in dem angebohrten Zahn.

»Sie sind doch mit Herrn und Frau Professor Fenn befreundet?« fragte er, als der Zahnarzt ihn anglotzte, ohne zu antworten.

»Was?« rief Gwinner endlich. »Professor Fenn ist wieder in Berlin?«

»Natürlich«, sagte Didi. »Haben Sie ihn noch nicht getroffen?«

»Nein«, sagte Gwinner. »Bitte, machen Sie doch den Mund nochmal auf, Herr Jermak, wir wollen mal sehn, ob die Einlage gut sitzt.«

Didi gehorchte.

Der Zahnarzt fand, daß die Einlage gut saß. Er müßte sie jedoch noch provisorisch überkappen, damit der Wurzelkanal bis zur nächsten Sitzung luftsicher abgeschlossen wäre.

Didi hielt den Mund weit offen, während etwas Heißes, Schmerzendes auf seinen Zahn gegossen wurde. Er nahm sich vor, den Zahnarzt Gwinner wirtschaftlich zu vernichten, sobald er erst zu der Machtstellung gelangt wäre, welche Toni Hellering ihm prophezeite.

»Auflassen!« sagte Gwinner. »Es darf jetzt einige Minuten

kein Speichel hinkommen! Sie können doch wohl eine Zeitlang mit offenem Mund schlucken?«

»Öh!« machte Didi und versuchte, mit offenem Mund zu schlucken.

»Die Fenns?« sagte Gwinner. »Sie sind wirklich wieder in Berlin?«

»Öh!« machte Didi.

»Bitte auflassen!« sagte Gwinner und ging aus dem Zimmer.

Es dauerte eine Ewigkeit, bis er wiederkam. Offenbar legte er eine zweite Kaffeepause ein, um seiner Frau die Neuigkeit von den Fenns mitzuteilen? Didi hielt den Mund offen. Der Zahn tobte. Der Speichel sammelte sich im Gaumen. Er schluckte ihn, so gut es ging, um die Einlage nicht zu gefährden. Er nahm sich vor, den Zahnarzt Gwinner zuallererst hinrichten zu lassen, sobald er zur Weltmacht gelangt wäre.

4 Fern lag Herrn Gade, der mit dem Strom seiner Zeit schwamm, der Gedanke, daß man mit dem Strom schneller abstürbe als abseits vom Strom. Trotzdem hatte er sich ein paar Eigentümlichkeiten bewahrt, die eine tiefe Sehnsucht verrieten nach jenen seligen Gefilden, an welchen der Strom der Zeit vorüberrauschte, ohne eine Landungsmöglichkeit zu bieten. Dazu gehörte vor allem die Art, wie er alltäglich eine Stunde lang – zwischen dem Geschäftsschluß im Zentrum und dem Abendessen in Halensee – den fremden alten Habenichts in den Straßen Berlins spielte.

Er selber machte sich's allerdings nicht bewußt, daß dieser Bummel durch die Weltstadt, so wie er ihn ausführte, etwas Verräterisches in sich barg. Er nahm's als eine schöne Gewohnheit, die er genoß wie eine Zigarette nach einem Krach oder ein Bad nach einer Reise. Und seine Umgebung nahm's einfach als Spleen oder Komplex, Vogel, Sparren, Schraube, Knacks, Fimmel, Düdelüdü.

Die Hellering war gut eingespielt auf diese Stunde. Es gehörte zu ihren täglichen Pflichten, den sonderbaren Heimweg des Chefs anzukurbeln. Wenn der letzte Brief an die auswärtigen Filialen diktiert war, wenn der letzte Besucher sein Herz ausgeschüttet hatte, ob Geschäftsfreund oder Konkurrent, Geldgeber oder Geldnehmer, Erfinder oder Prophet, dann ging's unaufhaltsam los.

»Ich denke, ich laufe heute zu Fuß nach Hause?« fragte Herr Gade nachdenklich.

»Wunderbare Luft!« rief die Hellering begeistert, ob der Himmel blau oder grau war.

»Wollen Sie den Wagen haben?« fragte er alsdann, während er sich sehnsüchtig streckte.

»Sehr gern«, rief sie entzückt. »Heißen Dank!« Sie nannte längst den schönen schweren Wagen ihren »Liebling« und betrachtete ihn mitsamt dem Chauffeur, dem alten Matthias, während dieser Stunde als ihr Eigentum. Schon seit Jahren sagte sie zu ihren Bekannten: »Soll ich Sie in meinem Wagen abholen?« Und wenn es sich hie und da traf, daß Matthias schon am Nachmittag wegfuhr oder den verspäteten Chef selber heimbringen mußte, faßte sie's als persönliche Beleidigung auf.

»Sie fahren doch sowieso nach dem Westen?« fragte Herr Gade, wenn er nunmehr seine berühmte schweinslederne Mappe zur Hand nahm.

»Gewiß«, erwiderte sie. »Ich gebe es Hedwig, keinem anderen Menschen.«

Das war das einzige Opfer, das für ihre Schäferstunde mit

dem schwarzlackierten und rotgepolsterten Liebling gefordert wurde. Sie mußte an dem Haus in Halensee vorbeifahren, um Hedwig, dem Dienstmädchen, die Mappe auszuhändigen. Und das war ja wohl auch Gegenleistung genug? Außer ihr und Hedwig gab's wenige Menschen auf der Welt, denen man diese Mappe ruhigen Mutes hätte anvertrauen können. Sie enthielt nicht nur die geschäftlichen Akten, die Herr Gade zu Hause bearbeitete, sondern auch alles Private, was er bei sich trug, den ganzen Inhalt seiner Tasche. Denn darin bestand ja die Eigentümlichkeit dieser Stunde, daß er sich von sämtlichen Dingen, die einen Zeitgenossen erst zu einem Zeitgenossen machten, entblößte, um als Vagabund mit leeren Taschen durch die Straßen zu ziehn.

Die Akten waren schon verpackt, die Steuerbogen und Terminkalender, die Bilanzen und Exposés, die Sonder-Erlasse und Extra-Schikanen, wenn er begann, seine Taschen zu entleeren. Es waren dreizehn Taschen, falls er ohne Mantel war, sonst siebzehn. Mit wahrer Leidenschaft entledigte er sich seines gesamten menschlichen Zubehörs, um es der Hellering zu reichen, die es in die Mappe stopfte ... Die Brieftasche, das Scheckbuch, der Paß. Der Börsenausweis, der politische Ausweis. Mehrere zerknüllte Briefe, freundschaftliche, die begannen: »Mein alter Lump!«, und feindschaftliche, die begannen: »Hochverehrter Herr!« Die Uhr und die Grippetabletten, die Hausschlüssel und Tresorschlüssel. Der Füllfederhalter, der Merkblock, die Zigarettendose und das Benzinfeuerzeug. Mehrere Zeitungsausschnitte, mehrere Reklamebilder für die Tochter des Kasino-Kellners. Ein angefetztes Kinobillett, eine alte Garderobennummer. Die Abonnementskarte für das Schwitzbad, das Kleingeld aus der Hosentasche.

Er behielt tatsächlich nur eine Mark in kleiner Münze bei

sich sowie das Taschentuch. Die Fünfer und Zehner verteilte er, kaum im Freien angelangt, an die Straßenbettler. Das Taschentuch geriet oft genug mit dem anderen Krempel in die Mappe, so daß er sich unterwegs – zu seiner tiefen Freude – durch die Finger schneuzen mußte. Und am liebsten hätte er sich auch noch den Kragen und die Krawatte heruntergerissen, so mächtig war sein freiheitlicher Drang während dieser Prozedur.

Als Didi mit dem angebohrten Backenzahn ins Bürohaus zurückkehrte, um Bericht zu erstatten und seinen Opfermut bewundern zu lassen, geriet er gerade mitten in diesen Aufbruch. Aber nicht einmal die Sorge um Jane konnte Herrn Gade von seiner Tour abhalten. Er murmelte zwar ein paar bedauernde Worte über Didis Zahnschmerzen und fluchte ein bißchen über Fritz Gwinner, aber er verstaute den Zettel, den Didi ihm überreichte, den Arbeitsplan des jungen Detektivs für den nächsten Tag, schleunigst in der Mappe, ohne ihn zu lesen.

Didi schlug vor, die Photos von Frau Lina und der kleinen Jane noch im Laufe der Nacht vervielfältigen zu lassen, um sie am andern Morgen an hundert Arbeitslose zu verteilen. Er wollte diese Arbeitslosen an den verschiedensten Ecken der Stadt aufstellen und eine Prämie von tausend Mark für den glücklichen Entdecker des Kindes aussetzen. Die Hellering war begeistert von dieser Idee und rief: »Schick!«, jedoch Herr Gade sagte nur: »Gemacht!« und schob los.

Ein starkes Gewitter hatte sich entladen, die Luft war abgekühlt nach dem schwülen Tag. Es regnete nicht mehr, aber die Straßen waren noch naß. Die Menschen des Geschäftsschlusses freuten sich über den Wolkenbruch, der auf ihre Stadt niedergegangen war. Sie waren entzückt, daß es geblitzt und gedonnert hatte zu ihren Häupten. Sie fühlten sich so gottverlassen in ihren Mauern, daß es sie freudig erhob, wenn der Himmel sie noch bedachte, gleichgültig wie. Und Herr Gade, der Wanderer mit den leeren Taschen, genoß es besonders, daß er von weither noch würdig befunden wurde, angeblitzt und angedonnert zu werden. Das Klingeln und Toben der Feuerwehrwagen, die zu den überschwemmten Kellern rasten, begeisterte ihn.

Zwei Zehner von seiner Mark bekam auch heute wieder die alte Frau, welche im Portal seines Bürohauses stand. Immer wieder streckte sie ihm die gichtige Hand mit den flachen Streichholzschachteln als Gegengabe hin, und immer wieder sagte er: »Um Gottes willen!«, ohne sie anzunehmen, und stürzte sich ins Gedränge.

Die übrigen Fünfer und Zehner waren sonst längst verteilt, bevor er im Westen angelangt war. Heute war er so beschwingt von dem Gewitter, vor allem aber von dem Gedanken, daß Jane das gleiche Naturphänomen zur gleichen Stunde erlebt hatte, vielleicht in der gleichen Straße, durch die er gerade dahinwallte, daß er zerstreut an mehreren Bettlern vorüberging, die er sonst zu beschenken pflegte. Erst ein kleiner Junge, der ihm ein Kinderspielzeug anbot, brachte ihn wieder zur Besinnung.

Es war ein blasser kleiner Held von zwölf Jahren. Herr Gade wenigstens schätzte ihn auf zwölf. Er machte halt, um ihn und seine Ware zu begucken. Es war der Schlager, der in diesen Tagen an allen Ecken angeboten wurde, ein kleiner grüner Frosch aus Blech, der verblüffend gut quakte, während er auf dem Asphalt herumhüpfte. Schloß man die Augen, so hörte man mitten im Lärm der Weltstraße wirklich einen fernen Frosch quaken, einen verwunschenen Schloßteich, eine sumpfige afrikanische Farm, einen mongolischen Klosterhof.

Aber mit den zwölf Jahren hatte Herr Gade sich getäuscht. Der Junge sagte, er wäre acht, als er ihn fragte, und das füllte seine väterliche Seele mit schwerer Trauer. Acht Jahre war Jane alt, und er schätzt ihren Alterskameraden auf Zwölf! Er hatte keinen Begriff mehr von seiner kleinen Tochter und fühlte sich doppelt heimgesucht durch diese falsche Schätzung.

Er kaufte dem Jungen den Frosch ab. Warum sollte er nicht seine Strolcherei heute einmal vor der Zeit abbrechen und die leeren Taschen mit dem Spielzeug belasten? Konnte er nicht, wenn Didis hundert Arbeitslose Erfolg hatten, vielleicht morgen schon diesen Frosch gut gebrauchen? Er reichte dem Jungen die fünfzig Pfennige, die er verlangte, und ließ sich das blecherne Tier in Zeitungspapier wickeln.

Aber als er das Paket überreicht bekam, setzte der Aberglaube ein. Um Gottes willen, nichts dem Schicksal vorwegnehmen! Um Gottes willen, keine Vorfreuden, keine Vorbereitungen! Sonst ging alles schief. Er unterdrückte – zum soundsovielten Male seit dem Besuch der Hansemann – die süße Hoffnung, die in ihm keimte. Er schenkte dem Jungen noch zwei übrige Zehner zu dem Kaufpreis, ohne den Frosch zu nehmen, und machte sich schnell davon. »Oh!« sagte der Achtjährige und schaute ihm nach, bis er wieder im Gedränge untergetaucht war.

Nun war er schon im Westen und hatte noch immer einen Zehner in der Tasche. Er gab ihn einem Posaunenbläser, der sich in einer Seitenstraße des Kurfürstendammes aufgestellt hatte. Der Mann stand neben einer Bäckerei und blies: »Du, du, liegst mir im Herzen, du, du liegst mir im Sinn.« Warf man ihm ein Almosen in die Mütze, so geriet er aus dem Takt, während er sich verbeugte. Aber er schaute seinem Wohltäter nicht ins Gesicht. Er schaute auch nicht auf die Münze, die in die Mütze fiel. Die wasserblauen Augen glotzten über die geblähten Backen hinweg in die Ferne, und der ganze Kerl strömte eine unverschämte Seligkeit aus, wie er da stand und seine Mitwelt anblies.

Hedwig hatte verheulte Augen, als sie die Haustür öffnete. Herr Gade war noch abwesend und merkte es erst in der Garderobe, als er sich die Hände wusch. »Na?« fragte er, »wo fehlt's denn?« Jetzt ging's natürlich wieder los, die verdammte Herzausschütterei, der schuftige Bräutigam, die kranke Mutter, die zerbrochene Kristallvase, die blöden menschlichen Tragödien, kaum daß man aus dem wunderbaren Nichts der apokalyptischen Wallfahrt emportauchte. »Ist die Mappe da?« fragte er schnell und beschloß, die verheulten Augen zu übersehn.

»Ja«, sagte Hedwig, die schon seit seiner Junggesellenzeit bei ihm angestellt war. »Sie ist schon eingeschlossen.« Sie reichte ihm den Schlüssel vom Schreibtischfach. »Es ist Besuch da«, sagte sie.

»Was?« fragte er und runzelte die Stirn. »Ich erwarte keinen Besuch.«

»Es ist aber doch Besuch da, Herr Gade«, sagte sie. »Schon lange, seit Mittag schon.«

»Der Teufel soll ihn holen!« rief er. Das konnte nur ein Gauner oder Schnorrer sein, wer seit dem Mittag unangemeldet auf ihn wartete. »Kann ich nicht fünf Minuten meine Ruhe haben?« rief er wütig.

Hedwig lächelte, ein sonderbares Lächeln. Gleichzeitig traten ihr wieder die Tränen in die Augen.

»Könnt ihr's nicht fertigbringen, mir diese Zudringlichkeiten vom Hals zu halten!« brüllte Herr Gade, ohne sich darum zu scheren, daß der Besuch in der Bibliothek nebenan, wer es auch war, ihn hören mußte.

»Im Kinderzimmer droben«, stieß Hedwig heraus und heulte los.

In drei Sätzen war er im ersten Stock. Auf dem Treppenabsatz hielt er inne. Sein Herz schlug so wild, daß er Angst bekam. Er rang nach Atem und fuhr sich mit beiden Händen über das Haar, um den Scheitel zu ordnen. Aus dem Kinderzimmer drangen Stimmen.

Es war die Stimme einer Frau und eines Kindes. Die Frau sagte: »Das da ist der Igel, das da ist der Höllenkopf.« Das Kind sagte: »Weißt du, was wir vergessen haben?« Die Frau sagte: »Nein.« Das Kind rief: »Die Großmutter vom Mützliner Hof!«, und die Frau sagte: »Richtig!« Das Kind sagte: »Dann nehmen wir einfach die Annabella!«, und die Frau sagte erstaunt: »Das weißt du noch, daß das deine alte Annabella ist?« Danach war es eine Weile still, und man hörte, daß die Frau das Kind abküßte. »Du mußt ihm die ganze Reise erzählen«, sagte die Frau nach dieser Pause, und das Kind fragte: »War das denn eine Reise?« Da sagte die Frau: »Natürlich, das nennt man eine Reise«, und während das Kind erstaunt krähte: »Alles zusammen? Auch der Betzi? Das war alles eine Reise?«, riß Herr Gade die Tür auf.

Auf dem Fußboden saß eine Frau in einem hellgrünen Sommerkleid. Daneben kauerte ein Kind in einem ärmellosen Kleid von der gleichen Farbe. Sämtliche Kästen und Schränke des Kinderzimmers waren geöffnet. Alles Spielzeug war am Boden aufgestellt, ein ganzer Laden voll. Das Spiel mußte schon mehrere Stunden gedauert haben, denn es war eine weite Landschaft aufgebaut, Türme und Brücken, Eisenbahnen und Schiffe, dazwischen alle Puppen und Haustiere aus der Puppenkiste, sämtliche Fische aus dem Angelspiel, die blauen, roten, goldenen. Das Kind sprang zuerst auf, dann erhob sich auch die Frau.

Er trat auf das Kind zu, während die Frau ans Fenster trat, mit dem Rücken gegen das Zimmer.

»Guten Tag«, sagte er schließlich zu dem Kind.

Es schaute auf ihn, ohne zu antworten.

Er wagte nicht, es zu berühren, wie es da stand und auf ihn schaute, fremd, obwohl er sofort spürte, daß es ihm ähnlicher sah als zuvor, erwachsen, obwohl es ihm schutzbedürftiger erschien als während der Babyzeit.

»Guten Tag, Pappi!« sagte es schließlich, und man hörte, daß es angelernt war. »Ich bin wieder da von der Reise.«

»Meine kleine Tochter!« sagte er und hob sie auf den Arm. »War es eine schöne Reise?«

Sie rutschte von seinem Arm herunter und rief: »Hier ist alles aufgebaut!« Sie zeigte auf ihre alte Puppe Annabella und sagte: »Das ist die Großmutter vom Mützliner Hof!« Zur Rechten von Annabella lagerte ein Hai, zur Linken eine Forelle.

»Ach so?« sagte er und lächelte.

»Und das ist die Mutter!« sagte Jane und deutete auf die Negerpuppe mit dem roten Lendenschurz, die vor der Alm aufgestellt war, der Walfisch zu ihren Füßen.

»Die liebe Mutter«, erwiderte Herr Gade nach einer kleinen Weile mit leiser Stimme.

Lina stand am Fenster und hörte es. Sie sah in den Garten auf das Blau des Rittersporn, den sie selber gepflanzt hatte. Die Stauden hatten sich mächtig entwickelt, die dunklen »Capri«, die hellen »Pazific«, die vielen Blaus. Es war vorüber: Sie war auf alles gefaßt, was jetzt noch kommen mochte, Vorwürfe und Krawalle, Bitten und Vorschläge. Gleich würde er zu ihr treten und sagen: »Mein liebes Kind …«

»Mein liebes Kind«, sagte Herr Gade und trat zu ihr.

5 Ein kleines Flugzeug namens Kolibri zog über die Alpen. Es war ein amerikanisches Modell vom vorigen Jahr, bereits ziemlich angekratzt und geflickt, so daß man ihm die weite Reise von den heimatlichen Kordilleren zu dem europäischen Gebirg tatsächlich hätte zutrauen können. Ein neues Rad zeugte von einem Landungsbruch vor nicht allzulanger Zeit. Die frischlackierte Reparatur stach von dem übrigen Gestell ab wie ein frischgebügeltes Hosenbein von der verdreckten Jacke eines Vagabunden. Der Höhenmesser auf dem Armaturenbrett stand auf zweitausend Metern, als die alpine Kulisse sich öffnete. Der Kolibri kam von Norden, längs der Isar, und nahm nunmehr den Kurs zwischen dem Wetterstein und dem Karwendel, um zum Inntal zu gelangen. Die Tiroler in den Tälern streckten noch die Hälse, um den Fremdling in den Lüften zu verfolgen, denn es war noch früh im Jahr, die ersten Tage eines kalten Mai, und die großen Luftlinien über die Alpen hatten noch nicht eingesetzt. Die Massive zur Rechten und zur Linken waren noch in Schnee verpackt, Altschnee und Neuschnee. Nur selten erschienen dazwischen die schmutzigen Tintenzüge, welche von den Lawinen in das reine Bild gerissen wurden.

Aber im Inntal, als der Kolibri kippte und einen Bogen schlug, um westwärts zu fliegen, abseits von der üblichen Nord-Süd-Route, verwandelte sich das Bild. Auf den breiten Terrassen, die den geschlängelten Fluß begrenzten, tauchten die zarten Flecken der blühenden Apfelbäume auf, lieblich gruppiert um die zerstreuten Gehöfte. Die Wiesen leuchteten ihr neues Grün herauf. Die ersten Maikäfer und Regenwürmer des oberen Inntals boten sich dem verirrten Urwaldvogel an, aber er soff nur Benzin und kümmerte sich nicht darum, er flog weiter, immer weiter.

»Dort hinten liegt Vomp!« schrie Lina und deutete über ihre Schulter, als die Kurve geschlagen war. Sie mußte es noch zweimal schreien, bis Anna Billerton reagierte. »Vomp!« schrie sie. »Vomp! Vomp!« Aber vermutlich hatte Anna Billerton auch beim dritten Male noch nicht verstanden, um was es sich handelte? Sie lächelte zwar und nickte, doch sie gab gleichzeitig Gas, zog den Steuerknüppel an sich und ließ den Kolibri mit Getöse steigen.

Nein, Anna Billerton scherte sich nicht im geringsten darum, ob es Vomp oder New York war, was da lag, hinter ihr oder vor ihr. Sie war zehn Jahre jünger als Lina, völlig unbekümmert, völlig heimatlos. Sie war an nichts anderes hingegeben als an die Luft, an den Äther und die Wolken, an das Nichts. Sie liebte einzig und allein die Leere, die sie allerdings meisterhaft beherrschte und durchschwebte.

»Feuz!« schrie Lina, als dann die zerklüftete Gruppe der Mieminger sich näherte. »Dort drüben! Feuz!« schrie sie in das Gebrüll des Motors hinein. »Hinter dieser Kette! Feuz!«

Jedoch abermals hätte man schwören können, daß Anna Billerton nur aus Höflichkeit lächelte und nickte. Sie warf einen schnellen Blick nach rechts, die Kalkkette, und nach links, die Vergletscherungen der Zentrale, das war alles. Lina begann wieder einmal, die Freundin samt ihrem Kolibri aus vollem Herzen zu hassen. Sie deutete auf eine breite Terrasse mit drei vier Einödshöfen, die sie gerade überflogen, und schrie zornig: »Das ist Wirklichkeit, du Gespenst, das ist Leben, du Luftgespenst!«

Anna Billerton lächelte wieder und nickte, während sie einen gehorsamen Blick auf die blühende Terrasse am Fluß hinunterwarf. Natürlich hatte sie kein Wort verstanden. Und wenn sie's verstanden hätte, hätte sie's kapiert? Wie sollte sie denn verstehn, daß man ihre geliebten leeren Lüfte haßte, weil drunten die feste heimatliche Erde lag?

»Affe!« sagte Lina, halb zu der Fliegerin, halb zu sich selber, und mußte selber lachen über ihren bösen Ausbruch. Dann zog sie den Kopf ein und kuschelte sich fröstelnd zusammen.

Es war Mittag. Das Zickzack im Tal glänzte, der alte Fluß der Kaiser und Mönche. Vor dem Arlberg bildete sein Lauf ein Gesicht. Die spitze Nase, die gerunzelte Stirn, das böse Kinn, man konnte es deutlich sehn, ein altes Weiberangesicht, gerichtet gegen Süden. Doch keine von den beiden Frauen in dem Kolibri bemerkte es. Die Pilotin runzelte gerade selber die Stirn und machte ein böses Kinn und spitzte ihre Nase: Sie flog seit Linas letzten Worten angespannter als zuvor. Und die Passagierin träumte und beachtete den Kurs nicht mehr. Sie war schon oft genug mit Anna Billerton geflogen, um sich auch beim Kippen und beim Wenden dem eigenen Dösen hingeben zu können. Ihr Leib ging von selber mit der Maschine, wenn sie sich schief legte oder aufrichtete, und ihr Geist hatte Ruhe genug, um auszuschweifen. So kam es, daß sie die Kehre über dem alten Weiberangesicht des Flusses völlig verschlief und erst wieder zur Besinnung kam, als der Motor aussetzte und der Propeller sich nicht mehr drehte. Was war los? Was sollte dieser Gleitflug heißen? Waren sie schon im Engadin? Wo wollte der Kolibri landen? Die Erde kam ihnen entgegengejagt, sie gerieten bedrohlich zwischen die Massive, die Billerton machte ein Gesicht wie zum letzten Gericht, sie schwenkte kurz, sie rutschte, sie stieß schließlich den Knüppel zurück und ließ den Schwanz des Kolibri mit ein paar schlimmen Stößen aufsetzen, bevor noch Lina das Manöver begriffen hatte. »Was denn los?« rief sie erschrocken. »Was denn passiert?« Sie war perplex und taub.

»Das ist doch deine Terrasse!« sagte die Billerton und stöhnte erleichtert auf, während sie ihre Haube zurückschob. Da merkte sie, daß Lina noch taub war, und rief aus vollem Hals: »Das ist deine Wirklichkeit, du Luder!«

Lina lachte. »Hast du's doch verstanden?« Sie schrie noch immer, obwohl nach dem langen Lärm des Motors mit einemmal eine große Stille im Kolibri war. »Wie bist du denn nur heruntergekommen, du Wahnsinnige?«

»Keine Kleinigkeit!« sagte die Billerton. »Aber du wolltest ja nicht mehr!« Sie strich zärtlich über ihr Armaturenbrett. »Mein Kolibri fliegt nicht weiter, wenn er einen solchen Haß spürt, wie du ihn vorhin ausgestrahlt hast!«

Lina brach in helles Lachen aus. »Frech!« sagte sie, aber sie schaute die Freundin zustimmend und bewundernd an. »Großartig!« Sie riegelte die Tür auf und sprang mit Begeisterung auf den festen Boden der Erdkugel.

Der Kolibri hatte ein flaches Wiesenstück ohne Obstbäume erwischt. Rechts lag ein gediegener alter Einzelhof, links ein halbzerfallener Zaun. Es war eine paradiesische Terrasse, der Nordrand etwa dreihundert Meter überm Inn, der Süden von steilen Waldgründen übertürmt. Ein alter Bauer mit einem klugen, verwitterten Gesicht kam aus dem Haus geschritten, ohne Eile und Verwunderung, um den fremden Vogel zu begrüßen. Hinter ihm trollte ein zerlumpter Dreißigjähriger mit schlenkernden Armen und auffallend dünnen Hosenbeinen. Der Alte sagte, die Ortschaft auf der Terrasse bestände nur aus drei abgelegenen Höfen und hieße Brux. Dann rief er dem Jungen ein paar Worte zu, die von der Billerton nicht verstanden wurden. Aber Lina verstand den heimatlichen Dialekt. »Geh weg, Felix!« hatte es geheißen, »geh in dei' Kammer z'ruck!« Und sie erkannte sofort, daß es der Sohn des Alten und zugleich sein Unglück war, ein Idiot. Ein trauriges bleiches Gesicht, ein roter Stoppelbart. Er gehorchte dem Vater. Er drehte sich um und ging zum Haus zurück, nachdem er in weitem Bogen ausgespuckt hatte. Indessen vor dem Haus blieb er stehn und wandte sich wieder um. Er rieb mit den Händen an seinen engen Hosenbeinen hin und her, lange Zeit, sonnenbestrahlt, und starrte wie gebannt auf die hellgraue Lederhose der Billerton. Man hörte bis zum Kolibri herüber sein verblödetes Lachen: »Hui! Hui! Hui!«

6 Brux hieß die Terrasse, der Alte hieß Rofaner, Jakob Rofaner, und der Hof hieß der Kordelhof, benannt nach dem Manne Kordel, der das Gebälk vor sieben Jahrhunderten aufgerichtet hatte. Der geisteskranke Sohn hieß Felix, aber man bekam ihn nicht mehr zu sehn, nachdem der Vater ihm noch einmal zugerufen hatte, er sollte verschwinden, und dabei in die Hände geklatscht und »Gscht!« gemacht hatte, als ob er eine Henne scheuchte.

Die Bäuerin war längst gestorben, im zweiten Kindbett. Nani, die Tochter, war ein freundliches unterirdisches Ding von fünfundzwanzig Jahren, zur alten Jungfrau geworden, weil der Vater sie im Haushalt und im Stall nicht entbehren konnte. Aber ihre Heiratsaussichten waren wohl sowieso nicht gut gewesen, obgleich sie Erbin des Hofes war. Sie hatte einen riesigen Kopf und war fast taub. Man mußte entsetzlich laut in ihr linkes Ohr hineinschreien, wenn man etwas von ihr wollte.

Wie kam der Alte zu diesem Haufen Unglück? Er selber war noch als Siebzigjähriger frisch genug, um auf die Witze der Billerton mit der Überlegenheit eines großväterlichen Kavaliers einzugehn. Vielleicht hatte er in seinen jungen Jahren einen Traum geträumt, den Traum der großen Freiheit und der fernen Meere, bevor er hier eingeheiratet hatte? Denn der Kordelhof war das Besitztum der verstorbenen Bäuerin gewesen, er selber war arm gewesen, der siebente Sohn vom Nachbarhof. Also hatte er Inzucht getrieben und sich gegen seinen Traum versündigt, verleitet von der Besitzgier? Also schlug der beleidigte Weltgeist zu und verlöschte sein Geschlecht.

Aber sein Hof war wunderbar im Stand. Der Stall gewölbt, die Kühe gut gezüchtet. Die Tenne fest verschalt, am Heustock eingebaut die Kammer des Idioten. Im Erdgeschoß die Küche mit den Kupferkesseln, daneben eine gute Stube, licht und leer, zwei altgeschnitzte Türen führten zu den Schlafgemächern für den Vater und die Tochter. Und als dann der Fremdenverkehr bis in die letzten Winkel der Alpen vorgedrungen war, hatte man an dieses geschwärzte Gebälk noch einen kleinen modernen Anbau gezimmert, zwei Gaststuben für den Juli und August, wenn die Städter kamen und die Natur beguckten und riefen: »Oh, wie schön!« und: »Oh, wir armen Sünder!«

Das alles hatte die Billerton schnell herausgefunden. Sie war sofort durch das ganze Haus gewandert und hatte sämtliche Geheimnisse gelüftet.

Inzwischen hatte Lina sich in die Wiese gelagert, uninteressiert. Sie lag neben dem halbzerfallenen Zaun, einen dunkelblauen Enzian zwischen den Lippen.

»Wollen wir eine Nacht bleiben?« fragte die Billerton, nachdem sie zurückgekommen war und Bericht erstattet hatte. »Isn't it romantic?«

Lina dehnte sich wollüstig und nickte. »Selbstverständlich«, sagte sie, ohne den Enzian aus dem Mund zu nehmen. »Ich gehe nie mehr weg von hier.«

Die Billerton sah nach dem Wetter und sah nach dem Kolibri. »Meinetwegen!« sagte sie schließlich, aber es klang nicht besonders erfreut.

Lina blickte ihr nach, wie sie zum Haus zurückschlenderte, um die beiden Gaststuben zu mieten. Man spürte, daß sie nun doch den plötzlichen Einfall verfluchte, die Laune, durch welche sie aus ihren geliebten Lüften herabgeholt worden war, und Lina mußte lachen über ihre »Schülerin«, wie die Billerton sich selber nannte. Sie hatte sich keine »Schülerin« gewünscht. Sie wußte nicht, worin sie die Lehrerin spielen sollte. Es lag ihr fern, andere Menschen zu unterrichten. Sie wollte der Jungen weder die Säuglingspflege noch die Wissenschaft von den Männern beibringen. Und in den anderen weiblichen Fächern des Lebens, war da nicht dieses neue Geschlecht ihr selber weit überlegen? Aber wenn die »Schülerin« wirklich etwas von ihr lernen konnte, so war's die Unbeschwertheit und Ungebundenheit, zu der sie sich selber durchgefunden hatte. Und sieh mal an, sobald dadurch das feste Programm gestört wurde, ärgerte man sich doch? »Sieh mal an!« sagte sie vor sich hin und amüsierte sich über den gehorsamen und zugleich trotzigen Gang, mit dem die andere abschob. Sie blinzelte ihr nach, mußte lachen und verlor dabei die Enzianblüte aus ihrem Mund. Doch sie war zu faul, um eine neue zu pflücken. Sie hätte nur die Hand ausstrekken müssen, die ganze Wiese stand voll von den blauen Sternen, doch sie schloß die Augen und gab sich ganz der Sonne hin.

Inzwischen verhandelte die Billerton mit dem Bauern über das Nachtquartier. »Lauter Doppelbetten!« rief sie verzweifelt, als sie die beiden Gaststuben besichtigte. »In Europa gibt's nur Doppelbetten!«

»Und in Amerika?« fragte er und ging mit listigem Lächeln auf ihren Ton ein. »In Amerika gibt's nur noch Einzelbetten?«

»Sicher!« sagte sie und begann ihre Mißstimmung über den abgebrochenen Flug wegzuschwemmen, indem sie mit dem weißhaarigen Gentleman ihren Spaß trieb. »Ich bin eigens nach Europa geschickt worden, um alle Doppelbetten abzuschaffen.«

»Donnerwetter!« sagte er. »Das ist aber eine schwere Aufgabe?«

»Nicht so schlimm«, sagte sie und bat ihn, aus jeder der beiden Gaststuben das zweite Bett mit ihr herauszutragen. »Die Frauen sind auch in Europa schon so weit, also besteht Hoffnung, daß in hundert Jahren auch die Männer darauf kommen.«

»Ach so?« sagte der Alte. »Aber hundert Jahre haben Sie dann immerhin noch Arbeit, bis alle Doppelbetten abgeschlagen sind?«

»Das macht nichts«, sagte sie, während sie ihm half, eine Matratze aus dem Laden zu heben und aus dem Zimmer zu tragen. »Es wird gut bezahlt.«

»Ach so?« sagte der Alte. »Wer zahlt's denn?«

»Der liebe Gott.« Sie schrie kurz auf, weil sie sich den Ellenbogen an der Tür gestoßen hatte. »Für jedes abgeschlagene Doppelbett gibt's eine Flasche Rotwein und einen schönen Traum.«

»Ein gutes Geschäft!« sagte der Alte. »Wär' ich noch jung, ich ließe mich selber noch einstellen für diese Doppelbettabschlagerei.«

»Nur los!« sagte die Billerton und löste lachend die Bettladen auseinander. »Es ist nie zu spät.«

Lina hörte das Lachen. Es hallte bis zum Zaun herüber. Sie lächelte mit, ohne zu wissen, um was es ging, und ohne die Augen zu öffnen. Die Sonne stand im Zenit und strahlte mit voller Inbrunst herunter. Ein wenig zuviel vielleicht? Sie war mit der Billerton losgezogen, um Martin Ragge zu vergessen, und die Glut des Mittags weckte die Erinnerung an ihn. Einmal wachend, einmal schlafend, so zog sie durch die Welt, aber jetzt war wieder einmal die Zeit gekommen zu schlafen, und es paßte ihr nicht, daß das Bild des Mannes gegen ihren Wunsch in ihr auftauchte, seine scharfen grauen Augen und der schöne runde Hinterkopf.

Sie war mit Herrn Gade ein paar Wochen im Gebirg gewesen. Das war die neue Vereinbarung, um alljährlich eine Weile mit Jane zusammenzusein. Und als sie das Kind wieder dem Vater und der Hansemann überlassen hatte, um abermals ihre eigenen Wege zu ziehn, hatte sie Martin Ragge kennengelernt. Er lebte seit Jahren in dem kleinen bayerischen Fremdenort. Er hatte sich freiwillig vor der großen Welt zurückgezogen und war stolz darauf, daß er trotz seiner großen Erfolge als Architekt jenseits des Betriebs angelangt war. Wenn er mit ihr durch die Einöden seines Tales wanderte, begrüßten ihn die Leute wie ehedem ihren Fürsten. Es waren ein paar gute Wochen gewesen, Rast und Verzauberung.

Aber die anderen Männer, denen sie seit Feuz begegnet

war, hatten sich begnügt, wenn sie wieder ihre eigenen Wege gegangen war. Fritz Gwinner hatte sich mit seinen Zettelchen begnügt, Ludwig Rufin mit seinem »Dank für das pure Dasein«. Mit Martin Ragge dagegen war's zu einer Tragödie gekommen. Ach, die eitlen männlichen Tragödien, die zerstörerischen Beschimpfungen zum Schluß! Es wurde eine Hingabe verlangt, die nimmer möglich war. Man wollte festhalten, was nimmermehr sich halten ließ. Schließlich hatte sie die Billerton zu Hilfe rufen müssen, damit der Kolibri sie wegtrüge, sonst wäre es noch zu Mord und Totschlag gekommen.

»Talfigur!« Es war ein böses Wort, womit sie den Vierzigjährigen verabschiedet hatte. Aber warum zwangen einem auch die Männer immer wieder ihre falsche Überlegenheit auf, wenn man wirklich einmal Rast und Verzauberung bei ihnen gefunden hatte? »Talfigur!« Sie schämte sich jetzt noch für ihn, wenn sie an seine Wut dachte, aber stimmte es denn nicht? Betriebsmenschen oder Talfiguren, die beiden letzten männlichen Möglichkeiten! Vorbei, vorbei.

Indessen, es war unpassend, daß die Hitze des Mittags einen so stark daran erinnerte. »Nicht jetzt, meine liebe Sonne!« sagte sie leise vor sich hin. »Jetzt ist eine andere Zeit gekommen, meine liebe Sonne! Einmal Tag und einmal Nacht, du weißt es doch von deinem eigenen Wandel?« Es war ein dummes kleines Gebet, aber es half. Sie wurde wieder frei, unbeschwert wie zuvor. Sie drehte sich halb auf die Seite und schlief ein.

Als die Billerton zurückkehrte, merkte sie schon von weitem, daß sie ihr Abenteuer mit dem alten Kavalier nicht anbringen konnte. Die Zimmer waren gerichtet, das Mittagessen war bereit, aber Lina schlief.

Nein, sie konnte die friedliche Frau im Gras nicht wecken.

Auf den Zehenspitzen näherte sie sich und schaute lange Zeit auf sie. Dann hockte sie sich leise daneben und wartete.

Drüben blinkten die Mieminger im Neuschnee. Drunten durchzog der Inn das alte Weiberangesicht. Und die vielen Enzianflecken ringsum! Die Junge heulte ein wenig. Und gleichzeitig mußte sie selber lächeln über ihre Schwärmerei für die Schläferin in der Sonne.

7 Sie stammte aus Kanada, der Vater ein Engländer, die Mutter eine Deutsche. Sie war zweisprachig erzogen worden und dachte auch in zwei Sprachen. Wenn der Propeller rauschte oder die Hawaigitarre wimmerte, war's ihr »a nice music«. Aber sie saß auch in jedem Beethovenkonzert, das sie erwischen konnte, und Lina war ihr »ein Mensch, der die Musik hat in ihm selbst«.

Die Eltern waren bei einem Autounfall umgekommen, gemeinsam. Sie war damals sechzehn Jahre alt gewesen, das einzige Kind, dünn und weizenblond. Der Vater am Steuer war sofort tot gewesen. Die Mutter hatte mit gebrochenem Kreuz noch drei Tage gelebt. Aber die Ärzte hatten ihr genügend Morphium gegeben, so daß sie nicht mehr litt, und Anna hatte ihre Hand gestreichelt, während sie phantasierte.

Lauter deutsche Dinge hatte sie phantasiert, trotzdem sie seit Jahrzehnten nimmer in der schwäbischen Heimat gewesen war. »Bis an dein kühles Grab, wenn die Trompeten blasen, sie hat die Treu gebrochen, das Ringlein sprang entzwei, o du lieber Augustin, wie grün sind deine Blätter, weißt du, wieviel Sternlein stehen …«, bis es endlich vorüber gewesen war.

Seitdem kannte die Tochter neben ihren zwei Sprachen auch zwei Menschenklassen, die obere und die untere. Der

Vater war ein guter Chirurg gewesen, aber ein schlechter Sparer. Die Hilfe der Onkel und Tanten wies sie zurück. Schnell geriet sie in die Klemme. Aber heute, zehn Jahre nach jenem Schlag, wußte sie, daß gerade diese zweifache Erfahrung des Lebens ihr Glück ausgemacht hatte, der Sklavenmarkt nach der guten Kinderstube.

»Bei den beloved Eltern, bei den beloved Tanten«, sagte sie zu Lina, »ich wäre geworden als eine langeweilige Pianospielerin, als eine zänkische Hühnerzüchterin, or like one of this äffische Kinderpuderstreuerinnen, you see. Aber ohne das alles, ohne meine beloved Leute, ohne meine Gentleman-Pa and Goethe-Mutti, ich wäre geworden eine Mob, eine Pöbel, eine von unsere awful Ellenbogenwomen und ewig neidische Minderwertigkeitskomplexlerinnen, you see.«

Ihre Heirat allerdings gehörte ganz und gar zu der pöbelhaften Seite ihres Lebens. Das war eine Sache jenes Sklavenmarktes gewesen, auf den sie während ihrer kurzen Laufbahn beim Film geraten war. Nach ihren eigenen Worten war's eine »modern-moral-Ehe« gewesen, mit grellem Bewußtsein durchgeführt. Sie hatte sich »eine alte kalifornische Geldbeutel« gefischt, einzig und allein, um zur schnellen Scheidung und zur großen Abfindungssumme zu gelangen.

Aber als dann das Geld erobert war, drang wieder das andere in ihr durch, »Gentleman-Pa and Goethe-Mutti«. Die Karriere war gemacht, doch sie war unverletzt geblieben, selbstbewußt genug, um sich von dem Betrieb des Mobs, des reichen und des armen, loszulösen und ihr eigenes Leben zu suchen. Vorerst waren's die leeren Lüfte, denen sie sich hingab. Der Teufel wußte, was noch kommen mochte. Sie war frei und bereit ...

Allmählich wurde diese Warterei im Gras fad. Sie puderte

sich, sie räusperte sich. Sie klatschte schließlich in die Hände und schrie: »Die Sonne fällt herab!«, und Lina fuhr erschrokken hoch.

Sie aßen am Küchentisch, Eier mit Speck, Butterbrot mit Brunnenkresse, Nani gab das sonntägliche Geschirr. Der Alte stand am Herd und sagte: »Wohl zu speisen!« Der Idiot war nicht zu sehn und zu hören.

Nach dem Essen ging die Billerton ins Inntal, um Rotwein für den Alten zu kaufen, und Lina ging mit. Sie tranken Kaffee in dem Wirtshausgarten und fütterten die Hühner mit dem altgebackenen Kuchen.

Danach kaufte die Billerton eine Flasche Enzian, fünf Flaschen Rotwein, eine dicke Salami, zehn Ansichtskarten, einen Haufen Schokolade, Haselnüsse und Rosinen. »Du bist ja verrückt«, sagte Lina.

Aber die Junge ließ sich nicht abhalten. »Hast du noch Geld?« fragte sie auf englisch, während der Krämer die Pakete richtete. »Falls du mich bald wegschicken willst?« Lina lachte. Ihre »Schülerin« riet gut. Sie verspürte wirklich Lust, eine Zeitlang ganz allein zu sein, und hatte nur noch zwanzig Mark in der Tasche. »Keine Sorge«, erwiderte sie, »Geld wie Heu.«

Aber die andere spürte die Lüge und zwang ihr, noch ehe die Pakete fertig waren, einen Pump von zweihundert Mark auf. »Für alle Fälle!« sagte sie. »Sonst zögerst du, mich zu entlassen ...«

Die Stimmung bei der »romantic Kneipe«, die abends in Brux stattfinden sollte, war zuerst ziemlich unglücklich. Die Billerton sagte zwar zu dem Alten, der Rotwein wäre sein gesetzliches Honorar für das Abschlagen der Doppelbetten, aber er saß lustlos und wortkarg da, im schwarzen Kirchenrock wie zu einer Steuerberatung, und trank eine ganze Stunde lang an seinem ersten Glas herum. Und Nani verzog sich mit ihrem Wein und ihrer Schokolade in die dunkle Ecke hinterm Ofen, auf ihren Winterplatz, und rieb sich den Rükken an den ungeheizten Backsteinen, als wär's November. Sie schaute aufmerksam zu den drei Menschen unter der Tischlampe hinüber und war bereit, mitzulachen, wenn gelacht würde, aber es wurde nicht gelacht.

Lina ärgerte sich, weil die Billerton nach Felix fragte, dem Idioten. Der wäre, behauptete der Vater, bis zum ersten Schuljahr ein kluges Kind gewesen, erst der Hufschlag eines durchgebrannten Pferdes hätte das Unheil gebracht. Jedoch er wäre sanft und still, völlig ungefährlich. Er spräche kein Wort, aber er wäre ein guter Arbeiter im Wald und im Feld. Zufrieden schuftete er den ganzen Tag vor sich hin und lachte sein blödes Lachen. Nur alle vier Wochen, beim Mondwechsel, würde er laut. Dann tanzte er wie ein Betrunkener und lallte wirres Zeug. Dann müßte man ihn einsperren, sonst liefe er vom Hofe weg, weiß Gott wohin. Doch nach drei Tagen wäre es wieder vorüber, dann verstummte er wieder und ginge an seine Arbeit und machte nur hie und da »Hui, hui, hui!«

Lina sprach kein Wort. Ihr war die amerikanische Indiskretion der Freundin ebenso zuwider wie die tiroler Fremdenverkehrsunterwürfigkeit, mit welcher der Alte Auskunft gab. Die Billerton tat's wohl nur, um sich zu vergewissern, ob sie die Freundin unbesorgt in Brux zurücklassen könnte? Es war rührend von ihr, ebenso rührend wie ihr Verständnis für das plötzliche Einsamkeitsbedürfnis ihrer »Lehrerin«, aber es war lächerlich, den Abschied vorzubereiten wie die Reise eines kleinen Mädchens in ein Internat. Und der Alte empfand sein Unglück als eine Schande, anstatt zu sagen: »Man hat mich verfolget von Jugend auf, aber man hat mich nicht übermocht«, oder: »Mein Sohn ist nicht schlechter als du mit deinem bankerotten Verstand.«

»Er ist nicht schlechter als du mit deinem bankerotten Verstand«, sagte Lina, als die Junge nicht aufhörte, den Alten auszuquetschen.

»Prost!« erwiderte die Billerton und wurde knallrot, während sie ihr Glas ansetzte, um es in einem Zug hinunterzuschütten.

»Prost!« sagte auch der Alte und trank Lina zu, während Nani in der Ofenecke dachte: »Endlich trinken sie, endlich erzählen sie sich gute Witze.«

Die Billerton entkorkte trotz des allgemeinen Widerspruchs die zweite Flasche. Sie opferte sich. Sie ließ sich den Wein in den Kopf steigen. Die anderen blieben nüchtern, aber ihr glückte es, sie schwätzte und lachte und betrank sich. »My dear Rofaner«, sagte sie zu dem Alten, »My dear Jack of Brux, my dear grandfather and Doppelbettenabschlager!« Sie stand auf, es war eine Rede. »Du hast eine Gott, ich habe keine Gott. Das ist eine gewisse Differenz zwischen uns beide, ganz bestimmt. Aber weil du eine Gott hast, so hast du eine Sohn vom Mond, eine heilige Mondsohn, und weil ich keine Gott hab, so hab ich eine bankerotte Verstand und eine böse Lehrerin, und die ist auch from the moon, eine wirkliche Mondtochter: Also trinken wir beide trotz unsere Differenz dennoch zusammen auf die gleiche Mond, prost!«

Der Alte verstand die Rede nicht, aber er lachte mit der fremdländischen Frau, die aus den Lüften zu ihm herabgekommen war, und stieß mit ihr an. Dann stieß er auch mit Lina an und sprach: »I bin an olter Hirsch, ihr seid's zwa junge Reh, die Reh flieg'n auf zum Himmel, der Hirsch, der humpelt übern Schnee.« Die Billerton schrie vor Begeisterung, weil sie merkte, daß es sich reimte, obgleich sie die einzelnen Worte nicht verstand. Und Lina griff den Spruch auf und sagte: »Die kömmen nimmer z'sammen, der Althirsch und die Reh, bis daß der Himmel niederstürzt, dann ruhen's z'sammen unterm Schnee.« Sie sprach's in ihrem Vomper Dialekt, und der Alte, der zum erstenmal den rauhen heimatlichen Kehllaut von ihr hörte, blickte entzückt auf sie.

Die Billerton fing den Blick auf. »Wenn du dreißig bist«, sagte sie zu dem Alten, »und wenn du zwanzig bist«, sagte sie zu Lina, »und wenn Vomp und Brux der gleiche Platz ist, zum Beispiel Vancouver, meine Heimatsplatz, und wenn also Tirol in Kanada liegt und Kanada in Tirol, und wenn der liebe Gott nicht weggegangen ist von die Menschen, und wenn statt dessen nicht die bankerotte Verstand gekommen ist und die Maschine und die arbeitslose Männergeschlecht, dann gebt ihr zwei wirklich noch eine wunderbare Liebespaar und Ehepaar – so einfach ist das Leben gemixt, you see!«

»Ganz einfach«, sagte Lina und stieß lachend mit der Beschwipsten an.

»So einfach«, sagte der Alte und schaute auf Lina, während sie trank.

8 Wochenlang war schlechtes Wetter gewesen, bevor der Kolibri zu seinem Alpenflug gestartet war. Auch am ersten Flugtag war die Lage noch unsicher gewesen, trotz der Bläue, die über dem Neuschnee der Gipfelzüge gelagert war. Und als man die »romantic Kneipe« endlich abbrach und vor den Kordelhof trat, zweifelte selbst der Alte noch, ob's ein trügerischer Föhn oder ein wirklicher Umschwung war, was die Sternbilder so klar blinken ließ, als hingen sie an Schnüren herab. Die Billerton wettete, daß der Kolibri über Nacht bis an die Flügel eingeschneit würde, so daß man ohne Kufen nicht mehr von der Terrasse abkäme. Jedoch am nächsten Morgen hatte der Hochdruck deutlich gesiegt.

Lina war froh. Sie konnte es kaum erwarten, daß die Freundin wegflog. Vielleicht, daß die arme junge amerikanische Seele, so selbstverständlich sie auch die Laune hinnahm, tieftraurig war über den plötzlichen Abschluß der gemeinsamen Luftreise? Aber so stand es nun einmal! Es war schon fast ein Jahr her, daß sie Jane dem Vater zurückgegeben hatte. Herrn Gades Versöhnung hatte sie angenommen, doch sein Angebot, selber zu ihm und dem Kind zurückzukehren, hatte sie nicht anzunehmen vermocht. Indessen, sie hatte Jane nicht geopfert, um mit der Billerton den neuen Frauenstaat zu gründen, nein, nein. Entweder sie kehrte wirklich zu Vater und Kind zurück, oder sie blieb eine Weile allein, »wandernder Fremdling, der schauet« – es gab keine andere Wahl.

Sie pflückte ein paar Enziane, während die Freundin sich startbereit machte. Der Alte riß ihr aus seinem Kalender ein Blatt, das ihr gerade paßte. Da hinein wickelte sie die kleinen Stiele und steckte den Büschel zwischen die Polster des leeren Passagiersitzes. Bei ihrer nächsten Landung sollte die Billerton es finden. Auf dem Kalenderblatt stand:

Im Atemholen sind zweierlei Gnaden,
die Luft einziehn, sich ihrer entladen.
Jenes bedrängt, dieses erfrischt.
So seltsam ist das Leben gemischt.
Du danke Gott, wenn er dich preßt,
Und danke ihm, wenn er dich wieder entläßt.

Und darunter mit Bleistift gekritzelt: »Wir sehn uns wieder, Dank für die zweihundert Mark, Lina.« Sie verstaute es unbemerkt, dann trat sie zu dem Alten zurück und wartete mit ihm auf den Start.

Die Billerton ließ den Motor an, dann drosselte sie ihn wieder ab. »Schick mir zwei Telegramme, wenn du willst!« schrie sie. »Eines zu Cook nach Rom, eines zu Cook nach Madrid, ich weiß selbst noch nicht genau ...«

»Alright«, rief Lina.

»Ein einziges Wort genügt!« schrie die Billerton. »Entweder ›Wowo‹, wenn ich dich wieder abholen soll, oder ›Wiwi‹, wenn ich Geld schicken soll, do you understand?«

»Wauwau«, schrie Lina und lachte.

Die Billerton winkte dem Alten, er sollte ein Stück mit ihr fliegen. Zuerst deutete sie auf ihn selber, dann auf den leeren Sitz im Kolibri, dann zum Äther hinauf.

Der Alte erwiderte mit einer Geste, die nicht mißzuverstehn war. Seine nächste Reise ginge in entgegengesetzter Richtung, bedeutete er. Er wies zuerst auf sich selber und danach auf die Erde.

Die Billerton schüttelte heftig den Kopf, dann warf sie Lina eine Kußhand zu und gab Gas. Der Kolibri rollte an und stieg.

»Wohin fliegt sie?« fragte der Alte und verfolgte mit gerecktem Hals die kühne Route, die der Kolibri zwischen den Massiven nahm.

»Von einer Leere in die andere Leere«, erwiderte Lina. Die Einsamkeit der Freundin tat ihr weh, die eigene Einsamkeit beseligte sie.

Sie wandte sich und ließ den Alten stehn. Vor dem Haus stand Felix. Er starrte in die Luft und machte: »Hui! Hui! Hui!«, ohne sie zu beachten.

Es kamen ein paar verzauberte Wochen. Das Wetter hielt, die Sonne stieg, die Schneegrenze an den Halden wich zurück. Die Wiesen wechselten aus dem schüchternen Grün mit den Enziantupfen ins sommerliche Grün, satt und gelbgefleckt. Der Alte hätte nichts gegen einige Regengüsse gehabt, denn es hieß: »Nasser Mai, bringt Brot und Heu«, aber Lina zuliebe freute auch er sich an der Trockenheit.

Sie kaufte sich von den zwanzig Mark, die sie außer dem Pump der Billerton noch besaß, ein Paar feste Schuhe bei dem Schuster im Inntal. Solange sie in Brux blieb und sich im Kordelhof nährte, Milch und Butter, Speck und Eier, Maisbrot und Kartoffeln, brauchte sie höchstens zwei Mark im Tag. Hundert Mark wechselte sie in Schillinge, hundert Mark gab sie dem Alten in Verwahrung, ihre letzte Reserve. Geld genug, zu wandern und zu schauen.

Geld genug auch, um zuweilen dem Alten etwas mitzubringen, eine kleine Freude, wenn die Strolcherei durch Ortschaften führte, in denen es etwas Besonderes zu kaufen gab. Aus dem Kloster Stams brachte sie ihm ein rotes wächsernes Herz mit. Von der zweitägigen Tour in die Mieminger Berge, zur Igelscharte, zu Fenns Grab, brachte sie ihm eine Tüte Mieminger Lebkuchen mit, weil er gern Süßes aß.

»Bischt a Verschwönderin!« Er drohte ihr mit dem Finger und wurde rot dabei.

»Weg mit dem schiachen Geld!« erwiderte sie lachend. »Alles z'sammen muß weg von mir!«

Der Mond wurde voll, der Alte wurde nervös, Felix war mehrere Tage nicht zu sehn. Aber sie erkundigte sich nicht nach ihm, sie hütete sich, sie war von der Vomper Kindheit her an diese Geheimnisse gewöhnt. Je schöner das Tal, je abgeschlossener der Hof, je älter das Blut, um so häufiger kam's vor. Die Eltern führten's auf einen Sturz oder Schlag zurück. Die Ärzte nannten's Idiotie oder Epilepsie. Den Städtern war's eine Seltenheit, denn sie trieben keine Inzucht, sie waren zu klug dazu. Aber vielleicht, war's wirklich der Mond, der sich diese Opfer holte? Und die Klugen, die ihm nicht mehr opferten, waren sie denn besser dran? Ihre klugen Seelen hatten ihren Mond verloren.

Es war nach Mitternacht, und sie hatte schon mehrere Stunden tief geschlafen, als sie's zum erstenmal hörte. Sie fuhr hoch und wußte nicht gleich, was es war. Der Flur und die ganze Tenne mit den beiden Heustöcken lag zwischen ihrer Stube und der Kammer des Idioten. Merkwürdig genug, daß es sie geweckt hatte, denn es war nur ein leiser Gesang, zart, weither. Sie saß aufrecht im Bett und lauschte. Dann lockte sie's, und sie schlich im Nachthemd über den Flur. Sie öffnete die Tennentür, um die Worte zu erfassen. Aber es waren keine Worte. In der Tenne hörte man, daß es nur sinnlose Laute waren, rhythmisch wechselnd, einmal eine Klage, einmal eine Lust.

»Quasdara woje,
Dschasdara woje,
Holikoloo ko-ko-ko?
Gurilan? Gurilan?
Niji-nijan?«

Das war die Klage. Dann war's ein paar Minuten still, eine tiefe Mondstille. Dann hub's wieder an, lichtvoll beschwingt.

»Hele wegenke,
Mele pelenke,
Farimabari kwa-kwa-kwa!
Gurilan! Gurilan!
Niji-nijan!«

Lange stand sie und hielt den Atem an. Es kamen ein paar sanfte Jodler, hoch hinauf, absterbend in der Höhe, und dann immer wieder das gleiche: die Klage, die schwere Pause, der Triumph. Sie schloß behutsam die Tennentür, tastete sich in ihre Stube zurück und schlief sofort wieder ein, traumlos und tief.

»Hascht mei' Hausmusik g'hört, heut nacht?« fragte der Alte am anderen Morgen.

»Wunderschön hat's g'klungen«, sagte Lina und verzehrte mit Appetit ihr Frühstück.

»Gell klingt woll wunderschön«, sagte er melancholisch und schnitt ihr das Brot.

»Irnschthaft, Vater, wunderschön.«

»Woll, woll«, brummte er und brach das Thema ab. »Bald'st ihm sein Frieden laßt, macht er ja nix.«

Nein, er glaubte ihr nicht, daß sie's schön fand, und konnte nicht ahnen, daß es ihr etwas bedeutete. Dreimal weckte sie der Gesang nach Mitternacht, dreimal schlich sie zur Tennentür, um zu lauschen. Dann war's vorüber, Felix erschien wieder. Er tat wieder seine Arbeit, stumm wie zuvor, nur hie und da sein blödes Lachen. Die Mahd begann, er war ein fleißiger Mähder, oft sah sie in den nächsten Wochen ihm verstohlen zu. Gelassen schwang er seine Sense an dem steilen Hang. Im sanften Takte ging es hin und her. Die Blumen fielen, und er lächelte dazu. Die roten Stoppeln seines Bartes leuchteten in der Sonne. Und eines Tages borgte sie sich von dem Alten Tinte und Papier und schrieb den Brief an Fräulein Hansemann.

»Liebes Fräulein Hansemann«, schrieb sie, »ich vergaß bei unserem letzten Abschied, Ihnen etwas zu sagen. Jane kennt ein Märchen, das heißt ›Frieda im Glück‹. Es müßte mich wundern, wenn sie's Ihnen oder dem Vater nicht schon erzählt hätte? Aber jedenfalls wird sie sich erinnern, wenn Sie davon anfangen. Es ist eine Art ›Hans im Glück‹, nur daß der Hans hier Frieda heißt, und auch die Tauschgeschäfte sind ein wenig anders. Die Frieda tauscht ihr Schloß gegen ein Roß und so weiter, Jane wird's Ihnen berichten, und zum Schluß tauscht sie ihr Letztes, ihr Kind, gegen das Lied von einem Vogel. Sagen Sie doch bitte Jane, das Märchen ginge nun doch noch weiter, anders als in Feuz. Die Frieda bekommt ihr schönes Vogellied, aber sie läuft nicht über alle Berge damit, wie's in Feuz hieß, sondern sie kehrt damit in den dunklen Wald zurück, wo sie ihr Kind zurücklassen mußte, und sie findet wirklich wieder ihr Kind und lehrt es nun auch das schöne Vogellied, so daß sie's zusammen singen können. Sehn Sie, mein liebes Fräulein Hansemann, das wird der richtige Schluß für dieses Märchen sein, und auch der Schluß meiner Reise, sehr bald schon, nächste oder übernächste Woche. Grüßen Sie Herrn Gade, küssen Sie Jane, nehmen Sie meinen Dank.«

Sie trug den Brief schnell zur Post ins Inntal hinunter, ohne ihn noch einmal durchzulesen. Seit Janes Geburt, als man ihr das kleine Wesen aus ihrem Leib zum ersten Mal in den Arm gelegt hatte, war die Wallung ihrer Seele nicht mehr so mächtig gewesen wie bei diesem Entschluß, zu dem Kind und seinem Vater zurückzukehren. Und sie hatte Angst, daß die alten Zweifel und Ideen wieder in ihr hochkommen könnten, wenn sie sich lange besann, die klugen Gedanken, die den Mond der Frauenseele töteten, die apokalyptische Stadt, der Männerbankerott, die Verwunschenen und Versumpfenden. Felix hatte es in ihr ausgelöst, zuerst sein Gesang, dann seine stumme Wallfahrt übers Gras in den letzten Wochen – das war's, was sie ergriffen hatte, mitleidige Liebe zu ihm, Liebe zu aller Welt, Liebe vor allem zu Jane, jene vollendete Wallung der Liebe, für welche die Menschen lebten und starben. Nun keine Besinnung mehr, schnell ins Inntal hinunter! Sie rannte den steilen Hohlweg hinunter wie gehetzt und war völlig verschwitzt, als sie den Brief in den Kasten warf. Nun war er weg, die weite Reise war zu Ende, sie hatte das Lied und hatte das Kind.

Nur, daß der Alte traurig war, als sie ihm die Abreise mitteilte. Aber sie würde bald zurückkommen, versicherte sie ihm, vielleicht schon im Herbst, vielleicht ein Besuch mit dem Kind und seinem Vater. Und sie würde noch drei, vier Tage bleiben, sagte sie, um noch ein bißchen beim Heuen zu helfen.

In Wirklichkeit blieb sie nur, weil der Mond wieder voll wurde. Sie wollte zum Abschied noch einmal Felix hören, das Lied, dem sie's verdankte. Doch das verriet sie dem Alten nicht.

»Gurilan? Gurilan?
Niji-nijan?«

Zwei Nächte lang lauschte sie wieder an der Tennentür. In der dritten Nacht schlich sie auf den Zehenspitzen bis an den Verschlag der Kammer. Sie schob leise die Luke neben dem Heustock zurück, und der Mondschein ergoß sich in die Tenne. Sie stand still und lauschte.

»Hele wegenke,
mele pelenke,
Farimarbari kwa-kwa-kwa!«

Nani hatte ihr erzählt, daß man die Fensterbalken der Kammer mit Eisenstangen verrammelte, bevor man ihn einsperrte. Er hätte zwar noch niemals einen Versuch gemacht, das Fenster oder die Tür zu öffnen, aber nach der Meinung der Leute durfte er während seines Anfalls kein Mondlicht sehn. Es war ein alter Aberglaube. Also war's ganz dunkel dort drinnen? Und er fühlte den Mond und sah ihn nicht?

»Quasdara woje,
Dschasdara woje,
Holikoloo ko-ko-ko?«

Ja, er litt, weil er den Mond nicht sah, man hörte es. Vielleicht kam alles nur daher, weil ihn die abergläubischen Leute von dem magischen Licht trennten? Er lächelte so sanft in den gesunden Tagen, man brauchte ihn nicht zu fürchten und zu quälen.

»Gurilan? Gurilan?
Ho-dulijo-duliju?«

Der zarte kleine Jodler erlosch in der Höhe. Sie schob den Riegel von der Tür zurück und öffnete die Kammer. Ein kleiner Schein fiel hinein. Konnte er es sehen? Eine Weile blieb es drinnen still. »Gurilan?« kam's dann ganz leise.

»Sieh'scht ihn, dein' Mond?« flüsterte sie vor sich hin, vorsichtig genug, daß er's nicht hören konnte, und schlich in den Schatten des Heustocks zurück.

»Gurilan?« kam's wieder nach einer Weile, ohne daß sich in der Kammer etwas rührte.

»Ja, der Gurilan«, hauchte sie vor sich hin. »Schön, gell?«

Da kam er langsam aus der Kammer heraus, ohne sie zu sehn, und stellte sich an die Luke.

Lange schaute er auf die beleuchteten Gefilde, eine Ewigkeit lang, stumm. Dann trat er zum Tennentor und schob die Torflügel zurück. Jetzt konnte er das Gestirn selber sehn.

War's eine Dummheit gewesen? Sie bekam Angst um den kranken Mann, doch sie wagte nicht mehr, sich zu rühren.

Indessen, er ging nicht fort. Er blieb verzückt auf der Schwelle stehn. Er hob die Arme und sang: »Gurilan«, inbrünstiger als je.

Sie hatte Tränen in den Augen. Durch das offene Tor konnte auch sie den Mond sehn, den vollen Lichtball über den Gipfeln. Die roten Stoppeln in dem begeisterten bleichen Gesicht erglänzten von dem starken Schein. Es war jene nachmitternächtliche Schönheit der Welt, die einem die dritten Tränen entlockte, jenseits von Freude und Schmerz. Und wieder war's eine Ewigkeit, bis er sich endlich wandte, um in seine Kammer zurückzugehn.

Sie war glücklich, daß sie den Aberglauben der Leute gebrochen und das Mondlicht hereingelassen hatte. Sicherlich, es war gut für ihn. Es war ihr Dank für die mächtige Wallung der Liebe, zu der er ihr verholfen hatte, ohne es zu ahnen.

Aber er ging nicht in seine Kammer zurück. Er ging zum zweiten Heustock, an dessen Gebälk die Rechen und die Sensen hingen. Er holte sich seine Sense herunter.

»Nein, nein«, flüsterte sie. Er wollte zum Mähen gehn, er war irr. »Morgen wird gemäht«, sagte sie und trat aus dem Schatten, »heute wird geschlafen.«

Er sah sie nicht und hörte sie nicht. Er schulterte die Sense wie in den gesunden Tagen und ging zum Tennentor.

Sie dachte an den Alten, nahm ihren Mut zusammen und

lief zu ihm. In dem harten Ton, in welchem der Vater und die Schwester mit ihm sprachen, redete sie ihn an. »Ins Bett, Felix, geh in dei' Kammer z'ruck!« sagte sie und nahm ihn beim Arm.

»Gurilan!« schrie er entsetzt, riß die Sense von der Schulter und stieß ihr die Sensenspitze in die Brust.

Sie fühlte, wie das Eisen durch das Fleisch drang, zwischen den Rippen ins Herz. »Oh?« stöhnte sie erstaunt und sank langsam am Heustock nieder.

»Gurilan?« sagte er sanft und blickte auf sie, bis sie verschieden war. Dann schulterte er die Sense und schritt gemächlich den mondbeglänzten Hang empor.

D. H. Lawrence
BAYERISCHE ENZIANE

Nicht jeder hat Enziane im Haus
im weichen September, am stillen, traurigen Michaelitag.

Bayerische Enziane, groß und dunkel, dunkel vor allem,
sie verdunkeln den Tag wie Fackeln mit dem qualmenden
Blau aus Plutos Glut,
gerippte, aufrechte Höllenblumen mit ihren Dunkelflammen
aus Blau,
zu flachen Spitzen gedrückt vom schweren weißen
Lufthauch des Tages.

Fackelblumen des blauqualmenden Dunkels,
Plutos dunkelblaue Flammen,
schwarze Lampen aus den Sälen von Dis,
mit dunkelblauem Qualm
breiten sie Dunkel, blaues Dunkel über Demeters
blaßgelben Tag –
wen sucht ihr hier, im weißübergossenen Tag?

Reicht mir einen Enzian, gebt mir eine Fackel!
Mich selbst will ich führen mit der blauen,
gezackten Blumenfackel
die immer dunkleren Stufen hinab, wo Blau im Blau
sich verdunkelt,
wohin Persephone geht, gerade jetzt,
im ersten Septemberfrost,
in das blicklose Reich, wo Dunkel sich dem Dunkel vermählt
und auch Persephone nur noch Stimme ist, als Braut
eine unsichtbare Glut, umfangen vom tieferen Dunkel
in Plutos Armen, wenn er sie wieder nimmt
und sie noch einmal durchbohrt mit seiner Lust
äußersten Dunkels,
unter der Pracht schwarzblauer Fackeln,
die ein unergründliches Licht
auf die Hochzeit werfen.

Gebt mir eine Blume auf hohem Stiel
und drei dunkle Flammen,
denn ich gehe zu der Hochzeit, bin Gast
bei der Vermählung des lebendigen Dunkels.

(Deutsch von Stefan Weidle)

Roland Flade

MAX MOHR (1891–1937) – eine biographische Skizze

Im Sommer 1936 erhielt Thomas Mann im amerikanischen Exil einen Brief von einem anderen deutschen Emigranten. Geschrieben hatte ihn am 30. Juli der 44jährige Arzt und Schriftsteller Max Mohr – in Shanghai. »Es ist eine wunderbare Arbeit in der Tropenhitze«, berichtete der in Würzburg aufgewachsene Mohr mit ironischem Unterton. »Zwischen Cholera und Lepra, und wenn man einen neuen Wurm in einem Chinesenkind-Exkrement am Mikroskop entdeckt hat, schreibt es sich wirklich gut.«

Tagsüber arbeitete Mohr in seiner Praxis, nachts, wenn er nicht zu Patienten gerufen wurde, revidierte er sein Romanmanuskript *Das Einhorn*, das er aus Deutschland mitgebracht hatte. Darin geht es um die Frage, wie ein Künstler in einer Welt leben kann, in der Gleichschaltung und Wurzellosigkeit herrschen. »Wohin mit den 400 Seiten, wenn sie 1936 fertig werden, ahne ich noch nicht«, schrieb Mohr. Ein Jahr später starb er, doch die Arbeit am Roman war noch immer nicht abgeschlossen. Das fragmentarische Manuskript wurde erst sechs Jahrzehnte später von seinem Enkel, dem Filmregisseur Nicolas Humbert, rekonstruiert.

Max Mohr war bis vor kurzem der große Unbekannte unter den Würzburger Literaten, obwohl er zwischen 1920 und 1933 teilweise sehr erfolgreiche Theaterstücke und mehrere Romane verfaßte, dazu Essays, Novellen und Hörspiele. Doch Mohr war Jude, und seine Werke fielen nach 1933 der Vergessenheit anheim. Erst vor rund zwei Jahrzehnten gab es in Würzburg und anderen Städten einzelne Versuche, den

Schriftsteller wieder bekannter zu machen. Daß im Jahr 2020 sein 1933 erstmals veröffentlichter Roman *Frau ohne Reue* im Mittelpunkt der Aktion »Würzburg liest ein Buch« steht, dürfte den lange überfälligen Durchbruch in der Mohr-Rezeption zumindest für Würzburg bringen.

Max Mohr kam am 17. Oktober 1891 in der Domstadt zur Welt. Seine Eltern waren der 1855 in Höchberg geborene Malzfabrikant Leon Mohr und dessen Frau Jeanette, die sich ab 1918 Johanna nannte. Leon Mohr hatte seine Frau, die Tochter eines Windsheimer Hopfenhändlers, wahrscheinlich durch berufliche Kontakte kennengelernt. Zwei Jahre vor Max' Geburt war dessen Schwester Irma mit sieben Jahren gestorben; die Schwester Hedwig war acht, als Max zur Welt kam.

Die Malzfabrik in der Alten Kaserngasse (heute Kasernstraße) 16 im Mainviertel hatte Max Mohrs Großvater Moritz Mohr 1871 nach seiner Übersiedlung aus Höchberg erworben; er und seine Familie wohnten in einem Barockgebäude, das aus dem zweiten Jahrzehnt des 18. Jahrhunderts stammte und auf dem gleichen Grundstück stand. Der »Frankensteinsche Hof« war nach einem Dompropst benannt, dem das Anwesen ab 1757 zeitweise gehört hatte; das Haus verfügte über ein herrschaftliches Stiegenhaus, das in die »Bel Etage« führte, sowie einen Obst- und Blumengarten.

In Nebengebäuden im Hof befand sich die Malzfabrik, in der Getreide, vor allem Gerste, Weizen und Roggen, in Wasser eingeweicht und zur Keimung gebracht wurde. Nach einigen Tagen beendete schonendes Trocknen die Keimung, und Arbeiter entfernten den herausgewachsenen Keimling. Das so entstandene Malz war danach lagerfähig und konnte für die Weiterverwendung, vor allem beim Bierbrauen oder bei der Herstellung von Ersatz-Kaffee, geschrotet oder vermahlen werden.

Bereits 1872 verkaufte Moritz Mohr die Hälfte der Fabrik an Lazarus Adler, der in jungen Jahren in die USA ausgewandert war und die amerikanische Staatsbürgerschaft erworben hatte, dann jedoch in die alte Heimat zurückkehrte. 1873 heiratete Adler Moritz Mohrs Tochter Emilie. Als Moritz Mohr 14 Jahre danach starb, wurden sein Sohn Leon und Lazarus Adler Geschäftspartner – allerdings nicht für lange. Die Geschäfte der Fabrik, eines der größten Unternehmen Würzburgs mit jüdischen Besitzern, liefen so gut, daß Leon Mohr im Jahr 1898 in den Ruhestand gehen konnte. Zu diesem Zeitpunkt gab es in Würzburg – einschließlich der später eingemeindeten Stadtteile Heidingsfeld und Unterdürrbach – neun Brauereien, dazu zahlreiche weitere Braustätten in der näheren Umgebung. Für Absatz von Malz war also gesorgt. Für Max Mohr, der als Kind das Gelände durchstreift haben mochte, blieb die Erinnerung an die Fabrik jedoch unbedeutend. In seinen zahlreichen erhaltenen Briefen erwähnte er sie kein einziges Mal.

Max' Vater Leon Mohr erwarb als nunmehriger »Privatier« das mehrstöckige Eckhaus Rottendorfer Straße 1, in dem er mit seiner Familie ab 1898 lebte. Die Wohnung in der Nähe der Residenz mit Blick auf den Ringpark und den baumbestandenen Rennweg lag in einer bevorzugten Gegend und ließ die Enge des Mainviertels vergessen. Leon Mohr konnte indessen die vorteilhafte Wohnlage nur zwölf Jahre lang genießen; er starb bereits 1910 mit 55 Jahren; sein Grab befindet sich auf dem jüdischen Friedhof in der Werner-von-Siemens-Straße.

Nach vierjährigem Volksschulbesuch war Max Mohr im

September 1901 auf das Neue Gymnasium am Rennweger Ring gewechselt, das nur wenige Minuten von seiner Wohnung entfernt lag. Die heute Riemenschneider-Gymnasium genannte Schule vermittelte humanistische Bildung, was das Erlernen von Latein und Griechisch einschloß. Daß sein Vater ihn auf diese Schule schickte und nicht auf das von vielen jüdischen Eltern präferierte benachbarte Realgymnasium (heute Siebold-Gymnasium) könnte darauf hindeuten, daß sich Leon Mohr eine schöngeistige Zukunft seines Sohnes vorstellte. Im Realgymnasium wurde dagegen bevorzugt auf das Mitwirken im Wirtschaftsleben vorbereitet.

Im Neuen Gymnasium absolvierte Max Mohr die neun Klassen und legte im Juli 1910 das Abitur ab. Im ersten Schuljahr erhielt er in allen Fächern durchweg gute bis sehr gute Noten, und der Lehrer lobte im Zeugnis »Fleiß, Leistungen und Betragen« des Fabrikantensohns, der ein »strebsamer, ehrgeiziger, ziemlich begabter Schüler« sei. Ab dem Beginn der Pubertät äußerte sich Max Mohrs immer wieder zu beobachtende Unruhe. Im Zeugnis der vierten Klasse schrieb der Lehrer über den mittlerweile 13jährigen, daß sein Fleiß lediglich befriedigend sei; sein Betragen habe zudem »öfters Ruhe und Gesetztheit vermissen« lassen. Fazit: »Ein heller Kopf, aber oberflächlich, unruhig, zum Schwätzen geneigt und unzuverlässig in den Elementarkenntnissen.«

Max Mohr war in der neunten und letzten Klasse der einzige Jude unter seinen Mitschülern. Jüdischen Religionsunterricht erhielt er in diesem Jahr zusammen mit den jüdischen Schülern der achten Klasse von Gustav Tachauer. Dieser war ein Repräsentant der streng orthodoxen Richtung in der jüdischen Gemeinde und stand als solcher im Konflikt mit dem im religiösen Sinn »liberalen« Teil, zu dem viele erfolgreiche Geschäftsleute wie Leon Mohr gehörten. Wahrscheinlich wuchs Max Mohr also in einer Familie auf, in der jüdische Regeln – etwa in bezug auf Gottesdienstbesuch und Speisegesetze – nicht oder nur eingeschränkt eingehalten wurden, während er im Religionsunterricht auf diese Regeln eingeschworen wurde. Zudem habe sich Mohr als Jude »unter überwiegend katholischen, materialistisch und imperialistisch gesonnenen« Mitschülern nicht wohl gefühlt, schrieb ein Bekannter. Ralf Beer zitiert in seiner für dieses Nachwort häufig herangezogenen Dissertation über Max Mohrs Leben die Erinnerung eines Familienmitglieds an Mohrs Gymnasialzeit. Damals habe der Junge seine erste Jugendliebe kennengelernt, doch die Eltern des Mädchens hätten von Mohrs jüdischer Religionszugehörigkeit erfahren und den Kontakt zwischen den beiden aus diesem Grund unterbunden. Diese schmerzliche Erfahrung mag die Ursache dafür sein, daß Mohr seiner Ehefrau Käthe lange verschwieg, daß er Jude war. Auch in den erhaltenen Korrespondenzen Mohrs sind seine jüdischen Wurzeln bis auf wenige Ausnahmen kein Thema.

Als Gymnasiast der höheren Klassen entdeckte Mohr seine Leidenschaft für das Bergsteigen. Er unternahm Wander- und Klettertouren, die ihn bis in die südlichen Alpenregionen führten. Als er im Juli 1909, also in den Sommerferien, zum Klettern in die Dolomiten fuhr, teilte er dies seiner Familie nicht mit. Leon Mohr war so besorgt, daß er eine Vermißtenanzeige für seinen Sohn aufgab.

Nach dem Abitur, das vom fast gleichzeitigen Tod des Vaters überschattet wurde, beschloß Max, zunächst in Würzburg zu bleiben, hier seinen Militärdienst abzuleisten und ein Medizinstudium zu beginnen. In der Wohnung im Elternhaus lebte er nun allein mit seiner Mutter, denn die Schwester Hedwig, die 1902 den Juristen Joseph Reuß geheiratet hatte, war in jenem Jahr aus Würzburg weggezogen.

Max Mohr wählte eine besondere Form des Wehrdienstes, die es ihm ermöglichte, noch während der Zeit beim Militär das erste Semester seines Studiums zu absolvieren. Er trat als sogenannter Einjährig-Freiwilliger dem berittenen Sanitätskorps des Zweiten Bayerischen Feldartillerieregiments Horn bei, das in der Faulenbergkaserne stationiert war. Die Entscheidung ist in mehrfacher Hinsicht aufschlußreich: Die Kaserne konnte der Rekrut, wie zuvor schon das Gymnasium, von der Wohnung aus leicht zu Fuß erreichen. Max Mohr war ein passionierter Reiter, der mit seinem Vater schon früh Reitausflüge unternommen hatte; dieser Leidenschaft frönte er nun auch während der militärischen Ausbildung. Vor allem aber bedeutete der Status als Einjährig-Freiwilliger, daß sein Wehrdienst nur wenige Monate dauern würde, während die aktive Wehrpflicht gewöhnlicher Soldaten drei Jahre währte.

Einjährig-Freiwilliger durfte werden, wer die Mittlere Reife erworben hatte und in der Lage war, die hohen Ausgaben für Unterbringung, Bekleidung und Ausrüstung selbst zu bestreiten. Daher kamen nur Söhne aus vergleichsweise wohlhabenden Familien des Bildungs- und Besitzbürgertums in Frage. Dies war bei Mohr und seiner kürzlich verwitweten Mutter der Fall, wie Kirchensteuer-Unterlagen der jüdischen Gemeinde Würzburg belegen, die heute in den Jerusalemer Central Archives for the History of the Jewish People aufbewahrt werden. Die Dokumente zeigen, daß Johanna Mohr auch nach dem Tod ihres Mannes dem mittleren Bürgertum angehörte und somit in der Lage war, den Wehrdienst ihres Sohnes wie auch dessen Studium, das ebenfalls erhebliche Kosten verursachte, zu finanzieren.

Einen besonderen Vorteil erlangten Einjährig-Freiwillige dadurch, daß sie nach der einmonatigen strengen Grundausbildung noch während der restlichen Rekrutenzeit ein Studium beginnen durften. Als Mohr im März 1911 seine Militärzeit als Einjährig-Freiwilliger im Rang eines Sanitätsgefreiten beendete, hatte er daher bereits das erste Semester seines Humanmedizinstudiums an der Universität Würzburg absolviert. Danach wechselte er an die Münchner Ludwig-Maximilians-Universität. Dieser Umzug bedeutete, daß Max nun an einer Hochschule seine Studien fortsetzte, deren Medizinische Fakultät noch berühmter war als jene in Würzburg. Außerdem lag München wesentlich näher an den geliebten Bergen, so daß Klettertouren leichter zu bewerkstelligen waren. Der Kontakt zur Heimatstadt blieb jedoch erhalten; nach dem Ende der Vorlesungen des Sommersemesters 1911 kam Mohr zu einem längeren Aufenthalt nach Würzburg zurück.

Wieder in München, dokumentierte Mohr in den nächsten drei Semestern durch die zusätzliche Belegung von Kursen in nichtmedizinischen Fächern wie Literaturkritik, Logik, Erkenntnistheorie, Philosophie und Psychologie sein breites intellektuelles Interesse. An den Wochenenden unternahm er kürzere Ausflüge in die Alpen, größere Touren in die österreichischen und italienischen Berge in den Semesterferien, etwa im Sommer 1912. Mohr schrieb später, er sei in der Münchner Zeit »sozusagen im Hauptberuf Kletterer« gewesen.

Im Jahr 1913 brach Max Mohrs Abenteuerlust erneut durch. Im Frühjahr und Sommer unternahm der 21jährige eine längere Reise durch Länder in Nordafrika und im Nahen Osten; offiziell absolvierte er ein Feriensemester in Beirut. Zunächst reiste er – wahrscheinlich mit dem Schiff von Italien aus –

nach Kairo. Dort schloß er sich, wie er rückblickend berichtete, als Reiter einem französischen »Bumszirkus« an, wobei ihm seine in Würzburg erlernten Fähigkeiten zugute kamen. Anschließend ging Mohr nach Damaskus, wo er mehrere Monate verbrachte. Als Transportmittel nutzte er wohl hauptsächlich Pferde und Kamele; einmal soll er sich einer Karawane angeschlossen haben. In Damaskus verliebte er sich in eine gleichaltrige russische Jüdin, die vor den Pogromen in ihrer Heimat geflohen war und mit der er vier leidenschaftliche Wochen verbrachte. Die Heimreise trat er anschließend von Beirut aus per Bahn an, wobei er in Montenegro in den Balkankrieg und eine Schießerei geriet.

Es sollte nicht lange dauern, bis Max Mohr die »Urkatastrophe des 20. Jahrhunderts« erlebte, wie der Historiker George F. Kennan den Ersten Weltkrieg nannte. Statt das nächste medizinische Fachsemester zu absolvieren, wurde er schon zwei Wochen nach Kriegsbeginn als Feldhilfsarzt eingezogen. Mit der Artillerie-Munitionskolonne, der er zugeteilt wurde, erlebte er Ende August erste Kampfhandlungen. Im November folgte die Beförderung zum Feldunterarzt, verbunden mit der Verleihung des Preußischen Eisernen Kreuzes II. Klasse. Im Juli 1915 wurde Mohr in ein Infanterieregiment versetzt und hatte nun noch näher an der Front verletzte Soldaten zu versorgen. Die Konfrontation mit der Realität des Krieges verarbeitete er in ersten Schreibversuchen. Neben drei nicht veröffentlichten Theaterstücken verfaßte er vor allem Lyrik. In den *Sonetten nach durchlesenen Nächten im Unterstand,* 1917 als Privatdruck erschienen, thematisierte er die mörderischen Grabenkämpfe und das Leiden seiner Kameraden.

Spinoza

Wir keuchen, wenn wir in die Stellung eilen,
Denn jedes Säumen kann das Grab bedeuten;
Zwei Jahr' lang schon ist unser Glockenläuten
Und Orgel und Gesang Granatenheulen;

Und kahler Leichenhügel lange Meilen
Sind unsere Gärten, darin wir hinschreiten,
Daß unser Blick allmählich starr sich weiten
Und stumpfen muß. Wird nimmermehr verheilen

Der große Schmerz: – Was sag' ich! Nimmermehr ...
Viel Lichterglanz erstrahlet in dem Dunkel
Der tiefsten Nacht und Deines Sterns Gefunkel

Verlöschet nie und leuchtet ewige Währ ...
Und welche Helden trifft man dort zu Gästen!
Lenz, Büchner, Puschkin ... und die anderen Besten!

Im Kriegsarchiv des Bayerischen Hauptstaatsarchivs findet sich unter dem Datum 19. April 1916 eine ausführliche Begründung für den Vorschlag, dem 24jährigen die silberne Militärverdienstmedaille zu verleihen: »Mohr versorgte trotz Fortdauer der Beschießung, also trotz höchster eigener Gefahr, die Verwundeten und rettete so fünf Leuten das Leben; sie wären ohne Mohr unrettbar verloren gewesen.« Dieses und weitere Beispiele, hieß es weiter, »dürften hinreichen, den unmißverständlichen Schneid und die Tapferkeit dieses kühnen Mannes darzutun.« Am 24. Juni 1916 erhielt Mohr während der Schlacht bei Verdun den Rang eines Sanitätsoffiziers, den höchstmöglichen Rang eines Medizinstudenten; ab diesem Zeitpunkt gehörte die Unterweisung von Sanitäts-Unteroffizieren und Feldunterärzten zu einen Aufgaben.

1917 – die ärztliche Prüfung hatte er im Mai nach einem dreimonatigen Kurs für Medizinstudenten in München abgelegt – nahm er als nunmehr approbierter Assistenzarzt erneut am Kriegsgeschehen teil. Viermal verwundet und mehrfach für seine Tapferkeit ausgezeichnet, geriet er Ende September 1917 bei Ypern in Flandern in englische Gefangenschaft und wurde in ein Lager bei Southampton gebracht, aus dem er ein Jahr später zurückkehrte.

In München wirkte Mohr nach Kriegsende als praktischer Arzt und promovierte 1919 mit einer Arbeit über »Erfahrungen mit der Fiebertherapie bei kindlicher Gonorrhoe«, verfaßte jedoch auch mehrere Dramen. Im selben Jahr lernte er die 1892 geborene Hamburger Anwaltstochter Käthe Westphal kennen, die er im März 1920 heiratete. Die Hochzeitsreise führte das junge Paar in die österreichischen Alpen. Anschließend zogen beide in den Löblhof; der Einödhof liegt im Ortsteil Wolfsgrub von Rottach-Egern am Tegernsee und war von Käthes Mutter für das Paar erworben worden. Mohr konnte sich den Kauf selbst nicht leisten, schreibt Ralf Beer. Zwar gehörte ihm ein Drittel des Elternhauses in der Rottendorfer Straße in Würzburg, doch löste er dieses Erbteil aus unbekannten Gründen bis in die 1930er Jahre nicht ein.

Statt am Tegernsee eine Landarztpraxis aufzubauen, konzentrierte sich Max Mohr weitgehend auf seine literarischen Ambitionen und fügte den bisher unveröffentlichten Theaterstücken weitere hinzu. Außerdem verfaßte er zwei längere medizinische Abhandlungen. Im Jahr 1920 erlebte er eine Art Durchbruch, als sein erster Roman *Frau Marie's Gast,* den er wohl schon wesentlich früher geschrieben hatte, veröffentlicht wurde, allerdings ohne die Aufmerksamkeit zu erzeugen, die der Autor sich erhofft hatte.

Zeitweilig hielt sich Max Mohr in Berlin auf, um Kontakte mit Literaten sowie Verlegern, Regisseuren und Schauspielern zu knüpfen. Die große Wende in seinem Schriftstellerleben kam im März 1922; das Münchner Residenztheater brachte die im Sommer 1921 entstandene Komödie *Improvisationen im Juni* als erstes seiner Stücke auf die Bühne. Der Dreiakter handelt von einem an Melancholie erkrankten Milliardärssohn, der – in einem Juni – durch die Tochter eines »Improvisators« und mit Hilfe eines Tierwärters den Glauben an die Menschheit zurückgewinnt. Die Kritiken waren durchweg positiv, das Stück entwickelte sich zu einem Publikumserfolg und wurde auch in anderen Häusern, unter anderem im Deutschen Theater in Berlin, im Schauspielhaus in Zürich und im Württembergischen Landestheater in Stuttgart, aufgeführt. In Berlin übernahm der 29jährige Heinrich George zu Beginn des Jahres 1923 unter der Regie von Max Reinhardt die Rolle des Improvisators; er und seine Partnerin Elisabeth Bergner freundeten sich mit Mohr und seiner Frau an, als beide für die Proben nach Berlin kamen. Im folgenden Sommer besuchten George und Bergner das Ehepaar Mohr im Löblhof. Gemeinsam bereiteten Mohr und George Rezitationsabende und Rundfunksendungen vor, in denen George Texte von Mohr vortrug.

Max Mohr war 32 Jahre alt, als die Würzburger am 11. Dezember 1923 die *Improvisationen* im Stadttheater erleben konnten. Man werde sich »auch bei uns den Namen Max Mohr merken müssen«, schrieb der Rezensent Theo Kaufmann im bürgerlichen *Würzburger Generalanzeiger* nach der

Premiere. Kaufmann war begeistert: Es wehe »ein frischer Zug durch das wunderliche Gerank des Stückes«, lobte er. »Die Poesie des Positiven« erblühe in der bizarren Komödie »aus dem Sieg der Sehnsucht nach selbst zu erkämpfender Freiheit«. Kaufmann beklagte gleichzeitig, daß der Kreis der an Mohr Interessierten in Würzburg sehr klein sei. Auch sein Kollege vom sozialdemokratischen *Fränkischen Volksfreund* monierte, daß Max Mohr, der auch ein fränkischer Dichter sei, von den Würzburger Lokalpatrioten nicht ausreichend gewürdigt werde.

Theo Kaufmann erwähnte in seiner Besprechung ausdrücklich, daß Max Mohr »aus einer Würzburger Malzfabrikantenfamilie stamme«. Die Mohr'sche Malzfabrik war weiterhin ein bekanntes Element im Würzburger Wirtschaftsleben; nach Lazarus Adlers Tod 1899 hatte dessen Sohn Willy die Fabrik weitergeführt und 1907 seinen Schwiegervater Ferdinand Blum als Teilhaber aufgenommen. Dem eingeführten Firmennamen wurden die Nachnamen der nunmehrigen Eigentümer Adler und Blum hinzugefügt. Die Zeichen standen auf Expansion; daher schloß man dem Betrieb eine Malzfabrik in Iphofen an. Wenige Wochen vor der Aufführung der *Improvisationen* im Stadttheater hatte der *Generalanzeiger* am 31. Oktober über die Mohr'sche Malzfabrik berichtet; auf dem Höhepunkt der Inflation stellte die Firma fünf Zentner Malzkaffee für die »Würzburger Volksspeisung« zur Verfügung, um die Not armer Bürger zu lindern.

Nach dem überraschenden Erfolg von *Improvisationen im Juni* verfaßte Mohr zahlreiche weitere Dramen, von denen *Ramper* am bekanntesten wurde. Die Uraufführung fand 1925 gleichzeitig in München, Hamburg, Karlsruhe, Mainz und Bochum statt. Ramper, ein Polarforscher, strandet im Eis, wirft in vielen Jahren des Alleinseins scheinbar alles Menschliche ab, wird dann aber gefunden und landet als »Tiermensch« bei einem Varieté. Wie Kaspar Hauser wird er in ein Tollhaus gestoßen und hat nur den einen Wunsch, nach Grönland zurückzukehren. In Berlin brillierte der Stummfilmstar Paul Wegener in der Titelrolle. 1926 wurde das Stück auch in New York und London gezeigt.

In *Ramper* läßt sich ein Leitmotiv von Mohrs Werk erkennen – seine Zivilisationskritik, mit der er sich gegen den von ihm empfundenen Verlust immaterieller Werte in der modernen Gesellschaft wehrte. Diese waren seiner Ansicht nach durch blinde Fortschrittsgläubigkeit und Materialismus ersetzt worden.

1934 würde Mohr selbst in einem Tollhaus landen, in Shanghai, einer Stadt mit amerikanisch anmutenden Wolkenkratzern, mit Palästen reicher Bankiers und weltumspannenden Handelshäusern. Shanghai war 1934 beinahe der einzige Ort auf der Welt, der kein Einreisevisum verlangte. Die größte Stadt Chinas wurde so zur Zuflucht für zahlreiche Juden, die aus dem nationalsozialistischen Deutschland flohen. Die Vier-Millionen-Stadt, in der Menschen aus 46 Nationen lebten, war ein autonomer Stadtstaat, nicht von Chinesen regiert, sondern von Franzosen, Engländern, Amerikanern und Japanern.

Auch wenn ihn oft das Fernweh plagte, so hätte sich Max Mohr doch in den Zwanzigern nach dem Erfolg von *Ramper* ein Leben im fernen Asien kaum vorstellen können. Er wollte die deutsche Kulturszene erobern, und zunächst schien der Plan aufzugehen. 1927, ein Jahr nach der Geburt der Tochter Eva, wurde *Ramper* mit Paul Wegener zum Teil an den Originalschauplätzen in Grönland als *Ramper, der Tiermensch* verfilmt; in Würzburg lief der Stummfilm in den Odeon-Lichtspielen. Im September 1928 gastierte Wegeners Truppe mit dem Stück in Würzburg. »Das Theater war ausverkauft, man hatte sogar den Orchesterraum für Zuschauerplätze zur Verfügung stellen müssen«, schrieb der *Generalanzeiger.* Wieder war Rezensent Theo Kaufmann voller Lob (»Der Beifall am Schluß der Aufführung schwoll an zu einer großartigen Huldigung, zur Bejahung einer darstellerischen Kunstschöpfung von ungewöhnlichem Ausmaß«), und wieder kritisierte er, daß Max Mohr trotz seiner Erfolge in Würzburg praktisch unbekannt geblieben sei.

Im Jahr 1927 hatte Mohr den englischen Schriftsteller D. H. Lawrence (*Lady Chatterley's Lover*) kennengelernt, mit dem ihn bald eine enge Freundschaft verband. Im Sommer 1929 kam Lawrence mit seiner Frau für mehrere Wochen an den Tegernsee, um sich von seiner schweren Tuberkulose zu kurieren. Dieser Beziehung setzte Mohr in zwei Werken ein Denkmal: im Roman *Die Freundschaft von Ladiz* (1931) und in der Erzählung *Der Engel mit dem roten Bart* (1935). Hier ist eine Wende in Mohrs schriftstellerischer Arbeit erkennbar. Seine Stücke waren auf deutschen Bühnen inzwischen weniger gefragt. Möglicherweise unter dem Einfluß seiner Freunde D. H. Lawrence und Thomas Mann konzentrierte Mohr sich nun auf den Roman.

Damit veränderte sich auch seine Lebenssituation. Immer häufiger hielt er sich – ohne Frau und Tochter – in Berlin auf. »Im Grund wurde er immer unzufriedener in der Wolfsgrub, und es hat ihn mehr und mehr von hier weggezogen«, erinnerte sich seine Tochter Eva Humbert: »In seinem Innern hatte er wohl zunehmend das Gefühl, er ist hier eingesperrt, es ist ihm zu eng, er kann hier nichts mehr schaffen.« Im großstädtischen Berlin hoffte Mohr auf neue Inspirationen – und Einnahmequellen; dort erlebte er auch eine Affäre mit der Gräfin Bertha von Arnim.

Hier wird ein wesentlicher Charakterzug Mohrs deutlich: seine Unbehaustheit, die Unfähigkeit, sich an einem Ort und in einer Beziehung beständig wohlzufühlen, sein Fernweh, das ihn immer wieder zu Ortswechseln trieb, der Widerspruch zwischen der Sehnsucht nach dem wilden Leben in der pulsierenden Großstadt und einsamen Berggipfeln, zwischen Selbstverwirklichung und familiären Verpflichtungen. In der Tat wurde das Berlin der späten zwanziger bzw. frühen dreißiger Jahre zum Schauplatz von Mohrs Romanen *Venus in den Fischen* (1928) und *Frau ohne Reue* (1933).

Anfang März 1930 brachte das Würzburger Stadttheater innerhalb einer »Fränkischen Dichterwoche« noch einmal ein Stück Mohrs heraus. *Die Welt der Enkel* behandelte satirisch den Gegensatz von Alter und Jugend. Mohr hatte vor, an der Premiere teilzunehmen, doch er mußte absagen. Ein Anschlag an den Logentüren entschuldigte sein Fernbleiben mit der Erkrankung eines Freundes. Es handelte sich um D. H. Lawrence, der am 2. März 1930 in Vence, Südfrankeich, starb.

Mohr scheint in dieser Zeit häufiger in Würzburg gewesen zu sein. Am 28. April 1932 schickte er seiner inzwischen sechsjährigen Tochter Eva eine Ansichtskarte, auf der offenbar die von Tilman Riemenschneider geschaffene Eva über dem Portal der Marienkapelle zu sehen war. »Liebstes Evalein«, schrieb er, »das ist auch eine Eva, eine ganz wunderbar schöne, genau so groß wie Mami, aber sie ist nur aus Stein und wenn ihr zwei da wärt, wär's mir lieber.« Mohr richtete dem Kind herzliche Grüße von seiner Mutter aus; »ich muß ihr alles von dir erzählen«, fügte er hinzu. Beim selben Aufenthalt traf er sich mit ehemaligen Wanderfreunden, in deren Runde mancher Bocksbeutel geleert wurde. Am 11. November 1932 erhielt Eva erneut einen Brief aus Würzburg, wohin ihr Vater mit einem Freund in dessen Auto gefahren war. Am 20. Dezember war er ein weiteres Mal in seiner Geburtsstadt; an diesem Tag bedankte sich Mohrs Mutter in einem Brief bei ihrer Schwiegertochter und ihrer Enkelin für deren selbstgebasteltes Geschenk. »Ihr glaubt nicht, wie ich dadurch an meinem Geburtstag viel vergnügter war«, schrieb sie. Auch Max Mohrs Schwester Hedwig, die sich ebenfalls in Würzburg aufhielt, habe das Geschenk bewundert. Umgekehrt besuchten Mohrs Mutter und Schwester ihn und seine Familie gelegentlich im Löblhof, wie eine Photographie belegt, die Ralf Beer in seine Dissertation aufnahm.

Zu dieser Zeit befand sich Mohr in einer existentiellen Krise, die sein persönliches wie sein schriftstellerisches Leben betraf: »Ende der Zwanziger, Anfang der Dreißiger waren es schlimme Jahre für meinen Vater«, berichtete seine Tochter Eva später. »Er hatte das Gefühl, er schafft es einfach nicht mehr, und konnte sich gleichzeitig doch nicht entschließen, wieder Arzt zu sein.« Mohr hatte Schulden bei seiner Frau, und es gab heftige Auseinandersetzungen. Ausgelöst wurden sie wahrscheinlich durch seinen Unabhängigkeitsdrang und ausbleibende Erfolge als Autor sowie durch seine Affäre. Zeitweise wünschte Käthe nicht, daß ihr Mann in den Löblhof zurückkehrte.

Mohr spielte in der Folge mit dem Gedanken, seinen Lebensunterhalt wieder als Arzt zu verdienen. Die Schriftstellerei sei ein »Irrweg« gewesen, sie sei eher als Freizeitbeschäftigung geeignet, schrieb er zwar, tat aber den entscheidenden

Schritt nicht, zudem auf dem Höhepunkt der Weltwirtschaftskrise auch der Arztberuf keine sichere Existenzgrundlage mehr garantierte. So wartete er weiter auf den wirtschaftlichen Durchbruch, führte Verhandlungen mit Verlagen und Filmproduktionsfirmen, erzielte dabei aber keine entscheidenden Erfolge. Das Ergebnis waren Alpträume und Depressionen. Ende August erreichte Mohrs Stimmung laut Ralf Beer einen Tiefpunkt, und er dachte daran, sich das Leben zu nehmen. Allein die Verantwortung für seine Tochter Eva hielt ihn nach eigenen Angaben davon ab. Im Oktober erlitt er in Berlin einen Herzinfarkt, ausgelöst durch die Unsicherheit über seine Zukunft sowie seinen starken Zigarettenkonsum, den er danach zumindest zeitweise reduzierte.

Auch die Malzfabrik in Würzburg, die immer noch den Namen der Familie trug, und die angeschlossene Fabrik in Iphofen hatten unter der Wirtschaftskrise zu leiden. Nach dem Tod von Ferdinand Blum war Willy Adler 1929 alleiniger Inhaber geworden. Im August 1931 gerieten beide Firmen in finanzielle Schwierigkeiten, nachdem 14 Brauereien, die zuvor Großabnehmer gewesen waren, ihre Zahlungen einstellten. Der Zusammenbruch der zwei Betriebe konnte jedoch verhindert werden; in der Saison 1932/33 produzierten sie über 62.000 Zentner Malz. Adler führte die Unternehmen bis 1934 weiter; in diesem Jahr sah er sich nach mehrmaliger »Schutzhaft« zur Emigration aus dem nationalsozialistischen Deutschland nach Frankreich gezwungen.

Die Machtübernahme der NSDAP im Januar 1933 bedeutete für Max Mohr einen tiefen Einschnitt, obwohl seine jüdische Herkunft keine Rolle in seinem Leben spielte. Als er in den Ersten Weltkrieg zog, hatte er sich den Behörden gegenüber sogar als »konfessionslos« bezeichnet, und auch seiner Frau hatte er die Tatsache, daß er Jude war, wohl erst spät mitgeteilt. Aus der jüdischen Religionsgemeinschaft trat er jedoch offenbar nicht aus. Für die neuen Machthaber wäre freilich ein solcher Austritt irrelevant gewesen, da Mohr vier jüdische Großeltern hatte und somit als »Volljude« galt, wie es die Nürnberger Rassegesetze von 1935 bestimmten.

Im Sommer 1933 war die Lage jedoch noch nicht so eindeutig. Mohr, der weiterhin von einer Zukunft als Autor in Deutschland träumte, beantragte am 19. August 1933 die Aufnahme in den Reichsverband Deutscher Schriftsteller und gab dabei wahrheitsgemäß an, »nichtarischer Herkunft«, aber »konfessionslos« zu sein. Am 31. Oktober wurde der Antrag abgelehnt. Als Grund führte der Verband an, lediglich »Arier« könnten Mitglied sein. Die Ablehnung machte es Mohr unmöglich, für staatliche Medien zu arbeiten. So hatte er auf eine deutschlandweite Ausstrahlung seines Hörspiels *Bergkristall,* nach der Erzählung Adalbert Stifters, gehofft, für die er 3000 Mark erhalten sollte. Am 16. November 1933 mußte er seiner Frau mitteilen, daß die Ausstrahlung wegen seiner Einstufung als »Nichtarier« abgelehnt worden sei, obwohl er sich erniedrigt habe (»nur für Euch zwei!«), mehrmals beim Rundfunk nachzufragen.

Ab diesem Zeitpunkt sah Max Mohr keine Zukunft mehr als Schriftsteller in Deutschland oder in einem anderen Land. Das Publikum sei ihm »so gut wie abgeschnitten«: im Ausland, weil er Deutscher war und auf deutsch schrieb, und in Deutschland wegen seiner Klassifizierung als »Nichtarier«. Das »kultivierte alte Publikum«, das früher seine Stücke besuchte und seine Romane las, sei pleite, das neue Beamtenpublikum bekomme zwar ein Gehalt, doch interessiere es sich wegen seiner »Unkultur« nicht für seine Werke.

Zwar erhielt Mohr kein sofortiges allgemeines Publikationsverbot, doch das Damoklesschwert dieser Zwangsmaßnahme schwebte über ihm und führte zu einer noch tiefgreifenderen Verunsicherung. Seine Verzweiflung wuchs, als der S. Fischer Verlag, der 1933 *Frau ohne Reue* herausgebracht hatte, trotz mehrmaligen Umarbeitens den neuen Roman *Das Einhorn* als zu »gewagt und eigen« ablehnte. Damit war eine erhoffte neue Einnahmequelle weggebrochen, was um so mehr schmerzte, als sich *Frau ohne Reue* schlecht verkaufte. Nun endlich sah Mohr den Tatsachen ins Auge. In einem Brief an den Schriftsteller Josef Leitgeb schrieb er am 23. August 1934 von seinem Entschluß zu emigrieren: »Ich werde in den nächsten Wochen hier aufbrechen, Weib und Kind bleiben hier.« Als Zielstaaten nannte er unter anderem China, als Beruf dort den des Arztes. Tatsächlich reiste Mohr im November 1934 nach Shanghai ab. Schon in *Frau ohne Reue* waren Motive einer Flucht um die ganze Welt aufgetaucht; dabei kam auch Shanghai vor.

Als er dort längst als Arzt praktizierte, wurde Max Mohr am 5. Oktober 1935 wegen seiner »nichtarischen Abstammung« aus der Reichsschrifttumskammer ausgeschlossen. Dies bedeutete das Verbot seiner Werke in Deutschland, doch Mohr, der sich inzwischen hauptsächlich als Mediziner sah und keine Illusionen über das nationalsozialistische Deutschland mehr hegte, blieb gelassen. Sorgen bereitete ihm lediglich eine mögliche Gefährdung seiner Tochter aufgrund der Nürnberger Rassengesetze.

Am 8. November 1934 hatte Max Mohr an Bord der »Saarbrücken« Deutschland verlassen. Finanziert wurde die Reise nach Shanghai von seiner Mutter Johanna, die seit Ende 1933 bei Mohrs Schwester Hedwig und deren Mann Joseph Reuß in

München wohnte. Vor der Abfahrt besuchte Mohr seine Verwandten und erteilte Hedwig eine Vollmacht auf sein Erbteil des Elternhauses in der Rottendorfer Straße in Würzburg. Johanna versprach eine monatliche Zahlung an die Ehefrau Käthe und wollte sogar Mohrs Heimreise im Fall des Scheiterns seiner China-Pläne finanzieren.

In Shanghai lebten damals rund 2000 Deutsche, meist Geschäftsleute und ihre Familien. Sie hatten eine eigene Schule, Kirche und Zeitung, es existierte sogar eine »Fernost-Filiale der Nazis«, wie Astrid Freyeisen, die aus Würzburg stammende zeitweilige Shanghai-Korrespondentin des Bayerischen Rundfunks, ermittelte. Schon 1932 hatte ein Häuflein Angestellter von großen deutschen Firmen die NSDAP mit Hitlerjugend, SA und Gestapo gegründet. Auch immer mehr deutsche Juden kamen in die Stadt. In den Gelben Seiten des »Emigranten-Adreßbuchs« standen nicht nur deutschjüdische Ärzte und Bäckereien, sondern auch eine Schokoladenfabrik und vier kleine deutschsprachige Zeitungen.

Am 20. Januar 1935 erschien in der »Deutschen Shanghai Zeitung« eine Anzeige von »Dr. med. Max Mohr, Facharzt für Nervenkrankheiten und Homöopathie«. Tatsächlich aber war sein Betätigungsfeld bald viel größer. »Ich behandle alles«, schrieb er seiner Frau am 7. März 1937 und nannte ein Beispiel: »Heute habe ich schon in fünf Sprachen behandelt: chinesisches Gestammel, eine deutsche Niere, eine französische Herzkrankheit, eine englische Hämorrhoidenoperation und eine italienische Depression, die nur Italienisch spricht und heult.« Probleme bereitete ihm die schlechte Zahlungsmoral mancher Patienten, die ihn zum Einklagen ausstehender Rechnungen zwang. Von Mittellosen verlangte Mohr dagegen kein Geld. Zeitweilig arbeitete er in der Children-Welfare-

Mission, die kostenlose medizinische Hilfe für Kinder armer Wanderarbeiter bereitstellte.

Der Aufbau einer Existenz als Arzt in einer völlig fremden Umgebung war nicht leicht. Da Max Mohr zunächst kaum über chinesische Sprachkenntnisse verfügte, verkehrte er viel in deutschen Kreisen. Die Tatsache, daß er 14 Jahre lang nicht als Arzt praktiziert hatte, verschwieg er dabei und bemühte sich, wie schon auf der achtwöchigen Überfahrt, durch die Lektüre von medizinischen Fachbüchern auf den aktuellen Stand zu kommen. Zusätzliches Wissen erlangte er als Belegarzt in mehreren Krankenhäusern; dort tauschte sich Mohr mit Kollegen verschiedener Fachrichtungen aus und profitierte bei Visiten und bei Besprechungen von deren Erfahrungen mit Krankheiten und neuen Therapiemöglichkeiten. Regelmäßig hielt er hausärztliche Sprechstunden ab; er tat dies auch, wenn er selbst krank war, um Patienten nicht zu verlieren, auf deren Honorar er angewiesen war. Zweimal wöchentlich bekam er Chinesisch-Unterricht gegen medizinische Behandlung.

Mohr hoffte, als erfolgreicher Arzt nach Rottach zurückzukehren und zuvor Frau und Tochter in Shanghai wiederzusehen. Diese Hoffnung und andere Pläne zerschlugen sich nicht zuletzt deswegen, weil er noch nicht über ein stabiles Einkommen verfügte; zudem entspann sich eine Beziehung zu einer Krankenschwester. In einem Brief vom 2. Dezember 1936 gestand Mohr seiner Frau, daß er sich ein Zusammenleben mit ihr auf dem Löblhof nicht mehr vorstellen konnte: »Wir dürfen es uns nicht gereuen lassen, daß wir so fern sind. Es ist nun mal unser Schicksal. Ich muß unter allen Umständen in die Ferne.« Weiter schrieb er: »Ganz offen, ich könnte nicht mehr in der Wolfsgrube leben. Du weißt es und wußtest es schon lange, darum schreibe ich es Dir offen. Aber Ihr hier, das ist vorerst auch unmöglich; es ist eine verkommene Babylon-Seuchen-Stadt bei allem Glanz, und ohne wahnsinnige Doktor- und Dichter-Arbeit hielte ich es keine zwei Wochen aus.« Das unterstrichene »vorerst« deutete an, daß er ein späteres Wiedersehen in Shanghai nicht ausschloß; dazu sollte es jedoch nicht kommen. Auch eine von ihm ins Auge gefaßte Europareise im April 1937 kam nicht zustande.

Die Überforderung, der sich Mohr in Shanghai aussetzte, verschärfte die Gefahr für sein krankes Herz. Wohin das führen konnte, erlebte er an Silvester 1935, als ein erfolgreicher, in ebenso großer Hektik lebender Patient einen tödlichen Herzinfarkt erlitt. Der Tote war wie Mohr Kettenraucher gewesen; Mohr stellte daraufhin im Februar 1936 das Rauchen völlig ein, hielt die Abstinenz allerdings nicht lange durch.

1937 besetzten die Japaner nach monatelangen blutigen Kämpfen Shanghai. Mohr arbeitete bis zur Erschöpfung ehrenamtlich in einem Lazarett. Über »eine Million und mehr Flüchtlinge aus den abgebrannten Stadtteilen« berichtete er seiner Frau am 10. September 1937. Zwei Wochen danach wurde die Situation immer schlimmer: »Tausende und Tausende sterben ringsum«, notierte er. »Schon wieder ein Fliegerkampf vorm Fenster«, hieß es am 16. Oktober. Mohr schrieb von seiner Arbeit in einem Lager mit 9000 Flüchtlingen und einem Lazarett des Roten Kreuzes und von einer Auszeichnung, die er für seine aufopferungsvolle Tätigkeit erhalten hatte: »Wenn's aus ist, schick ich Eva einen schönen kleinen chinesischen Orden, den ich gestern angepappt bekam.«

Einen Tag vor seinem Tod berichtete Mohr seiner Frau vom Ende der Kämpfe, die »die reinste Hölle« gewesen seien: »der

Fluß voll von treibenden brennenden Schiffen, Höllenlärm der Flieger, Bomben, Granaten, Maschinengewehre.« Dieser Brief, abgefaßt am 12. November 1937, dokumentiert über die Schilderung des Kriegsgeschehens hinaus, wie sehr sich Mohr seiner Frau und seiner Tochter weiterhin verbunden fühlte. An diesem Tag schickte er mehrere Weihnachtskarten an Eva ab, dazu Pakete und Geschenke. Seine Frau nannte er in dem Brief »Guggele« und »liebstes Blauäuglein«. »Vor ein paar Tagen hatte ich so einen schönen reinen Traum von dir«, schrieb er weiter, »und bin ganz glücklich aufgewacht«.

Am Vormittag des nächsten Tages erlitt Max Mohr, der trotz der Warnungen seiner Freunde wieder ununterbrochen rauchte und viel Kaffee trank, in einem Krankenhaus, in dem er arbeitete, einen schweren Anfall von Angina pectoris. Ein befreundeter Arzt brachte ihn umgehend nach Hause, wo er an einem Herzinfarkt starb, wenige Wochen nach seinem 46. Geburtstag. Am 15. November fand eine schlichte Trauerfeier ohne religiöse Zeremonie statt. Die 41 noch erhaltenen Kondolenzkarten und die Vielzahl von Kränzen an seinem Sarg belegen, daß Mohr sich in Shanghai einen großen Freundes- und Bekanntenkreis erworben hatte. Die Einäscherung fand am Tag darauf statt, was seinem immer wieder geäußerten Willen entsprach. Die Urne mit Mohrs Asche wurde am 10. März 1938 vor Helgoland versenkt. Auf einer Seekarte vermerkte der Kapitän des Schiffes Mohrs letzte Ruhestätte.

Max Mohrs Schwester Hedwig und ihr Mann Joseph Reuß wurden am 15. Juli 1942 von München aus in das Ghetto Theresienstadt deportiert. Joseph Reuß und wahrscheinlich auch seine Frau waren Jahrzehnte zuvor zum protestantischen Glauben übergetreten, was jedoch für die Nationalsozialisten keine Bedeutung hatte; daß beide, wie es das Gedenkbuch des Bundesarchivs vermerkt, am selben Tag in Theresienstadt starben, könnte auf einen gemeinsamen Selbstmord, möglicherweise vor dem bevorstehenden Transport nach Auschwitz, hindeuten. Max Mohrs Mutter Johanna war schon 1941 im Alter von 81 Jahren in München gestorben.

*

Max Mohr blieb jahrzehntelang in Deutschland wie in seiner Geburtsstadt Würzburg vergessen. Erst anläßlich seines 100. Geburtstags erinnerte man sich an ihn. Damals verfaßte Carl-Ludwig Reichert eine Hörspielfassung von Mohrs Erfolgsstück *Ramper* für den Bayerischen Rundfunk. 1992 brachte die Berliner Freie Volksbühne *Ramper* erstmals wieder ins Theater. Es folgten Inszenierungen in München und in Linz. Im November 1992 stellte Wolfgang Schulz den Autor bei einer Lesung in seiner Werkstattbühne in Würzburg vor. Im Münchner Literaturarchiv Monacensia wurde 1997 eine Ausstellung mit Fotos, Briefen, Manuskripten und Erinnerungsstücken Mohrs gezeigt. Im Februar 2002 inszenierte der Regisseur Reinhard Mahlberg auf Anregung des Autors dieses Beitrags *Ramper* mit Rainer Appel und Britta Schramm in den Hauptrollen im Würzburger Privattheater Chambinzky.

Drei von Max Mohrs Romanen sind seit 1992 erneut publiziert worden: *Venus in den Fischen, Frau ohne Reue* und *Das Einhorn.*

Sein Nachlaß, darunter viele an ihn adressierte Briefe, wird in der Monacensia in München aufbewahrt. Im Deutschen Literaturarchiv in Marbach sind fast ausschließlich von Mohr selbst verfaßte Briefe vorhanden. Um den Autor in seiner Geburtsstadt bekannter zu machen, wurde Mohrs Name auf Antrag des Würzburger Stadtrats Willi Dürrnagel in die Vormerkliste für Straßennamen aufgenommen. Bis heute fehlt im Stadtplan allerdings eine Max-Mohr-Straße.

Würzburg, Mai 2019

Literatur

Ralf Beer, *Max Ludwig Mohr (1891–1939) – Biographische Rekonstruktion,* Halle (Saale), Med. Diss. 2016.

Thomas Cronen, *Max Mohr (1891–1937), Rezeption seines literarischen Werks,* Heidelberg, Med. Diss. 2017.

Willi Dürrnagel, »Max Mohr (1891–1937)«, unveröffentlichtes Manuskript eines vor der Deutsch-Chinesischen Gesellschaft in Würzburg gehaltenen Vortrags, o. J.

Roland Flade, »Arbeit zwischen Cholera und Lepra«, in: Main-Post, 2.8.2008.

Roland Flade, »Juden in Würzburg, 1918–1933« (Mainfränkische Studien, Bd. 34), Würzburg, Phil. Diss., 1985 (1. Aufl.), 1986 (2. Aufl.).

Roland Flade, »Max Mohr, ein vergessener Würzburger Schriftsteller«, in: Max Mohr: Ramper, Programmheft zur Inszenierung im Theater Chambinzky, Februar 2002.

Astrid Freyeisen, *Shanghai und die Politik des Dritten Reiches,* Phil. Diss., Würzburg 2000.

Gabriele Geibig-Wagner, »Max Mohr – ein wiederentdeckter Schriftsteller und Arzt«, in: *Geschichte der Stadt Würzburg.* Band III/1, Vom Übergang an Bayern 1814 bis zum 21. Jahrhundert, hrsg. von Ulrich Wagner, Stuttgart 2007, S. 997–1001.

Ralph Heringlehner, »Ein Opfer deutschen Wahns«, in: Main-Post, 10.11.1992.

Jörg Lusin, *Würzburg, wie es früher war. Das Mainviertel,* Bd. 2, Würzburg 2000.

Olaf Przybilla, »Der Mohr kann bleiben. Das Würzburger Chambinzky-Theater erinnert sich mit ›Ramper‹ eines vergessenen Sohnes der Stadt«, in: Süddeutsche Zeitung, 16. 2. 2002.

Wolfgang Schulz, »Würzburg – Shanghai. Das Leben des Max Mohr. Materialien zu einer Biographie«, in: Würzburg heute, Nr. 55. 1993.

Reiner Strätz, *Biographisches Handbuch Würzburger Juden 1900–1945.* Mit einer wissenschaftlichen Einleitung von Herbert A. Strauss, erster Teilband, Würzburg 1989.

Richard Zürrlein: Literatur im provinziellen Umfeld, in: *Unterfränkische Geschichte,* hrsg. von Peter Kolb und Ernst-Günter Krenig, Band 5/2, Würzburg 2002.

https://wuerzburgwiki.de/wiki/Frankensteinscher_Hof (12. 5. 2019)

http://www.bundesarchiv.de/gedenkbuch/directory.html.de (19. 5. 2019)

Stefan Weidle

NACHWORT

Ein anderer Roman Max Mohrs, *Venus in den Fischen,* endete so: »Quaß lief im Dunkeln den Gang entlang und die Treppe zum ersten Stock empor und trat ohne Anklopfen in das erste Zimmer, aus dem Licht drang. Da stand die Venus in den Fischen. In einem grünsamtenen Hauskleid stand sie mitten im Zimmer, so klein und verunstaltet sah sie aus mit ihrem gewaltigen Leib. Sie lächelte ihm zu und suchte nach irgendeinem kleinen Witz, um ihn zu begrüßen, aber da kam schon die nächste Wehenwelle, und statt des kleinen Witzes drang nur ein kleiner Wehlaut aus ihrem Mund. Quaß wußte, was zu tun war: Er senkte seine Schultern, damit sie die Hände auflegen konnte, und stützte sie nach den Regeln der Kunst. Es war die seltsame Umarmung, die auf der Liste der geheimnisvollen Liebesgesten ganz am Ende steht. So stützt im Urwald auch der melancholische Menschenaffe seine kleine Äffin, wenn sie dem ewigen Leben zur Ehre sich zerspalten muß.«

Die Szene spielt in jenem Haus, das in *Frau ohne Reue* unter dem Namen »Feuz« auftaucht. In Wirklichkeit war es Mohrs eigenes Haus, der Löblhof in Rottach am Tegernsee. 1927, als *Venus in den Fischen* erschien, konnten Mohrs Figuren in jenem Haus noch Geborgenheit finden; am Schluß einer rasanten Romanhandlung, während der einige hochfliegende Pläne scheitern, steht der zumindest temporäre Rückzug in eine Welt jenseits der Technik und außerhalb der Großstädte. Der Weg zu den eigenen Wurzeln in der Natur ist intakt und kann beschritten werden.

Frau ohne Reue endet ganz anders, mit einem »Beweis dessen, daß es unmöglich ist zu leben« (Franz Kafka). Nicht allein sind die Hauptfiguren tot oder verschollen, sondern es existiert auch kein Prinzip mehr, nach dem weitergelebt werden könnte. Alle Wege haben sich als Sackgassen erwiesen, und die Natur hält nur noch den Tod bereit, symbolisiert durch den Enzian, den Lina Gade in den Mund nimmt: Diese Pflanze war D. H. Lawrences Todesblume in einem seiner letzten Gedichte, »Bavarian Gentians« (»Bayerische Enziane«). Lawrence schrieb das Gedicht in Rottach Ende September 1929, als er seinen Freund Max Mohr besuchte.

Mohr selbst war in eine Sackgasse geraten. Seine Dramen hatten nur mehr geringen Erfolg, und auch seine zuvor publizierten Romane *Die Heidin* und *Die Freundschaft von Ladiz* brachten nicht den Durchbruch. Er verbitterte zunehmend, fühlte sich blockiert. Auf Wunsch seiner Frau verließ er Rottach und zog im Frühjahr 1932 nach Berlin. Dort arbeitete er an *Frau ohne Reue* weiter, verfolgte aber auch andere Projekte. Er lernte Asta Nielsen kennen und schrieb auf deren Wunsch seine *Venus in den Fischen* zum Theaterstück um, mit dem sie auf Tournee gehen wollte. Die Figur des schwarzen Sterndeuters Louis Abba richtete er für sie ein. Das Stück wurde vermutlich im Dezember 1932 in Riga uraufgeführt, unter der Leitung von Gregori Chmara, doch ohne Asta Nielsen. Die Tournee fand nicht statt, das Manuskript ist verloren.

Mohr erneuerte die Freundschaft mit Heinrich George, den er bei den Proben zu *Improvisationen im Juni* 1922 kennengelernt hatte. George las Gedichte (*Die sieben Sonette vom neuen Noah,* nachgedruckt in JUNI 4/1991) und Prosa Mohrs im Rundfunk und bei öffentlichen Veranstaltungen, die beiden zierten im Juni 1932 das Titelblatt der Zeitschrift »Funkstunde«.

Neben Gregori Chmara, der ein enger Freund Asta Nielsens

war und ihre Theatertourneen inszenierte, zählte auch Peter Suhrkamp zu Mohrs Freundeskreis. Er veranlaßte, daß *Frau ohne Reue* nicht bei Ullstein erschien, wie vorgesehen, sondern bei S. Fischer, wo Suhrkamp als Lektor tätig war. Außerdem forderte er Mohr zur Mitarbeit an der von ihm redigierten Zeitschrift »Die Neue Rundschau« auf – im April 1933 veröffentlichte Mohr dort die Briefe von D. H. Lawrence an ihn, nicht ohne Kürzungen übrigens: Der im Anhang zur Neuausgabe von *Venus in den Fischen* zitierte Brief etwa findet sich in der »Neuen Rundschau« ohne Lawrences Bemerkungen zu diesem Roman.

Durch Chmaras Freundin Sylvia von Hardenberg (oder Sylvia von Harden, wie sie auf dem berühmten Bild von Otto Dix heißt) lernte Mohr die Gräfin Bertha von Arnim kennen. Sie lebte damals von ihrem Mann und ihren Kindern getrennt in Berlin, wo sie einen Ausschnittsdienst, das »Nachdrucksbüro Gräfin Bertha Arnim«, leitete. Das Verhältnis zwischen den beiden wurde bald ein Verhältnis der beiden, und die Gräfin Arnim färbte stark auf Lina Gade ab. Mohr verbrachte den Sommer 1933 bei ihr in Heringsdorf und in Hiddensee, wo Asta Nielsen wohnte. Zwischendurch spielte er Boccia mit Luis Trenker, der *Die Freundschaft von Ladiz* verfilmen wollte – es wurde nichts daraus, und wir dürfen Trenker im Thomas Enzinger (der nicht umsonst den Lawrenceschen Enzian im Namen trägt) des Romans vermuten. Bertha von Arnim ist im September 1933 zu ihrem Mann und ihren Kindern zurückgekehrt – doch da war *Frau ohne Reue* bereits fertig, der Roman ist im Oktober 1933 erschienen, in einer Auflage von 3000 Exemplaren.

Wann Mohr das Manuskript abgeschlossen hat, läßt sich nicht mehr feststellen. Am 6. Dezember 1932 schrieb er aus

Berlin an seine Frau: »Und auf den Roman freue ich mich wahnsinnig. Keine Probleme mehr, Lawrence und Benn sind tatsächlich nun ganz weg, nur richtige Arbeit lohnt sich.«

Nur von außen betrachtet war Mohr erfolgreich. Im Roman ist er Paul Fenn. Die Dachkammer, in der er arbeiten wollte und nicht arbeiten konnte, hat es in seinem Haus wirklich gegeben (es gibt sie noch heute). Die Briefe an seine Frau aus Berlin und Heringsdorf zeugen von einer großen inneren Zerrissenheit. Nach Hitlers Machtergreifung fühlte er sich unter den Berliner Freunden nicht mehr recht wohl. Am 13. Juni 1933 schrieb er: »Asta und George sind gleichgeschaltet und öfters mit Hitler zusammen.« Politisch äußerte sich Mohr in seinen Briefen allerdings nicht. Er sah sich nicht einmal gefährdet; als das Haus seiner jüdischen Freunde Albrecht und Rudolph Joseph am Tegernsee von Nazis durchsucht wurde, äußerte er Erleichterung, daß nichts passiert war, kam aber nicht auf die Idee, daß ihm Ähnliches blühen könnte.

Ab Dezember 1933 lebte Mohr wieder in Rottach. Er schrieb einen Roman, *Das Einhorn,* den er an S. Fischer schickte. Oskar Loerke, damals Lektor des Verlages, lehnte das Manuskript ab und empfahl eine Überarbeitung. Daran schrieb Mohr bis zu seinem Tod.

Am 8. November 1934 verließ Max Mohr Deutschland. An Bord der »Saarbrücken« reiste er nach Shanghai. Er ist vermutlich nicht nur vor den Nazis geflohen, sondern auch vor dem Paul Fenn seines Romans. Seinem Land hat er mit dem Schluß von *Frau ohne Reue* ein Menetekel hinterlassen, das nur allzu bald Wirklichkeit werden sollte.

In Shanghai ließ sich Max Mohr als Arzt nieder. Er fand sich rasch zurecht, und seine Praxis lief gut. Mindestens einmal wöchentlich schrieb er seiner Frau und seiner Tochter

Eva, schickte Geld, Perlen. Während des chinesisch-japanischen Krieges wuchs die Arbeit enorm. Mohr, der an Angina pectoris litt, aber dennoch ununterbrochen rauchte und Kaffee trank, war der Anspannung nicht mehr gewachsen. Am 13. November 1937 starb er 46jährig an Herzversagen.

*

Vor gut fünfundzwanzig Jahren habe ich dieses Nachwort geschrieben. Und eigentlich ist ihm nicht viel hinzuzufügen, außer daß ich 2018 in Shanghai das Gebäude gefunden habe, in dem sich Mohrs Praxis und wohl auch seine Wohnung befand. Die Adresse: Nanjing Road (früher Bubbling Well Road) 803. Das Gebäude (Yates Apartments) ist gar denkmalgeschützt – nein, nicht wegen Max Mohr, sondern als Zeugnis der Art-Déco-Architektur in Shanghai. Sicher wird eher in Würzburg eine Straße nach ihm benannt, als daß eine Plakette mit seinem Namen an das Gebäude in Shanghai kommt.

Aber eines doch noch: Wenn ich schrieb, Mohr habe mit dem Ende von *Frau ohne Reue* ein Menetekel für seine Zeitgenossen hinterlassen, so will ich das heute korrigieren, denn wir leben inzwischen in einer Zeit, die jene Flammenschrift durchaus auch sehen und lesen sollte. Wir sind alle Paul Fenn und Lina Gade. Wir können weder zurück in eine heile und heilende Natur, noch haben wir eine Perspektive in unseren übertechnisierten, zubetonierten Städten. Wir müssen Mohrs Nihilismus ernst nehmen. Wie 1933 stehen wir an einer Zeitenwende, und das Irrationale, besser Antirationale, hebt schon die Sense. Wir müssen mehr tun, als nur dieses Buch zu lesen, in Würzburg und anderswo. Wir müssen es als Aufforderung zum Handeln begreifen, damit wir nicht von der Leere, in der Mohrs Roman endet, ausgetrocknet werden oder in ihr ertrinken. Mohrs Warnung kam 1933 zu spät und wurde nicht wahrgenommen. Sie hat 2019 nichts von ihrer Aktualität verloren, sogar Aspekte hinzugewonnen, weil Politik nicht mehr »nur« die Welt betrifft, sondern zunehmend auch die Erde. Die jungen Menschen, die sich bei »Fridays for Future« im Protest gegen eine katastrophale Politik versammeln, werden das bei der Lektüre spüren – ihnen sei diese in Darmstadt klimaneutral gedruckte Neuausgabe gewidmet.

Max Mohr

MONDVOGEL *für D.H.L.*

Lasst mich zum Monde wieder,
Zum alten Mond zurück,
Mein Leib und mein Gefieder
Sind nur von ihm ein Stück.

Was suchte ich und suchte,
Halb Heide und halb Christ?
Was war es, wenn ich fluchte,
Dass es verloren ist?

Ich hatte ihn vergessen,
Da gab es nimmer Rat,
Da blieb das Wort vermessen,
Vermessen alle Tat.

Umschlingend ihn, umschlungen
Von seinem neuen Hauch,
Ist wieder Luft den Lungen
Und Brot und Wein dem Bauch.

Ob hoch die Scheibe steht,
Ob sie sich niederneigt
Und durch den Schatten geht
Und als ein Viertel steigt,

Ihr Licht und ihr Gefieder
Sind nur von mir ein Stück;
Lebt wohl und lasst mich wieder
Zu meinem Mond zurück.

Max Mohr

VENUS IN DEN FISCHEN *Roman*

Mit einem Brief von D. H. Lawrence und einer Antwort

260 Seiten, broschiert, 19 Euro

978-3-931135-00-3

Erschienen 1993

»Trotz aller Kulturkritik ist *Venus in den Fischen* auch – vielleicht sogar in erster Linie – ein Unterhaltungsroman, ein guter zudem, was besonders in Deutschland nicht eben häufig vorkommt. Für den Leser, der sich darauf einlassen mag, ist jedoch noch etwas anderes spürbar: ein Hauch von Melancholie über das Ende jener ›goldenen Epoche‹, mit der mehr unterging als nur der Schriftsteller Max Mohr.«

Kurt-Jürgen Heering, Bonner General-Anzeiger

»Mohrs Stärke liegt im Atmosphärischen, in scharf beobachteten Details, die eine Situation erst zur Komik steigern.«

Heribert Hoven, Süddeutsche Zeitung

»Wir haben es also mit einem intelligenten und witzigen Unterhaltungsroman zu tun – damals wie heute ein Rarissimum der deutsche Literatur.«

Ulrich Weinzierl, FAZ

Max Mohr
DAS EINHORN *Romanfragment*
Mit Briefen Max Mohrs aus Shanghai, 1934–1937.
Herausgegeben und mitt einem Nachwort
von Nicolas Humbert
188 Seiten, fadengeheftete Broschur, 19 Euro
978-3-931135-22-5
Erschienen 1997

Das Einhorn jagt und wird gejagt. Es jagt der Schöpfung immer wieder sein eigenes Leben ab, immer wieder nach jeder Vermischung. Und wird gejagt von jeder Kreatur, der nicht das gleiche glückt.

»Max Mohr ist eine echte Wiederentdeckung. Die ersnste und doch heitere Sehnsucht und Ruhelosigkeit, die die Romanfiguren in den unsicheren und unruhigen Zeiten der Weltwirtschaftskrise und des aufkommenden deutschen Terrors in sich tragen, prägt auch unsere Zeit ... Mohr starb zu früh, sein Roman ›Das Einhorn‹, das so Fragment blieb wie der einsame Steinfries im Gebirge, ist sein Meisterstück.«
Britta Behrendt, Hessischer Rundfunk

»Max Mohr wird trotz der späten Veröffentlichung des *Einhorn* ... nicht als Klassiker in den deutschen Literatur-Kanon eingehen. Dafür blieb sein Werk zu schmal. Wer aber sein Werk liest, wird einen lebendigen Erzähler entdecken, der heute fast schon Altertümliches bereitet: unbändige Lesefreuden.«
Lothar Schröder, Rheinische Post

Der Roman *Frau ohne Reue* von Max Mohr
erschien zuerst 1933 im S. Fischer Verlag.
Neuausgabe 1994 bei Alano, Aachen.

Diese Ausgabe erscheint zu
»Würzburg liest ein Buch« 2020.
www.würzburg-liest.de

Foto von Max Mohr auf der Einbandinnenseite:
Eric Schaal, 1934. © Weidle Verlag

Beethovenplatz 4, 53115 Bonn
www.weidle-verlag.de
Lektorat: Kim Lüftner
Gestaltung und Satz: Friedrich Forssman
Schriften: Antonia und Henry IV
Druck: Ph. Reinheimer GmbH, Darmstadt
Bindung: Schaumann, Darmstadt

Die Deutsche Bibliothek – CIP-Einheitsaufnahme
Ein Titeldatensatz für diese Publikation ist bei
Der Deutschen Nationalbibliothek erhältlich.

Dieses Buch ist aus Gründen der
Umweltschonung nicht eingeschweißt.
Dieses Buch wurde klimaneutral gedruckt.
natureOffice.com | DE-077-134232
978-3-938803-95-0